俄罗斯世界基金会资助项目

“俄罗斯儿童文学作品（第二卷）汉译、出版与传播”

（项目编号：№2540Гр/I-115-21）

每个相信童话的人
都希望能找到属于自己的那只银蹄山羊

俄罗斯儿童文学作品选集

（第二卷）

银蹄山羊

Серебряное копытце

王金玲◎主编

[俄]帕维尔·彼得罗维奇·巴若夫 等◎著

王金玲 单妮娜 张婵 等◎译

西苑出版社
XIYUAN PUBLISHING HOUSE

·北京·

图书在版编目（CIP）数据

银蹄山羊 / (俄罗斯) 帕维尔·彼得罗维奇·巴若夫等著 ; 王金玲等译. -- 北京 : 西苑出版社, 2023.2
ISBN 978-7-5151-0853-7

Ⅰ. ①银… Ⅱ. ①帕… ②王… Ⅲ. ①童话—作品集—俄罗斯 Ⅳ. ①I512.88

中国国家版本馆CIP数据核字(2023)第014277号

银蹄山羊
YIN TI SHANYANG

策划编辑	赵　晖
责任编辑	汪昊宇
装帧设计	黄　尧
责任印制	陈爱华
出版发行	西苑出版社 XIYUAN PUBLISHING HOUSE
地　　址	北京市朝阳区和平街11区37号楼　邮政编码：100013
电　　话	010-88636419
印　　刷	三河市嘉科万达彩色印刷有限公司
开　　本	880mm×1230mm　1/32
字　　数	235千字
印　　张	10.5
版　　次	2023年2月第1版
印　　次	2023年2月第1次印刷
书　　号	ISBN 978-7-5151-0853-7
定　　价	78.00元

（图书如有缺漏页、错页、残破等质量问题，请与出版社联系）

·前　言·

本项目是继俄罗斯儿童文学作品选集（第一卷）出版之后，俄罗斯世界基金会给予经费支持的又一个项目——“俄罗斯儿童文学作品（第二卷）汉译、出版与传播”（项目编号：№ 2540 Гр/I−115−21）。本项目选取了俄罗斯 19 世纪后期至 20 世纪中期的不同创作风格的儿童文学作家的作品，旨在面向国内少年儿童以及俄语和俄罗斯文学学习者、翻译工作者推广俄罗斯儿童文学不同流派和不同地域文化的作品。俄罗斯儿童文学自 18 世纪开始繁荣以来，在 19—20 世纪达到前所未有的艺术高度，与同时期俄罗斯“大文学”的发展成就并驾齐驱，达到世界儿童文学发展的巅峰。本项目组翻译完成的俄罗斯儿童文学作品选集第一卷和第二卷在西苑出版社的大力支持下相继出版，无疑拓展了我国少年儿童的阅读视野，为中国研究者全面了解俄罗斯儿童文学发展的全貌和特点提供了较为系统的语料。

本卷收录了俄罗斯著名儿童文学作家巴若夫、比安基、迦尔洵、日特科夫、左琴科、库莫夫、普拉东诺夫 7 位作家的 29 部作品。为了展示作家在不同阶段创作主题上的特点、变化及作品内容之间的关联性，本卷选录的每个作家的作品是按照作品发表时间的先后顺序排列的，以方便读者和研究者对俄罗斯儿童文学作家创作的思想、走向以及与社会时代背景的关系有较为全面的了解。

巴若夫——苏联时期俄罗斯乌拉尔地区的童话作家，共创作发表了 59 篇以乌拉尔山为主题的中篇童话作品，其大部分作品已被搬上荧屏，是俄罗斯以地域文化为创作主题的最有影响力的儿童文学作家。本卷收录了该主题的 6 部作品，其中，《铜矿山女神》是作者“乌拉尔童话”系列的第一部作品；《银蹄山羊》讲述了森林里一只有魔力的山羊的故事；《孔雀石首饰盒》是作家的成名作，也是《铜矿山女神》这部作品故事情节的延续；《宝石花》讲述了一个村庄里的孤儿丹尼尔如何成为著名的石匠，并完成贵族老爷要求的特殊样式花碗雕刻的故事；《两只蜥蜴》讲述了矿场主图尔恰尼诺夫在建成古缪什卡矿区后为了谋取更多的私利与矿工们发生冲突，年轻的矿工安德烈得到铜矿山女神的帮助而为贫苦的矿工们报仇的故事；在《小塔尤特卡的小镜子》中，矿井里掉落了矿石碎片，传说这是铜矿山女神生气了，打碎了镜子,矿工加尼亚出于无奈不得不把小女儿塔尤特卡带进井下工作，奇迹却发生了……

比安基——苏联时期大自然儿童文学创始人，自 1924 年开始发表儿童文学作品。比安基的童话是科学与幻想的统一体，他的作品永远教育孩子们善良和同情的本性。本卷收录了孩子们最喜欢的作品《林间小屋》《疯狂的小鸟》《阿纽特卡的鸭子》《小龙虾在哪里冬眠》《大象马克斯》。比安基对儿童文学的贡献在于，他尊重每一个物种，在他的作品里，每一种动物都居有定所，作家充分展示了自然世界的生物多样性和各个物种之间的和谐共生思想。比安基的童话是一部大自然的百科全书，能够带领孩子们进入神奇的自然世界，极大地满足了孩子们的好奇心。孩子们阅读他的童话故事，对其中小动物主人公们的遭遇感同身受，在不知不觉中了解大自然的生物信息和自然变化规律。其作品具备高超的艺术性、知识性、奇特性与科学性，是难得的教育素材。

迦尔洵——19 世纪末俄罗斯短篇小说大师，他的作品情感丰富、富有哲理、具有扣人心弦的悲剧色彩。他是受陀思妥耶夫斯基影响最大的作家。他创作的主要体裁有童话、科幻短篇小说和随笔。作家在追求道德完美和大众文学创作新形式方面与列夫·托尔斯泰的民间短篇小说有异曲同工之处，但对于托尔斯泰“不反抗”的思想却持反对态度。他对社会的不公正现象表现出极大的厌恶感。他的创作风格鲜明独特，观点明晰，在描写事实时单刀直入，一语道破，很少借用比喻、拟人等委婉手法。作家最擅长的文学体裁是童话，其童话作品的魔幻色彩和生动形象特征使其作品同时受到儿童和成人的喜爱，这些作品对比了社会现象的美与丑，充满了讽刺意味。本卷收录了《棕榈树奥达尔 1 号》《未说出口的话》《癞蛤蟆与玫瑰花》《傲慢的阿盖》《青蛙的一次旅行》5 部作品。

日特科夫——俄罗斯儿童文学的创始人之一，他创作了许多关于大自然和动物的优秀童话作品，他笔下的主人公都是聪明、伶俐、对主人忠诚的动物。日特科夫创作的儿童文学作品不仅幽默风趣，还具有训导意义。作家是一个知识渊博的人，他同时是鱼类研究专家、金属锻造师、工程师、帆船领航员、科学研究船队队长、海事军官以及物理与制图课程的大学教师。日特科夫的儿童短篇小说都富有极强的感染力，故事情节曲折，语言简单易懂。他关注的焦点是儿童的创造性劳动和他们的情感和智力发展，他的儿童科普作品能促使儿童产生创造性的想象力。他的创作理念是“通过钻开知识的一个小孔为年轻人带来成功的希望，激起年轻人去推倒一面墙的热情和愿望”。本卷中收录了日特科夫动物童话故事的代表作之一——《猫鼬》。这部作品展示了作家对动物行为和习性的广博知识，情节描写扣人心弦，语言细腻。

左琴科——在苏联幽默讽刺文学发展的鼎盛时期，作家在新的历史条件下继承了果戈理、列斯科夫和契科夫的创作传统，开创了俄罗斯幽默短篇小说的先河。作为世界知名的讽刺作家，他的作品里没有对生活的挖苦和嘲笑，而是充满了同情心；没有对社会反面人物的抨击，而是引导人们打开双眼审视自己，表达了一种帮助别人、保护别人不受欺凌的美好愿望。左琴科在俄罗斯文学史上同时以成人文学作家和儿童文学作家著称，越到晚年，他越开始关注青年和儿童的主题。他在晚年创作了《回归的青年》《太阳升起之前》等作品。左琴科十分信任孩子们，喜欢和孩子们在一起，和他们敞开心扉地交谈。他的大部分儿童文学作品都创作于 20 世纪 30 年代，这些作品对当时的读者来说成了拒绝谎言、拒绝暴力、拒绝幸福生活假象、还原社会真相的精神食粮。左琴科的儿童故事不仅会引起读者的同情,还经常让人忍俊不禁。善意的笑能够缓解紧张，帮助人们发现错误和与别人成为朋友的简单而有效的方法。例如,《奶奶的礼物》讲述了奶奶因对孙子的偏爱总是送给孙子各种礼物，而机灵的小主人公米尼卡懂得要与受委屈的姐姐分享。关于礼物的主题在《三十年后》中得到继续，故事情节令人哭笑不得。《掉在地上的宝物》讲述了作家受到儿童恶作剧的侵扰，这让他想起自己和姐姐列丽亚童年时期耍弄路人的故事。除自传体的童年故事之外，左琴科还写了一系列关于其他人的童年故事。例如，短篇小说《最重要的东西》教育孩子们要接受教育和学本领，关于生存技能的主题思想在《模范儿童》这部作品中得到了充分体现。本卷收录了《住院记》《偶遇》《模范儿童》《最重要的东西》《奶奶的礼物》《三十年后》《不要说谎》《掉在地上的宝物》8部幽默与讽刺作品。

库莫夫——20世纪初期俄罗斯文学浪漫主义流派的代表人物，是以东正教思想为创作主题的作家。在俄罗斯文学史上，库莫夫被称为受契科夫影响最大的俄罗斯白银时代作家，同时代的作家都称其为“顿河地区的契科夫”。契科夫成为年轻作家文学创作上的风向标，在库莫夫前期发表的短篇小说中，契科夫的东正教思想就已清晰显现。他在《蜡菊》短篇小说集中的大部分作品都是以东正教的信徒为主人公的，如寺院的见习修道士、乡村教堂的神父、教堂里的主教等。库莫夫小说中的主人公与契科夫小说中的主人公一样，都是在饱受疾病折磨而预感到自己很快就要死亡之后才重新审视自己的精神世界，对自己生命的意义和灵魂深处的宗教信仰开始深入思考。库莫夫对契科夫的继承还体现在对正面和反面人物的界定上即是否向读者展示内心世界是界定作品正反面主人公的标准：外部形象描写越细致的人物越是反面人物；相反，越是核心人物，其外部形象描写越少。尽管库莫夫在创作原则和创作方法上沿袭了契科夫的传统，甚至公开使用契科夫的情节和主题，但库莫夫的创作是独树一帜的，他赋予了宗教主题新的哲学思考，他没有抄袭契科夫，而是为其主人公寻求新的人生出路和走出信仰困境的方法——不是摆脱家庭、逃避死亡、逃避现实地去追求自由快乐的生活，而是对新约教义和生命的意义重新思考，重新获得精神支柱、信仰和希望，从而战胜孤独，重新燃起对别人命运和痛苦的关注。例如，在小说《生命的绽放》中，库莫夫刻画了一个年轻修士摆脱困境的心路历程，讲述了主人公弗谢沃洛德放弃修道院生活而乘火车远赴家乡，为了拯救全家人的忍饥挨饿而重返田间从事农耕劳动的故事。

普拉东诺夫——20 世纪在俄罗斯文学中具有特殊地位的作家。他创作的主题涉及生命的本质和人在地球上的使命。作家早期创作的主题是人与自然的关系问题。在普拉东诺夫看来，大自然既可以为人类带来一切美好的东西，又可以为人类带来灾难，这种两面性一方面是由于大自然是不被人类保护的，在人类面前它是脆弱的，如《一朵无名的小花》中描述的小花；另一方面，大自然又是人类的敌人，它可以让人类面临饥饿、寒冷和死亡的威胁。作家主张，人活着的意义和在地球上的使命就在于建立人与自然的和谐关系。人是自然的一部分，人可以通过自己的劳动创造物质财富，建立和谐公正的世界。此外，普拉东诺夫还是最富有同情心的苏联作家代表。他的童年主题作品表达了对受到欺辱的社会底层人民的爱和同情。普拉东诺夫的作品情节常常具有不可预测和出人意料的特点，需要仔细阅读和认真思考。本卷收录的其代表作《善良的尤什卡》就是这样一篇需要读者仔细阅读、不断挖掘和体会作家创作意图的作品。

本卷的汉译依然由长春大学俄罗斯文学翻译团队的教师完成，译文力求真实再现原作者的创作风格和思想意图，再现原作中的充满情感和表现力的儿童语言特征和口语化特征。

在当今世界“百年未有之大变局”的时代背景下，具有崇高艺术价值的传统童书的教育功能对当代社会儿童健全人格培养的作用仍然是不可估量的。没有阅读就谈不上对儿童精神、道德和情感方面的全面培养。因此，借助于反映世界多样化文化的优秀儿童文学作品，包括俄罗斯 19—20 世纪优秀儿童文学作品的阅读来塑造少年儿童的健全人格，是提高我国文化教育和人文素养的重要途径。

作为俄罗斯儿童文学作品选集（第二卷），希望这本《银蹄山羊》收录的俄罗斯儿童文学作家作品能进一步为我国少年儿童提供良好的素材和全新的阅读体验，提高我国俄语学习者阅读和赏析俄罗斯童话的兴趣，为他们全面了解俄语翻译、掌握俄罗斯文化内涵和民族思维方式提供助力，也希望本套译著的出版能够吸引更多的俄语专业师生参与到俄罗斯儿童文学作品的翻译中，为新时代中俄两国人文交流做出更大贡献。

王金玲

2022 年 7 月 5 日

Серебряное копытце

目 录

01

帕维尔·彼得罗维奇·巴若夫

Павел Петрович Бажов

《铜矿山女神》

《银蹄山羊》

《孔雀石首饰盒》

《宝石花》

《两只蜥蜴》

《小塔尤特卡的小镜子》

帕维尔·彼得罗维奇·巴若夫

Павел Петрович
Бажов

帕维尔·彼得罗维奇·巴若夫（1879—1950），俄罗斯苏联时期作家，民间口头创作研究者，政论家，新闻记者。出生于矿工家庭，曾任俄语教师。作家以乌拉尔山区的民间童话创作闻名于世。作家十分热爱自己的家乡，记录了大量的民间传说，这些具有魔幻色彩的民间传说在被长期囚禁在地下矿井从事艰苦劳动的乌拉尔山区矿工中广泛流传。作家在这些民间传说的基础上共创作了 64 篇童话作品，有 59 篇童话作品发表，另外 5 篇处于未完成状态。巴若夫的童话作品大多以真实人物和事件为原型，作品的主人公都是普通人，包括采矿工匠、矿场工人、手工淘洗工、石头雕刻工等，尽管他们还处于农奴地位，但他们以追求精湛的技艺为幸福，以坚韧不拔的精神和耐力赋予无生命的矿石以生命的气息。而帮助这些主人公实现梦想的神话人物也鼓励这些普通人通过自身的诚实、善良和机智去打开铜矿山的宝石通道。巴若夫创作的这些乌拉尔童话是属于全人类的，体现了人类的博爱思想，这些童话故事鼓舞了一代又一代年轻人奋发有为、勇于斗争的精神和意志。本卷选取了作家在 1936 年至 1941 年间创作的 6 部深受俄罗斯少年儿童喜爱的作品:《铜矿山女神》《银蹄山羊》《孔雀石首饰盒》《宝石花》《两只蜥蜴》《小塔尤特卡的小镜子》。

铜矿山女神

帕维尔·彼得罗维奇·巴若夫 著

王金玲 译

有一天，我们矿上的两名矿工去山上割草，可是草场离他们家很远，在谢维卢什卡河*对岸的那座山上。

户外骄阳似火，天气十分炎热。正值酷暑难耐的季节。两个人在山上拼命地割草，这座山就是著名的古缪什卡铜矿山**。矿工们通常来这座山上挖掘孔雀石，抓山雀鸟。有时他们很幸运，能挖到一块天然的、形状不规则的晶体铜矿，又或许能碰到一块什么别的稀缺石头。

这两个人当中的一个是年轻的小伙子，还没结婚，他割了一会儿草，已经累得筋疲力尽了。另一个人比他年长一些，这样

* 谢维卢什卡河是俄罗斯丘索瓦河的一条支流，在距谢韦尔斯克矿场三公里处注入丘索瓦河。——译者注

** 古缪什卡铜矿山的简称是古缪什卡山，此铜矿产地是1702年被农民探矿员谢尔盖·巴滨河柯兹马·苏列耶夫发现的。——译者注

炎热的天气更让他上气不接下气起来。他满眼冒金星，脸色发青，还时不时地咳嗽着。

森林里一片欢愉的景象。鸟儿们高兴地唱着歌儿，它们从地上一跃而起，轻轻地扇动着翅膀，在这样炎热的天气里，这两个人已经汗流浃背，完全没有力气了。于是他们来到了克拉斯诺戈尔斯基山，当时这座山是人们采挖铁矿石的地方。两个人在这里找到了一棵花楸树，躺到树下的草地上，不一会儿就睡着了。睡着睡着，那个年轻人像被谁不小心碰到肋骨一样，突然醒了。他睁开眼睛一看，面前的一块大石头旁有一堆矿石，上面坐着一个女人。她背朝着年轻人，但从她背上垂下来的一根辫子可以看出这是一个少女。她的辫子呈灰黑色，不像我们矿上年轻的女孩子那样散着头发披在肩上，而是一条辫子整齐地垂在脑后。辫子梢儿上系着一束丝带，忽而是红色的，忽而又变成了绿色。

辫子上的丝带一闪一闪的，像金黄的叶子一样发出窸窣的声音。小伙子对这个辫子很是好奇，于是他沿着辫子底端的丝带慢慢向上移动着自己的目光。他发现这个女孩子个子不高，身材十分匀称。她没有一动不动地坐在那里，而是像一个车轮一样，在一个地方立不住。她一会儿身体向前弯下，似乎在脚下寻找着什么，一会儿又向后仰头，一会儿向左侧弯下，一会儿又向右侧弯下，一会儿站起身来挥动几下手臂，然后又向前弯下身。总之，这是一个十分伶俐的女孩子。小伙子只听见她嘴里在嘟囔着什么，但是她说的是什么语言，他却不知道，她在和谁说话，他也看不见。只听见她不断地发出笑声，看得出，她十分高兴。

小伙子本来想和女孩子说句话，但他突然醒悟过来。

“我的天呀，这不是铜矿山女神嘛！一看她身上穿的衣服就应该明白的。可是我为什么没能马上认出她来呢？原来是她的辫子分散了我的注意力！”

而她的衣服真的是独一无二的，在世界上其他任何地方都找不出第二件来。你知道吗，那是一件用丝一样柔软的孔雀石做成的裙子。世界上真的有这种矿石。这种石头看起来就像丝一样柔软，让你很想用手抚摸它。

“这可要大祸临头了！”小伙子心想，“最好趁她还没发现赶紧离开这里。”他以前听老人们说过，这个女神呢，也就是孔雀石女神，总是喜欢捉弄人。

他刚想到这儿，女神就突然转过身来，高兴地看着小伙子，并露出洁白的牙齿，与小伙子开玩笑似的说道：

“你怎么能这样呢，斯捷潘·彼得罗维奇，你打算就这样白白地看一个女孩子的美貌吗？女孩子的美貌是不能白看的，那是要收费的。来，你过来，到我身边来，和我说说话。”

小伙子别提多害怕了，但是他外表上并没有表现出恐惧来。他故作镇静，心想，尽管她有神奇的力量，但不管怎么说也是一个女孩子。而他毕竟是一个有力气的小伙子，再说如果他在一个女孩子面前表现出胆怯的样子，那是十分丢人的。

“我可没工夫和你说话。我本来就睡过头了，还得去割草呢。”

她笑了一阵，然后说：

“别找什么借口了。我说让你过来，是有正事要和你说。”

小伙子一看，也找不出什么推脱的理由了，于是朝她走了过去。可是她却伸出了一只胳膊，示意他从山的另一侧绕过去。他就绕到了山的后侧，发现地上有无数只蜥蜴，而且它们的颜色也是千差万别的：有的是草绿色的，有的是浅蓝色的，它们都在往蓝色矿石的下面钻。有的蜥蜴是像带金色斑点的黏土或沙土一样的颜色，有的像玻璃或者云母一样闪闪发光，有的像枯草一样无精打采，还有的像花纹一样楚楚动人。

女孩子微笑着说：

“你注意点儿，别踩到我的军队，斯捷潘·彼得罗维奇。你的身材那么高大魁梧，而我的部下们都是那么瘦小。”

说完，她的两只小手一拍，蜥蜴们就跑到了两侧，给斯捷潘让出一条道来。

小伙子走到她面前站住了，这时她又拍了一下小手，一边笑着一边说：

“现在你可不能乱动了。万一你踩死我的部下，你就要倒霉了。”

他看了一眼自己的脚下，可那里没有泥土。所有的蜥蜴都钻到了一个地方，而他的脚下却突然变成了有花纹的地板。斯捷潘再仔细一看——天啊，这不就是铜矿石嘛！这里的矿石种类有很多啊，而且每种矿石的表面都被打磨得很光滑。有云母，有闪锌，还有各种像孔雀石一样发光的矿石。

“怎么，你现在认出我来了，斯捷潘奴什卡*？”孔雀石女神问道，说完自己就哈哈大笑起来。

她沉默了一会儿，又接着说道：

“你不用怕，我又不会伤害你。”

小伙子不高兴了，他觉得女孩子是在嘲笑他，而且还说出

---

* 斯捷潘奴什卡是斯捷潘的小名，俄语中用名字加父称的称呼表示尊重，用名字的小名和指小表爱形式称呼表示关系的亲近。——译者注

这种瞧不起他的话来。他很气愤，甚至大喊起来：

“我既然敢来山里干活儿，就谁也不怕！”

“那最好啦，”孔雀石女神说道，“我正好需要找一个谁也不怕的人。明天你到矿场看到你们的管家之后，就把我说的话转告他。你千万要记住我下面说的话。你就对他说：‘铜矿山的女主人命令你这个臭气熏天的畜生马上滚出克拉斯诺戈尔斯基山。如果你再敢来破坏我山顶上的铁矿，我就把古缪什卡山上的所有铜矿都转移到克拉斯诺戈尔斯基山的山顶，让你们永远也开采不了铁矿。’”

她说完这番话之后就微微眯起了眼睛，然后继续说道：

“你听明白了吗，斯捷潘奴什卡？你不是说你在山上干活儿谁也不怕吗？那就把我说的话一字不差地转告给你们矿场的管家吧！你现在可以走了，去找那个和你一起来的人吧，但你一个字也不要对他讲。他已经饱受折磨而身心疲惫了，不要让他再为此事担惊受怕了，更不要把他卷进这件事情里。”然后女神转身对她身边的山雀说，让它帮助斯捷潘去做这件事儿。

紧接着，女神又双手一拍，所有的蜥蜴开始向四面八方跑去。而她自己也站了起来，一只手抓起一块石头，也像蜥蜴一样上下跳动着，在石头上跑了起来。她的手和脚突然变成了绿色的爪子，尾巴也露了出来，在她脊骨的上半部分出现了一条黑色的条纹，但她的头仍然是人头。她爬到山顶之后，转过头来对斯捷潘说道：

“斯捷潘奴什卡，你别忘了我让你转告他的话，你告诉他，‘女神命令你这个臭气熏天的畜生从克拉斯诺戈尔斯基山滚出去’。如果你能按我说的去做，我就会嫁给你。”

小伙子一气之下甚至吐了一口唾沫，说道：

“哼，你这只臭蜥蜴，我怎么会娶你呢？！”

而她看见他在吐唾沫，却哈哈大笑起来。

“好吧，”她对小伙子喊道，“这个话题我们以后再谈，或许你会改变主意呢！”

说完，她的那条绿尾巴一闪，就消失在一个小山丘的后面不见了。

小伙子一个人留在山上，四周静悄悄的，只听见和他一起来的那个人在一小堆矿石后面打着呼噜。他走过去叫醒了那个人。他们回到了自己的草场，看了看草的长势，傍晚前就回家了。而斯捷潘脑海里始终在琢磨着一件事：他该怎么办呢？对管家说出那番话可是一件非同小可的事儿啊，而这个人的身上的确散发着臭味儿，据说，他的内脏里有个什么东西坏了。左思右想，他也不敢不向他转告女神说的那番话。要知道，她可是铜矿山的女神啊！她可以随时随地把铜矿都压到铁矿上。看来只好完成女神交给他的这个任务了，总不能在一个女孩子面前失信吧！总不能让她把自己看成一个吹牛大王吧！

他仔细想了想，暗下了决心：

“不管怎样，我都得照她说的去做。”

第二天早晨，矿场的人都聚集在升降机的旁边等待下井，这时矿场的管家走了过来，在场的所有人理所当然都摘下了帽子，不敢说话。而斯捷潘却走到他跟前说道：

“我昨天看见铜矿山女神了，她吩咐我给你带几句话。她让你这个臭气熏天的畜生滚出克拉斯诺戈尔斯基山。如果你再去破坏这座山，她就会把古缪什卡山上所有的铜矿都压到那上面，让谁也采不到铁矿。”

矿场的管家气得胡子都抖动起来了，说道：

“你这是怎么了？喝醉了还是糊涂了？哪个女神？你知道你是在跟谁这样讲话吗？看我怎么收拾你！”

“随你怎么着，”斯捷潘说，“女神就是让我这样转告你的。”

“拿鞭子来，给我狠狠地抽他！”矿场管家大喊道，“然后把他绑到山上，用锁链把他锁到矿井里！给他撒一点儿狗吃的燕麦，让他饿不死就行！你们给我好好教训教训他，他要是胆敢反抗，就给我狠狠地抽！”

就这样，小伙子被狠狠地鞭打了一顿，然后被扔到了山上。矿上负责监视他的人也和管家一样，是个穷凶极恶的混蛋，他把小伙子扔进了一个条件最差的矿井里。这里既潮湿，又没有像样的矿石，是一个早该废弃的矿井。斯捷潘的脚上被拴上了一条长长的锁链，这是为了方便他在矿井里干活儿。据说，这个地方曾是一个监狱，有各种折磨人的刑具。监视他的人还说：“你要记住，对你的惩罚就是要你采出这么多的纯孔雀石。”说完，监工就给他下达了似乎永远都不可能完成的采掘任务。

没办法，他只能被困在这里接受惩罚了。监工一走，斯捷潘就挥动起尖镐刨了起来。小伙子是一个干活儿麻利的矿工，他刨了一会儿就刨出一大堆矿土，而孔雀石也哗哗地掉落下来，就像有人一捧一捧地向他抛过来一样。而井底原来沉积的水也不知都流到哪儿去了，井底现在已经完全干爽了。“瞧，一切都这么顺利，”他心想，“一定是女神来给我助力了。”

刚想到这儿，他的眼前突然亮了起来。仔细一看，女神就站在他的面前。

“你真是好样的，斯捷潘·彼得罗维奇，”她说，“你经受住了考验，没有畏惧那个臭气熏天的畜生！你对他说话时也理直气壮。走吧，我带你去看看我的嫁妆。我说话也是算数的。”

说完，她自己却闷闷不乐起来，似乎很不情愿嫁给他。然后她双手一拍，几只蜥蜴就迅速跑了过来，它们把斯捷潘身上的锁链卸了下来，然后女神向它们发布命令：

“你们要在这里完成斯捷潘两倍的采掘任务，并把丝质的孔雀石挑选出来。”说完她又对斯捷潘说道，“走吧，我的未婚夫，和我一起去看看我的嫁妆吧！”

于是他们俩一起走了。她在前面走，斯捷潘跟在她身后。她走到哪里，哪里的大门都会自动向她打开。地下的房间很大，而房间的墙壁则是各种颜色的：有绿色的，有黄色带金色斑点的，有的墙壁上有花，有的花是铜黄色的，有的花则是蓝色的。总之，每个房间都被装扮得十分漂亮，甚至难以用语言描述出来。而女神穿的裙子颜色也是不断变化的：忽而像玻璃一样闪着银光，忽而又暗淡下来，忽而像打碎的钻石一样耀眼，忽而又像黄铜一样金光闪烁，然后又像绿丝绸一样翠色欲滴，美不胜收。他们走着走着，她突然停住了，说道：

“就到这里吧，再往前走，就是绵延数十公里的金矿和伴生银矿了。它们有什么好看的呢？你看看，我住的这个地方正是克拉斯诺戈尔斯基山的下方。我所在的这个位置，是除古缪什卡山之外矿产资源最富饶的地方。”

这时，斯捷潘的眼前出现了一个巨大的房间，里面有一张床、几个桌子和几个小凳子——它们都是用铜珠做成的。墙壁都是孔雀石的，上面镶着钻石，而天花板是暗红色的，上面雕刻着铜色的花。

“我们就在这里坐一会儿吧，”她说，“我们好好谈谈。”

他们就坐在这里的小凳子上。孔雀石女神问道：

“你看到我的嫁妆了吧？”

“看到了。”斯捷潘说。

“那么，你对我们的婚礼有什么打算呢？”

斯捷潘不知道该怎样回答她。你知道吗，他是有未婚妻的，是一个很好的姑娘，但是个孤儿。当然，她的模样与孔雀石女神的美貌是没法相比的。她只是一个普通人，一个极其平常的姑娘。斯捷潘犹豫了一会儿，然后说道：

“凭你的嫁妆你应该嫁给国王，而我只是一个工人，一个普通人。”

“我亲爱的朋友，你不要犹犹豫豫的，”她说，“你就直说吧，你是娶我还是不娶我？”说完，她自己蹙起了眉头，表现出闷闷不乐的样子。

于是斯捷潘直截了当地回答她说：

“我不能娶你，因为我已经答应了另一个姑娘。”

他话一出口心里就想，她一定会发火的。可是她看上去却很高兴。

“你真是好样的，斯捷潘奴什卡，”她说，“因为你敢于大胆地对矿场管家说出那番话，我表扬了你，而因为你拒绝娶我这件事儿，我更要双倍地夸赞你。你没有因为我的富有而动心，没有用一个石头姑娘替换自己心爱的姑娘娜斯佳。”而这个小伙子的未婚妻的确叫娜斯佳。她接着说：“拿着，这是我送给你未婚妻的礼物。”说着，她把一个孔雀石的大首饰盒递给了斯捷潘。而那个首饰盒里呀，女人用的什么首饰都有，除了耳环、项链和戒指，还有一些就连富贵人家的姑娘也没见过的嫁妆。

“那我怎么把这件东西带到上面去呢？”小伙子问道。

“这个你不用担心，我会把一切都安排妥当的。我会把你从矿场管家那里救出来，以后你和你心爱的妻子也会过上衣食无忧的生活。我只想恳求你一件事儿——千万不要和任何人提起我。这是我对你的第三个考验。好了，现在来吃点儿东西吧。”

她又拍了一下手，蜥蜴们马上都跑了过来，很快就摆好了一桌丰盛的佳肴。她为他准备了上好的汤、鱼肉馅饼、羊肉、粥和俄罗斯传统礼仪上为客人准备的各种好吃的东西。待斯捷潘美美地饱餐一顿之后，她说道：

“再见吧，斯捷潘·彼得罗维奇，你记住了，不要跟任何人提起我。”说着，她的眼里流出了泪水。她把一只手放在眼睛下面接着，而泪水啪嗒啪嗒地滴落到她的手心上，瞬间就凝结成米饭一样大小的颗粒，不一会儿就占满了她的手心。“给你，拿着它们去卖钱吧。这些小石子能卖很多钱，你会成为一个有钱人的。”说完，她就把这些小石子放在了他的手心上。

这些小石子是冰冷的，可是她的手却是热的，就像一个真人的手一样，还有些发抖。

斯捷潘接过这些小石子，深深地向她鞠了一躬，然后问道：

“我怎么从这里出去呢？”他自己也感到有些忧郁。只见她用一根手指向前指了一下，他的面前立刻就出现了一条像隧道一样的通道，里面像白天一样明亮。斯捷潘沿着这条通道向前走，又看到了地面上各种各样的矿石，最后他走到了自己曾被锁在里面的那个矿井。他一走进来，那条通道就自动关上了，周围的一切又恢复了原来的样子。有一只蜥蜴跑了过来，把锁链又套到了他的一只脚上，而那个装有各种礼物的首饰盒却突然变小了。斯捷潘把它藏到了怀里。很快，矿场的监工就回来了。监工本打算来嘲笑他，可是发现斯捷潘不仅超额完成了任务，而且还把孔雀石挑选出来，按大小和颜色的不同分门别类地放在一边。监工顿生杂念，他心里暗想："那是什么东西？他是从哪儿弄来的呢？"于是他跳到矿井里，仔细察看了矿井的周围，说道：

"这个矿井里的矿石已经被你挖空了。"说完，他就把斯捷潘带到了另一个矿井，而把自己的侄子安排到这个矿井里。

第二天，斯捷潘开始在新的矿井里干活，孔雀石不断地掉落下来，时不时还掉下来一些大块的黄铜矿石。而让人感到惊讶的是，监工的侄子所在的那个矿井里却什么贵重金属也没有了，只剩下一些空壳的岩石和不值钱的矿石。这时监工看明白了是怎么一回事，于是跑到矿场管家那里汇报了这里的情况。他说：

"斯捷潘一定是向魔鬼出卖了灵魂才换来这份助力的。"

矿场管家回应说：

"出不出卖灵魂是他自己的事儿，而我们只需要赚更多的钱。你去告诉他，只要他能找到一百普特*重的大块孔雀石，我们就放他出来。"

矿场管家最后还是让手下把斯捷潘的脚链卸了，并命令暂停克拉斯诺戈尔斯基山上的所有铁矿开采工作。

"谁知道他说的是不是真的？"他说，"或许这个傻瓜当时真的说对了呢。而且那个地方的铜矿确实很多，只是铁矿变得越来越少了。"

* 普特，俄罗斯旧重量单位，一普特约等于16.38千克。——译者注

于是监工向斯捷潘宣布了矿场管家提出的要求。斯捷潘回答说：

“谁不想获得自由呢？我会努力去找，但能否找到就要看运气了。”

很快，斯捷潘就找到了他们所需要的巨型孔雀石。管家和监工吩咐矿工们把这块大石头拖到地面上，在这以后，管家和监工更加骄傲自大起来，他们逢人就炫耀：“看我们多厉害！想要什么就有什么！”但他们并没有把斯捷潘放出来。关于这块巨型孔雀石的事情，他们写信告诉了他们的东家老爷，而这个老爷在听说此事之后竟然从圣彼得堡赶到了矿场。他听完事情的原委，就把斯捷潘叫到身边。

“这样吧，”他说，“我以贵族的身份给你承诺，一定会放你出来，只要你能给我找到几块超大型的孔雀石，并保证能凿出来不少于五俄丈*长的圆柱的那种原石。”

斯捷潘回答说：

“我已经被你们侮辱过一次了，现在也变聪明了。你得先给我写一个事后能放我出去的字据，然后我才能努力地找那样的巨型石头，至于说能不能找到，那只能听天由命了。”

东家老爷自然是被斯捷潘的这番话气得直跺脚，他冲着斯捷潘大声呵斥起来。而斯捷潘却始终理直气壮，最后他还补充说：

“我差点儿忘了，你还要给我的未婚妻写一张放归自由的字据，不然，即便是我被放出去了，可我的妻子还要继续被关在牢里，这成何体统？”

* 俄丈，俄罗斯旧长度单位，一俄丈约等于2.134米。——译者注

东家老爷看出小伙子也不好对付，就给他写了字据。

“给你，”他说，“但你必须要努力去找我所需要的那种超大型孔雀石！”

而斯捷潘始终坚持自己的说法：

“这就要看是否幸运了。”

斯捷潘当然为东家老爷找到了那种大型孔雀石。既然他对山体的整个结构都了如指掌，而且孔雀石女神还在暗中帮助他，那么这件事情对他来说又有什么难的呢？这块巨型孔雀石在矿井里就被凿成了很多根圆形柱子，然后又被拉到地面上。东家老爷把这些柱子运送到圣彼得堡，用于建造那里最主要的大教堂了。而斯捷潘最初找到的那块大型孔雀石至今还留在我们的城市，听说，它已经被当作稀世珍宝保护起来了。

从那时起，斯捷潘就获得了自由，也是从那时起，古缪什卡山上原有的矿产资源就开始枯竭了。那里的山雀越来越多了，闪锌矿也越来越多了,但是那种大块的黄铜矿石就再也没人见过，孔雀石也没有了。从那时起，那个地方的水位开始升高，古缪什卡山的山体也逐渐下降，直至后来完全被水淹没了。据说，这是铜矿山女神因为孔雀石被凿成圆柱而愤怒了，尤其是这些孔雀石圆柱被放到教堂里更让她恼火，因为这些孔雀石从此再也不能听从她这个山神调遣了。

此后，斯捷潘的日子过得也并不幸福，他和其他人一样，娶妻生子，也盖了房子。按理说，他完全可以衣食无忧地快乐生活了，可他总是闷闷不乐，身体也慢慢虚弱下来，日渐消瘦。

日渐消瘦的斯捷潘弄了一支猎枪，每天沉迷于打猎。他每天都到克拉斯诺戈尔斯基山上打猎，却不见他带回任何猎物。有一个秋日，他离开了家，没有回来，从此就杳无音信了……他去哪儿了呢？矿工们当然开始四处寻找。可当人们在矿山上的一块巨石旁边找到他的时候，他已经死了。他的脸上仍然带着微笑，猎枪在他的尸体旁放着，枪膛里的子弹没有被射出。有几个人率先跑了过去，他们说在死者身边发现了一只绿色蜥蜴，体型十分大，这样的蜥蜴在我们当地从未有人见过。从远处看，它似乎坐在死者尸体的上方，高高地抬着头，泪流满面。当人们走到近处，那只绿色大蜥蜴跳到大石头上逃跑了。而当人们把死者运回家为他清洗身体的时候却发现，他的一只手紧紧地攥着，从他的手指缝里依稀可见他攥着的是种子大小的绿色石子，满满的一手心。这时，有一个人似乎看懂了是怎么一回事，他从死者拳头的侧面看了看他手心里攥着的东西，说道：

“这不是绿铜矿嘛！这种矿石很稀少、很贵重。他给你留下了一大笔财富啊，娜斯塔西娅*。只是不知道他是从哪儿弄来的这些宝石呢？”可他的妻子娜斯塔西娅却解释说，她的丈夫从没有和她说起过这些矿石的事儿。只是在他们还没结婚的时候，他曾送给她一个首饰盒，那个首饰盒很大，是孔雀石做的。那里装着很多珍贵的宝石，但却没有这种宝石，她也从来没见过斯捷潘手里有这种宝石。

于是在场的人们开始掰开死者的手，想把宝石弄出来，可这些宝石却一下子散落到了尘土里。人们最终也没弄清楚，斯捷潘手里攥着的绿宝石是从哪儿来的。后来人们开始在克拉斯诺戈尔斯基山上采挖起来，这里到处都是褐色的矿石，闪着铜色的光

* 前文中的“娜斯佳”是“娜斯塔西娅”的小名。——译者注

芒。再后来，有人探听明白了，斯捷潘手里攥着的是铜矿山女神的眼泪。你们知道吗，他并没有卖掉女神眼泪变成的绿铜矿，而是背着自己的家人一直偷偷地保存着，直到死的时候还把女神的眼泪攥在手里。你听懂了吗？

这就是她——我们的铜矿山女神！恶人遇见她一定会倒霉，但是善良的人遇见她也会因思念她忧郁而死。

（本作品创作于 1936 年）

银蹄山羊

帕维尔·彼得罗维奇·巴若夫 著
王金玲 译

我们矿场里曾住着一个被人称作“万尼亚教父”* 的老头儿。这个老头儿的亲人都去世了，所以他想收养一个孤儿。于是他向邻居们打听谁家有这样的孩子，邻居们告诉他：

“不久前，格林卡村有一对姓格里高利·波托帕耶夫的夫妇相继去世了，留下了几个女儿，家里的管家把年纪大一些的女孩都送到一个贵族家的手工作坊里去做了女工，而最小的那个只有五六岁的小姑娘却没人收留，你正好可以收养她。”

“小姑娘我抚养起来也不方便啊，最好是个男孩子，我好把自己的手艺传给他，也能带出个好帮手。女孩子我怎么抚养啊？我能传她什么手艺啊？”

他反复思考之后说道：

* 在俄罗斯乌拉尔地区，被收养的孩子们通常称呼自己的养父母为“教父”“教母”，以示亲切。——译者注

“我早就认识格里高利，他的妻子我也认识。夫妻俩都是性格开朗又聪明睿智的人，如果这个小姑娘性格上像她父母，她来了我的家里，我也就不会寂寞了。我决定收养她了，只是不知道她会不会愿意到我这儿来。”

邻居们纷纷说道：

“她现在的处境很糟糕。原来的管家把格里高利留下的一座房子抵给了一个穷人，让他照顾这个孤儿，直到她长大成人。可这个人自己还有一大家子，有十多个孩子要养活，他们一家人自己都吃不饱呢。女主人对这个小女孩也总是百般刁难，她每天只靠一小块面包度日。小女孩虽然年纪还小，但已明白事理。她感到很委屈，怎么会不想离开那样的生活环境呢？再说，你一定能想出办法劝她来你这里的，快去吧！”

“你们说得没错！”万尼亚教父答道，“我一定会想办法劝她来的。”

就这样，在过节那天，他来到小女孩寄居的那户人家。屋子里挤满了人，大人和十几个孩子都挤在一个屋子里。炉子旁边的台阶上坐着一个小女孩，她的身旁有一只棕黄色的小猫。女孩子很小，她身边的猫也很小，而且极其瘦弱，身上的毛已经要掉光了。这样瘦弱丑陋的猫很少有人会让它进家门的。小女孩正抚摸着这只小猫，而小猫发出呼呼的大叫声，整个房子里都听得见。

万尼亚教父看了看小女孩，向主人问道：

“这个就是格里高利家送来的小姑娘吗？”

女主人回答说：

“正是。我们养她一个还不算，她还不知从哪儿弄来了这只瘦骨嶙峋的小猫，怎么赶也赶不走。我家所有的孩子都被它挠伤了，但还得给它吃的！”

万尼亚教父说道：

“看来你的孩子们对它不够友善啊，瞧它叫得多凶啊！”

然后他转向小女孩，说道：

“怎么样，被送来的小姑娘达廖尼卡*，你愿意到我那儿去和我一起生活吗？”

小女孩惊讶地问道：

“爷爷，你怎么知道我叫达廖尼卡呢？”

“是它自己跳出来的啊，”教父回答说，“我没猜，也没想，一开口这个名字就跳出来了！”

“那你是干什么的呢？”小女孩问道。

“我干的活儿呢，类似于猎人的。”他说，“夏天我去淘沙采金，冬天我就到林子里寻找一只山羊，但不是总能看到它。”

“你找它是要射杀它吗？”

“不是的，”老头儿回答说，“我只射杀普通的山羊，而这一只山羊我是不会射杀的。我只是想看看它会在哪里跺自己的右前蹄。”

“你为什么非要看这个呢？”

“你只要同意到我那儿住，我就把这一切都告诉你。”万尼亚教父回答道。

小女孩很好奇，她很想知道那只山羊的故事，而且她发现

* 此处原文为“被送来的女孩”（Подаренка），在俄语中与“达利亚”这一名字的小名“达廖尼卡”（Даренка）谐音，所以小女孩听成了自己的名字，为使上下文意思连贯，此处译者采用了增译法。——译者注

老头儿是个幽默风趣又和蔼可亲的人。于是她说道：

“我同意去你那儿，只是你得同意我把这只小猫也带上。你瞧，它多可爱呀！”

“那还用说！如果连叫声这么响亮的猫都不要，那不是傻瓜才怪呢！它的叫声就像三角琴的乐声一样响亮！有了它，我们家里才有欢乐啊！”

这个房子的女主人一直在听着他们的谈话，一听说万尼亚教父要把这个孤儿接到自己家里生活，心里就别提有多高兴了。她马上开始给达廖尼卡收拾行李，担心老头儿会突然改变主意。小猫似乎也听懂了他们的谈话，它贴在小姑娘的脚边大声地叫着：

“你的想法十分正确，十分正确。”

于是，万尼亚教父就带着小姑娘回家了。

老头儿身材高大魁梧，下巴上留着一撮大胡子，而小女孩又瘦又小，鼻子小得像一颗纽扣。他们一起走在大街上，一只瘦骨嶙峋的小猫跟在他们身后蹦蹦跳跳。

就这样，万尼亚爷爷、孤儿达廖尼卡和小猫穆廖尼卡开始了新的生活。

他们一家人就这样过着平凡的生活，虽然没有攒下许多钱，但日子过得也不错，而且每个人都有自己的事做。

万尼亚教父每天早晨都出门干活儿，达廖尼卡在家里收拾屋子，煮粥熬汤，而小猫穆廖尼卡也出去打猎——它负责抓耗子。每天傍晚的时候他们回来聚在一起，日子过得十分开心。

老头儿很会讲童话故事，达廖尼卡也很愿意听他讲，小猫穆廖尼卡则躺在地上，发出喵喵的叫声，它是在说：

“他讲得正确，十分正确。”

只是每当老头儿讲完一个故事之后，达廖尼卡都提醒他：

“爷爷，你快给我讲讲那只山羊的故事吧。它长什么样子？”

万尼亚教父刚开始总是推托着不讲，后来他终于推托不过去了，于是就讲了起来：

“那是一只很特别的山羊。它的右前腿上长着一只银蹄子。它的这只蹄子要是在哪个地方一跺，哪个地方就会出现宝石。它跺一下蹄子，就会出现一种宝石，跺两下蹄子，就会出现两种宝石，如果它这只蹄子使劲儿地去踢哪个地方，那么这里就会出现一大堆宝石。”

老头儿讲完这个故事就后悔了，因为从那天起，达廖尼卡只要一开口就问起这只山羊。

“爷爷，这只山羊的个头很大吗？”

万尼亚教父告诉她，这只山羊还没有桌子高，它的腿很细，头也很小。

达廖尼卡继续问道：

“爷爷，它有角吗？”

“有啊，但它的角长得很特别，”老头儿说，“一般的山羊角上都长两个杈，而它的角上却有五个杈。”

“爷爷，那它都吃什么动物呢？”

“它什么动物也不吃。它以草和树叶为食。冬天的时候它也会吃些草垛里的干草。”

“爷爷，那它的皮毛是什么颜色的呢？”

“夏天的时候呢，是棕色的，与我们穆廖尼卡身上的毛色一样，到了冬天就变成了灰色。”

“爷爷，那它身上有臭味儿吗？”

万尼亚教父听她这么问甚至有点儿生气了，他说：

“它身上怎么可能有臭味儿呢！只有家里养的羊身上才会有那种难闻的气味儿，而森林里长大的山羊，身上只有森林里的清香味儿！”

秋天到了，万尼亚教父已经在为去森林里打猎做准备了。他要去看看山羊们主要聚集在哪个方向。于是达廖尼卡开始求起情来：

“带上我吧，爷爷，哪怕能让我从远处看一眼这只山羊也好啊！”

万尼亚教父向她解释说：

“从远处你是看不清它的，因为所有的山羊在秋天的时候都是有角的，所以从远处看你是看不清它们头上的角是有几个杈的。但是冬天就不一样了。普通的山羊在冬天的时候是没有角的，而这只长着一只银蹄的山羊，头上总是有角的，无论冬夏。所以到了冬天，从远处看也能辨认出它。”

他用这个理由拒绝了小女孩的请求，就这样，达廖尼卡留在了家里，而万尼亚教父一个人去了森林。大约五天之后万尼亚教父回来了，他对达廖尼卡说：

“现在阳面山坡上有许多山羊在吃草。冬天的时候我就去那个地方。”

“怎么，难道你冬天的时候要在森林里过夜吗？”达廖尼卡问道。

“是啊，我在一个草坡上建了一个过冬的小屋。小屋里条件不错，有炉灶，还有一个小窗户。在那里住是没问题的。”

达廖尼卡又问：

“带银蹄的那只山羊也在那个山坡上吃草吗？”

“谁知道呢，或许它也在那里吧。”

达廖尼卡马上就向爷爷求起情来：

“带我一起去吧，爷爷。我会待在小屋里不出来，或许，那只银蹄山羊会走近咱们的小屋，我正好能看看它长什么样子。”

老头儿先是把手一挥，说道：

“那怎么行？那怎么行呢！一个小姑娘怎么能在大冬天的森林里徒步走呢？需要滑着滑雪板才行，可你又不会滑雪。森林里的雪很厚，会把你淹没的。我带着你怎么办？再说这一路上你也会被冻坏的！”

但是达廖尼卡丝毫也不让步，她坚持道：

“求你带上我吧，爷爷！滑雪我也是会一点儿的！”

万尼亚教父一再托词，后来他也暗自动摇起来：

“不然就带她去？只要带她去过一次，下次她就不会再想去了。”

于是他说道：

“好吧，我就带上你。不过咱可说好了，在林子里不许大声哭叫，也不能闹着提前回来。”

他们一直等到深冬的时候才动身去森林。万尼亚教父把两袋面包干、打猎用的器材和其他一些必备品都装到了手拉雪橇上。达廖尼卡也给自己准备了一个小包裹。她带了些给布娃娃缝制裙子的碎布头，还带了一小团毛线、缝衣服的针和一条绳子，她不知道能否用这条绳子逮住那只银蹄山羊。

达廖尼卡本不忍心把自己的小猫留在家里，但又有什么办法呢？她一边抚摸着小猫与它告别，一边说：

“穆廖尼卡，我和爷爷就要去森林了，你得留在家里抓耗子。我们一旦看到银蹄山羊，就马上回来，到时候我就把看到的一切都告诉你。”

小猫用调皮的眼神看了看她，自顾自地低声嘀咕着：

“哼，想得倒美，你想得倒美！”

于是，万尼亚教父就带上达廖尼卡上路了。邻居们对他的举动很是惊讶：

“这老头儿，真是老糊涂了！这么大冷天怎么能带这么小的女孩子去森林呢？”

万尼亚教父和达廖尼卡刚要走出矿场，就听见几只小狗狂叫起来。它们发出那么疯狂的吠叫声，似乎大街上突然出现一只猛兽一样。他俩回头一看，原来是他们家的小猫——穆廖尼卡正在马路中间跑呢，它正拼命地甩开狗群的追击。穆廖尼卡比刚来的时候胖了许多，它现在的体型十分健壮。几只狗紧跟在它后面跑，却不敢靠近它。

达廖尼卡想抓住小猫把它送回家，但是她怎么能追得上它呢？穆廖尼卡已经跑进了森林，并且爬上了一棵松树。看谁能抓住它！

达廖尼卡大声叫着小猫，但无论她怎么叫它，也看不见它的踪影。没办法，他们只好继续向前走了。

他们走着走着，突然发现了穆廖尼卡——它跟在他们旁边跑着。就这样，他们终于来到了林间小屋。

从此，他们一家三口开始了小屋里的生活。达廖尼卡炫耀地说：

“我们在这里真是快乐无边啊！”

万尼亚教父随声附和道：

“是啊，简直是乐不可支啊！”

小猫穆廖尼卡蹲在炉子旁边，身体上缠着毛线，发出高高的呼噜声，它在说：

“你说得没错，说得没错呀！”

这个冬天森林里的山羊很多，都是普通的山羊。万尼亚教父每天都能打一两只回来。他们的羊皮已经积攒得很多了，羊肉也腌制了很多，多得用他们的手拉雪橇都已经拉不动了。现在需要回矿区一趟，牵一匹马回来。但是怎么能把小女孩达廖尼卡和小猫独自留在森林里呢？而达廖尼卡已经逐渐习惯了森林里的生活，所以她主动对老头儿说：

“爷爷，你去矿区牵一匹马回来吧，咱们得把这些腌肉都拉回家呀！”

听到达廖尼卡的话，万尼亚教父感到十分惊讶，他说：

“你真是太聪明啦，达利亚·格里高利耶夫娜*！你已经完全像大人一样思考问题了！只是我担心我走了之后，你一个人留在这里会害怕的。”

“有什么可怕的呢？”她回答说，“我们的屋子很牢固，狼也进不来。再说还有穆廖尼卡和我做伴呢。我不害怕。你只要快去快回就好。”

于是万尼亚教父回家牵马去了，这里只剩下达廖尼卡和穆廖尼卡。白天的时候还好，他们像往常万尼亚教父去山里探查山

* 这里老头儿用正式的名字和父称来称呼小女孩，表示对她的称赞和夸奖。——译者注

羊行踪的时候一样，习惯了自己待在家里。但是一旦天黑下来，达廖尼卡还是有些害怕。

但她发现小猫穆廖尼卡却十分平静地躺在那里，丝毫没有害怕的样子，达廖尼卡的心情也平静起来。她坐到小窗前，朝山上的草坡望去。突然，她看到森林里有一个圆团儿一样的东西在滚动着。当这个圆团儿离小屋越来越近的时候，她才看清楚——跑过来的是一只山羊。它的腿很细，头不大，两只角上分别长着五个杈。达廖尼卡赶紧跑出屋想看个究竟，可她跑出去之后那只山羊却不见了。她回到屋里自言自语地说：

“看来是我刚才睡着了，看来是我的幻觉，是我梦到的。”

穆廖尼卡低声呼噜着，说道：

“你说得没错，说得没错！”

于是达廖尼卡躺在了小猫的旁边睡着了，一觉睡到了第二天早晨。

第二天过去了。万尼亚教父还是没有回来。达廖尼卡感到有些寂寞，但她并没有哭。她一边抚摸着小猫穆廖尼卡，一边说：

“打起精神来，穆廖尼卡，爷爷明天一定会回来的。”

穆廖尼卡喵喵地叫了几声，高兴地唱道：

“你说得没错，说得没错！”

达廖尼卡又在窗前坐了一会儿，看着窗外的星星。她本想去睡觉了，可这时小屋的一面墙上突然传来了蹄子的敲击声。达廖尼卡吓坏了，然后另一面墙上也传来了同样的声音，接着是有窗户的那面墙，最后是有门的那面墙，纷纷都传来了蹄子的敲击声，后来屋顶也传来了敲击声。但这声音并不大，像是一个体态轻盈的人快走时的脚步声。达廖尼卡心里暗想：

“难道是我昨天看到的那只山羊又来了吗？”

她太想出去看个究竟，所以也顾不上害怕了。她打开小屋的门，看见有一只山羊就在她眼前，离她近在咫尺。它的右前腿抬起来一跺，银蹄子就闪闪发光，而且它的两只角上各长着五个杈。达廖尼卡不知道该怎么办，于是就像叫普通家羊一样招呼它过来：

“咩咩！咩咩！”

山羊听到这个声音兴奋地大叫起来，那叫声宛若笑声，然后一转身就跑了。

达廖尼卡回到了小屋，对穆廖尼卡说道：

“我看到那只银蹄山羊了，看到了它长着五个杈的两只角，也看到了它的银蹄子。只是没有看到它是怎么用这只蹄子敲出宝石的。看来下一次它会让我看到的。”

穆廖尼卡高兴地唱道：

“你说得没错，说得没错！”

第三天过去了，万尼亚教父还是没有回来。达廖尼卡的心情变得十分糟糕，甚至流下了眼泪。她想和穆廖尼卡说说话，可它却不在。这时达廖尼卡感到更加恐惧了，她从小屋里跑了出来寻猫。

夜里的月亮很圆很亮，照得外面能看到很远的地方。达廖尼卡定睛一看，发现小猫穆廖尼卡就坐在草坡上，而它面前有一只山羊。山羊站在那里，抬起了一条腿，而银蹄子在闪闪发光。

穆廖尼卡轻轻地摇了摇头，山羊也轻轻地摇了摇头，它们似乎在交谈着什么。然后它们开始在割过草的山坡上跑，山羊跑着跑着突然停了下来，开始用它的银蹄子敲击地面。穆廖尼卡也朝那个地方跑了过去，山羊则继续向前跑，又开始用它的银蹄子敲击地面。它们就这样在草坡上跑着，直到很远的地方，已看不见它们的踪影，然后它们又跑回小屋旁。

这时山羊跳到了小屋的屋顶上，开始用它的银蹄子敲击屋顶。只见银蹄子下面的石头像火花一样散落下来，有红色的、蓝色的、绿色的，各种颜色的宝石纷纷掉落下来。

就在这时，万尼亚教父回来了。他完全认不出自己的小屋了。整个小屋变成了一个宝石堆。屋顶上各种颜色的光交相辉映。山羊站在小屋的屋顶上面，不停地用它那只银蹄子敲击着屋顶，各种宝石源源不断地散落下来。这时，小猫穆廖尼卡突然也跳上了屋顶，它和山羊并排站在一起，发出喵喵的叫声，然后小猫和银蹄山羊突然就不见了。

万尼亚教父把宝石装到自己的帽子里，刚装了半个帽子，达廖尼卡就开始恳求他说：

“不要动，爷爷！明天白天我们再来看看！”

万尼亚教父听了她的话。但是黎明前下了一场大雪，所有的石头都被雪盖住了。后来他们扒开了雪，却什么也没找到。不过，万尼亚教父装到帽子里的那些宝石对他们来说已经足够了。

他们以后的生活都十分顺利，可怜的是那只叫穆廖尼卡的小猫，人们再也没有见过它，银蹄山羊从此也再没有出现过。常言道：人的一生有过一次这样的幸运足矣。

而在银蹄山羊跑过的那些草坡上，人们开始寻找各种宝石，他们找到了很多绿色的宝石，这就是蓝宝石，你们见过吗？

（本作品创作于 1938 年）

孔雀石首饰盒

帕维尔·彼得罗维奇·巴若夫 著

付何珍 译

斯捷潘的遗孀娜斯塔西娅有一个孔雀石首饰盒。首饰盒里有各式各样的饰品：戒指、耳环、女性参加典礼时需要戴的首饰，总之应有尽有。这个首饰盒是斯捷潘结婚前铜矿山女神送给他的礼物。

娜斯塔西娅从小就是个孤儿，她不习惯穿金戴银，也不喜欢打扮自己。和斯捷潘结婚后的头几年，她也试戴过这个首饰盒里的饰品，只是这些首饰并不合她心意。刚戴上戒指时……既不觉得禁锢，也不觉得松滑，但当她戴着戒指去教堂或去别处做客时就相当难受了。手上的戒指让她感觉越来越紧，最后箍得手指都发青了。如果戴上耳环，情况就更糟糕了——耳朵会被坠得很长，耳垂会立刻肿胀起来。娜斯塔西娅把这副耳环拿在手里掂了掂，觉得并不比她平时戴的那副耳环沉。那条可以在脖子上绕上六七圈的宝石项链她只试戴过一次。戴上它，就像在脖子周围缠上了一圈冰一样，怎么也暖不过来。她从没把这条宝石项链戴出去过。

戴上它，她会觉得心里不踏实。

人们会说："快看，波列瓦亚村竟出了这么一个漂亮的皇后！"

斯捷潘没强迫过妻子佩戴这个首饰盒里的饰品。有一次他甚至对妻子说：

"把这个首饰盒搁在看不见的地方吧，免得你看见它心烦。"

于是娜斯塔西娅就把首饰盒放到了用来储藏粗麻布和其他物品的大箱子的最底层。

斯捷潘死了，人们发现他的一只手里攥着许多宝石，娜斯塔西娅这时不得不把那个首饰盒拿出来给外人看。一个对斯捷潘手里攥着的宝石很在行的人，在人们散去之后对娜斯塔西娅说：

"你别不把这个首饰盒当回事，它值几万卢布呢。"

这个人学识渊博、经验丰富，是个自由人。早些年他当过采矿工长，但后来被解雇了，因为他对手下人管得太松。他喜欢喝酒，是酒馆里的常客，除了这个缺点，他没有别的毛病。在别的方面，他都做得很好。他是个作风正派的人，替人写过诉状，给人冲洗过石头样品，看过矿脉的走向——这些事情他都是凭良心认认真真地做，不像其他人做点儿事就要半俄升*酒。每逢节日，人们总要想着敬他一杯酒。就这样，他一直在我们矿区生活，直到去世。平时他靠给别人干点小活维持生计。

娜斯塔西娅听丈夫提起过这个采矿工长，知道他是个好人，做事也很有头脑，尽管平时爱喝点儿小酒。所以，娜斯塔西娅听了他的话。

"好的，"她说，"我一定好好保管，以备将来不时之需。"

* 俄升，沙俄量酒单位，一俄升约等于1.23升。——译者注

之后她把首饰盒放回了原处。

人们埋葬了斯捷潘，并为他举办了隆重的四十天祭奠会。娜斯塔西娅正是风华正茂的年龄，还衣食无忧，因此许多男人都来向她求婚。但她是个聪明的女人，对所有人都说同样的一句话：

“也许第二任丈夫对我会很好，但对我的孩子们来说终究都是继父。”

渐渐地，前来求婚的人就少了。

斯捷潘可是为家人留下了一笔可观的家产：一座结实的房子，一匹马，一头牛，各种家用物品应有尽有。娜斯塔西娅是个勤劳的女人，孩子也个个像样，日子过得安稳、踏实。这样的日子过了一年、两年、三年，但他们还是渐渐变穷了。一个女人带着几个年幼的孩子怎么能操持得了地里的农活儿呢？怎么也得出去赚钱才行啊！怎么也得赚出个买盐的钱啊！这时亲戚们纷纷在娜斯塔西娅耳边吹风说：

“把那个首饰盒卖掉吧！你留着它有什么用呢？一大笔财富就白白地闲置在那儿，留着也没什么用。你只有一个女儿塔纽什卡，她长大了也不会戴这些首饰的。瞧，这些首饰多贵重啊，只有有钱人才买得起。像我们这样的人配不上戴这些东西。卖了还能换些钱来。你正好可以用卖的钱来接济你过日子。”

简而言之，她听了亲戚们的劝告。想买首饰盒的买家就像乌鸦猛扑向骨头一样纷至沓来。他们都是商人。有人愿意出一百卢布买下她的首饰盒，有人愿意出两百卢布。

“我们是可怜你的孩子们，也同情你身为寡妇的困境，是来帮你的。”

总之，他们竭力地哄骗这个村妇卖掉首饰盒，但他们碰到的可不是一般的女人。

娜斯塔西娅清楚地记得那个采矿工长对她说过的话，不要轻易卖了这个首饰盒。而且她也舍不得卖了它。毕竟这是她丈夫求婚时送她的礼物，留着也是对丈夫的纪念。更重要的是，她的小女儿曾泪流满面地央求她：

“妈妈，别卖！妈妈，别卖！宁可我出去挣些钱回来，也要留住这个纪念爸爸的首饰盒。”

斯捷潘留下了三个孩子，其中有两个男孩。这两个男孩一看就是这家人的孩子，而这个小女儿——大家都说，她长得既不像妈妈也不像爸爸。斯捷潘还在世的时候，这个孩子还很小，人们见了小姑娘都觉得惊奇。不仅村里的女人们说闲话，就连男人们都对斯捷潘说：

“斯捷潘，你这个孩子长得很特别，就像画出来的似的。谁能生出这样的女儿！皮肤是黑了点儿，但长得可真漂亮，有一双绿色的眼睛。一点儿也不像我们本地的姑娘。”

斯捷潘开玩笑地回答说：

“她皮肤黑点儿并不奇怪。要知道作为她父亲的我，从小就在地底下采矿。她的眼睛是绿色的也不足为奇。我为图尔恰尼诺夫老爷开采出的孔雀石还少吗？她的眼睛就是留给我采孔雀石的纪念品啊！”

因此，斯捷潘就管女儿叫“纪念品”。“瞧，这就是我的纪念品！”偶尔他给女儿买什么东西的时候，总是挑蓝色的或绿色的给她买。

就这样，小女孩渐渐长大了。她真的像一只节日时才佩戴的腰带上脱落下来的毛线球，从老远就能看见她。尽管她对陌生人并不是很亲热，但大家看到她都会亲切地“塔纽什卡”“塔纽什卡”地喊着她。就连那些嫉妒心极强的女人都喜欢看她。瞧，她多漂亮啊，人见人爱！只有她母亲时常叹气说：

“她漂亮是真漂亮，但不是我们的孩子。似乎是有人把我的女儿偷偷地换掉了一样。”

父亲斯捷潘的死至今使小女儿悲伤不已。她一直在哭，脸也消瘦了很多，似乎就剩一双眼睛了。母亲见此，就想把那个孔雀石首饰盒拿出来给塔纽什卡玩，让她暂且忘了伤心事。虽然塔纽什卡还很小，但毕竟是女孩子——从小就喜欢往自己身上戴首饰。塔纽什卡忙着挑选、试戴首饰盒里的饰品。但令人纳闷的是，那些饰品的尺寸都很适合她。有些连母亲都不知道该如何佩戴的饰品，塔纽什卡全知道，她还对母亲说：

“妈妈，你看爸爸留下的礼物多好啊！戴上这些饰品，就立刻感到身体里热乎乎的，就像坐在屋外的土台上一样，还能感到好似有一双柔软的手在抚摸你。”

娜斯塔西娅自己也戴过这些饰物，戴上去的感觉至今还记忆犹新：戴上戒指，手指会被箍得发青；戴上耳环，耳垂会被拉得生疼；戴上项链，脖子始终感觉冰凉。她就在想：“唉，真是奇怪了！真是奇怪了！”于是她赶紧又把这一个首饰盒重新放回大箱子里。只是从那时起，塔纽什卡就时常请求母亲：

“妈妈，把爸爸留下的那个礼物拿出来让我玩一会儿吧！”

娜斯塔西娅有时会狠狠地拒绝女儿，但母亲的心总是充满怜爱之情的，过一会儿又会把首饰盒拿给塔纽什卡，只是嘱咐她说：

“千万不要弄坏了！”

后来，当塔纽什卡渐渐长大了，她自己会拿出首饰盒来玩。

每当母亲带着哥哥们去草场割草或是去什么其他地方的时候，塔纽什卡就留在家里做家务。她要先把母亲吩咐的事情做完：洗碗和勺子，抖搂干净桌布，把屋子和过道打扫一下，喂鸡并照看炉子。她匆匆做完这些家务活儿之后，就赶紧取出首饰盒玩一会儿。原先堆在一起的高高的许多大箱子，现在就只剩下了一个，还不沉。塔纽什卡把它搬到一个板凳上，从箱子里拿出首饰盒，挑选里面的各种首饰，一边欣赏，一边往自己身上试戴。

有一天，一个小偷潜入了他们家。不知他是一大早就躲在了院子里，还是白天就从哪儿悄悄地钻进来的，没有一个邻居看他从街上走过。一个陌生人能准确地潜入他们家，显然是有人告诉了他这家的全部情况。

有一天，娜斯塔西娅出门了，塔纽什卡马马虎虎地做完家务后，就躲进屋子里拿出他父亲的礼物玩。她戴上了头饰、耳环。就在这时，这个小偷闯进了屋。塔纽什卡回头一看，就看到门口站着一个手里拿着斧头的陌生男人。她一眼就认出来这把斧头是她家的，原本是放在过道的角落里的。刚刚塔纽什卡在打扫过道的时候，才把斧头放在那儿的。塔纽什卡吓坏了，她呆坐着一动也不敢动，而男人看着她，斧头从手中掉落了，他用两只手捂住了双眼，就好像眼睛被灼伤了一样，只听到他开始痛苦地大喊：

“我的天啊，我的眼睛看不见了！哎哟，我的眼睛瞎了！”他一直用手揉搓着眼睛。

塔纽什卡看着眼前这个男人身体出现了不适，就问道：

“叔叔，你是怎么进到我们家的？为什么还要拿着斧头？”

这个男人继续呻吟着，还不断揉着自己的眼睛。塔纽什卡觉得他很可怜，于是舀了一瓢水想递给他，而这个男人吓得背朝着门连连往后退。

“哎呀，你别过来！”他坐在过道里，把屋门堵住了，不想让塔纽什卡从房间里跑出来。但她还是找到了另一个出去的办法——她从窗户爬了出去，找了邻居们。邻居们来了之后开始盘问这个男人，他是谁，为什么到这儿来。这个人眨了一下眼，解释说自己是个过路人，想来讨点儿施舍，但不知怎么的，他的两只眼睛出了点问题。

“就像被阳光刺伤了一样，我以为自己看不见了。或许是因为日头太毒了？”

关于斧头和宝石的事，塔纽什卡对邻居们只字未提。邻居们心想：

“也没什么大不了的事。可能是塔纽什卡忘了锁门，这个过路人就直接进来了，然后他的眼睛就出了意外。这也是常事。”

在娜斯塔西娅没回来前，邻居们一直没有放这个过路人离开。在娜斯塔西娅带着两个儿子回来之后，那个过路人就把对邻居们说的那番话又跟她说了一遍。娜斯塔西娅看到家中的贵重物品一样没少，就让他走了。那个过路人走后，邻居们也散了。

这时候，塔纽什卡才对妈妈和盘托出了事件的经过。这时娜斯塔西娅才明白，那个人是冲着首饰盒来的，但看来想要抢走它，并不容易。她心想：

“还是要把它藏到更安全的地方。”

于是娜斯塔西娅没有告诉塔纽什卡和儿子们，自己悄悄地把首饰盒藏到了地窖里。

有一天，家里人都出门了，家里又只剩下塔纽什卡一个人。塔纽什卡想拿出首饰盒玩，但发现它不见了。塔纽什卡很伤心，这时突然一股热气向她扑来。这是什么？从哪里来的热气呢？她四下打量，发现从地板下透出一缕光。塔纽什卡吓坏了：该不会是着火了吧？她往地窖里瞧了瞧，发现光是从那儿的一个角落里发出来的。她一把抓起水桶，打算把水泼过去——但那里既没有水，也没有烟。她在那个角落里翻寻了一会儿，就找到了首饰盒。她打开首饰盒一看，那里的宝石似乎比平日里更加璀璨夺目了。它们好像燃烧着的各种颜色的火焰，发出的光就像太阳一样闪亮。塔纽什卡没有把首饰盒拿进屋里，索性就在地窖里玩了个够。

从那时起她就一直这样做。母亲心想："瞧，我把首饰盒藏得多好，除了我，谁也不知道它在哪儿。"而女儿一个人在家时，就会抽出个把小时去玩父亲留下的礼物。娜斯塔西娅之后再也没向亲戚们提起过卖掉首饰盒的事。

"等日子实在过不下去时，我再卖掉它也不迟。"

虽然她的日子过得十分艰难，但她还是坚强地挺过来了。又过了几年困难的日子之后，日子渐渐好起来了。儿子们能开始挣些小钱了，塔纽什卡也没有在家闲着。你看，她学会了用丝绸绣花和缝串珠。她的手艺很棒，就连老爷家里那些最优秀的女工都为她拍手叫好："她是从哪里学来的各种花样呢？是从哪里弄到的这些漂亮的丝线呢？"

她的花样和丝线得来的也都是事出偶然。有一天，他们家来了一位妇人。个子不高，皮肤黝黑，与娜斯塔西娅年龄相仿，但目光尖锐，从各方面看，她都是一个精明的、有头脑的女人。她背了一个粗麻布袋子，手里拄着一根稠李木的拐杖，像一个无家可归的流浪者。她向娜斯塔西娅请求道：

"女主人，我可不可以在你家歇上一两天呢？我实在走不动了，而且还有很长一段路要走。”

娜斯塔西娅开始的时候以为，是不是又有人派她来偷首饰盒呢，但后来还是让她进屋了。

“倒不是不让你住。你也不会一直住着不走，毕竟也带不走房子。只是我们家吃得太寒酸了。早饭是葱头配格瓦斯，晚饭也是格瓦斯配葱头，就这么点儿吃的。如果你不怕饿瘦了，那么欢迎你，你想住多久就住多久。”

这时这个流浪妇人已经把自己的拐杖竖在了炉边，背的袋子也放在了炉子前的小平台上，并脱下了鞋子。娜斯塔西娅见此情形，心中不悦，但没吭声。她心想：

“瞧，也太缺乏教养了！我还没请她，她就脱了鞋，解开了背包。”

这个流浪妇人这时已经解开了背包上的纽扣，挥了挥手，招呼塔纽什卡过去：

“你到我这儿来，孩子，看看我的手艺活儿。如果你喜欢，我可以教你……看看吧，这些东西你看一眼就一定会喜欢上的！”

塔纽什卡走了过去，妇人递给了她一块两头绣着丝边的小头巾。这块绣花头巾上的图案是如此鲜艳美丽，以至于小屋里顿时变得明亮温暖起来了。

塔纽什卡两眼直勾勾地看着这块美丽的绣花头巾，妇人微微一笑，问道：

“喜欢上我的手艺活儿了吗？小姑娘，如果你想学，我来教你，怎么样？”

“我想学。”塔纽什卡说。

娜斯塔西娅听了，生气地斥责说：

“你想都不要想！盐都吃不起了，你还想学绣花手艺！买这些绣花用的东西需要好多钱呢！”

“女主人，你不用为此担心，”流浪妇人说，“只要小姑娘肯学，这些绣花用的材料自然会有的。为了报答你的搭救之恩，材料我会留给她，足够她用上一阵子的。以后你就知道了。我们做的手工艺品是可以卖钱的。这些手工艺品会让我们衣食无忧的。”

话说到这份上，娜斯塔西娅不得不同意了。

“如果你答应给她学绣花所用的材料，那我怎么能不让她学呢？就让她跟你学吧，多少懂点儿也是好的。那就要谢谢你啦！”

于是这个妇人开始教塔纽什卡绣花了。塔纽什卡学得很快，好像以前就会似的。还有一件更让人想不到的事：塔纽什卡以前无论是对陌生人，还是对自己人都不亲热，而对这个妇人却越来越离不开了。娜斯塔西娅斜眼盯着塔纽什卡，心想：

“你倒是给自己找了个新的亲人。不愿和我这个母亲亲近，反倒总黏着那个流浪妇人！”

而那个流浪妇人好像是故意诱惑塔纽什卡似的，总是叫她“女儿”“宝贝”的，一次都没有叫过她的名字。塔纽什卡知道，母亲因此很不高兴，但她却无法控制自己去和那个妇人亲近。而且她对那个妇人是那么信任，甚至连首饰盒的事情都跟她说了！

“我们家有一个爸爸留下来的珍贵的纪念品——孔雀石首饰盒。那个首饰盒里装有各种宝石，让人怎么看都看不够！”塔纽什卡说。

“能给我看看吗，女儿？”妇人问。

塔纽什卡甚至连想都没想到，不该把首饰盒拿给别人看的。

她马上说：“等家里没人的时候，我拿给你看。”

这一刻终于来了，塔纽什卡把那个妇人叫到地窖，并拿出首饰盒给她看。这个妇人看了一眼说：

“你把它们戴上，我会看得更清楚些。”

她话音还未落，塔纽什卡就开始把首饰戴上了，那个妇人马上夸赞道：

“非常好，我的女儿，非常好！只需要稍微动一动就好。”

她走到塔纽什卡跟前，用手指稍微碰了碰宝石。她碰到哪块宝石，哪块宝石就发出不一样的光芒。在这些光芒之下，有的宝石塔纽什卡能看见，有的宝石她看不见。然后那个妇人说：

“你站起来，我的女儿。站得直直的。”

塔纽什卡站了起来，那个妇人开始轻轻地抚摸她的头发和背部。从上到下抚摸完之后，她对塔纽什卡说：

“当我叫你转过身之后，你不许回头看我。要一直目视前方，并记住接下来发生的事，但不许对外人说出半个字。好了，现在转过身吧！”

塔纽什卡转过身——在她面前出现了一间她从未见过的屋子。它既不像教堂，也不像一般的房子。高高的天花板由纯孔雀石做成的柱子支撑着。四周是用孔雀石砌成的有一人高的墙壁，房檐上也有用孔雀石雕刻的装饰。塔纽什卡的面前似乎有一面镜子，镜子里有一个美人，美得就像童话里的：一头秀发乌黑，像漆黑的夜，眼睛是绿色的。她全身上下戴着各种名贵的珠宝，身上穿着由绿色天鹅绒制成的闪闪发光的连衣裙。只有画中的皇后才拥有如此美丽的裙子。这种裙子怎么能穿在身上呢？我们工厂的人穿上这样的连衣裙都会觉得害羞，而这个绿眼睛的女孩却泰然自若地站在那里，好像她就应该穿成这样似的。这间屋子里挤满了人。男人们穿得都很像老爷，全身上下金光闪闪，胸前还佩戴着各种勋章。有的人把勋章挂在前面，有的人挂在后面，有的人浑身上下都挂着。看来，他们都是非常重要的官员。他们的妻子也在这里，她们个个袒胸露臂，珠光宝气的。只不过她们当中没有一个能比得上这个绿眼睛的美人！没有一个能比得上！

与绿眼睛的美人并排站着的是一个金发男子。他的眼睛是斜的，耳朵是兔子那样的招风耳。他身上的衣服也与众不同，倒没有那么多金光闪闪的东西，但鞋子上镶满了宝石。这些宝石的颗粒很大，也许十年才能碰上一颗。一下子就能看得出——他就是矿场的场主。这个长着兔子一样招风耳的人对绿眼睛的美人说着什么，但她连眉毛都没扬一下，好像他根本不存在似的。

塔纽什卡定睛看了看这个绿眼睛的美人，这时她才发现，这个绿眼睛的美人佩戴的宝石就是爸爸留下来的那些！塔纽什卡正要叫出声时，一切都消失不见了。

这时，那个流浪妇人微微笑了笑说：

“你还没看到最后，女儿！但不要难过，以后你会看到的。”

塔纽什卡自然要问：“刚才那间屋子是哪里？”

“那是国王的宫殿，”妇人说，“那个最富丽堂皇的房间，全是用从这里开采的孔雀石装饰而成的，都是由你已故的父亲开采的。”

“那个戴着我爸爸的首饰盒里的饰品的女人是谁呢？和她站在一起的那个长着一对招风耳的人又是谁呢？”

“这个我是不会告诉你的，你很快就会知道的。”

那天，当娜斯塔西娅回到家时，那个流浪妇人已经收拾好行囊，准备继续赶路了。她向女主人深深鞠了一躬，递给塔纽什卡一个丝线包和一些珠子，随后又拿出一枚小纽扣。不知它是玻璃做的，还是水晶做的，这是一枚具有普通棱面的纽扣。她把它递给塔纽什卡并说：

“收下吧，我的女儿，这是我留给你的一个纪念品。每当你在绣花的过程中遇到了什么困难时，你就瞧瞧这枚纽扣，你马上就会有解决办法的。”

说完那个流浪女人就离开了。一转眼的工夫她就消失不见了。

从那时起，塔纽什卡就成了一名手艺人。过了几年，塔纽什卡已经到了该出嫁的年龄。厂里的小伙子们总是往娜斯塔西娅家的窗户里看，但又不敢接近塔纽什卡。她对人很冷漠，而且总是一副心事重重的样子，再说她作为一个自由人，怎肯嫁给一个不自由的农奴呢？

就连老爷家的人也听说了塔纽什卡有门好手艺，纷纷派人来找她做手工活儿。这次派来了一个年轻的、打扮得像老爷一样的，身上还挂了块表的男仆，像是个做生意的。派他来的人想，说不定塔纽什卡会喜欢上这个年轻人，这样他就可以把她一起带回来。但这样的事情并没有发生。塔纽什卡和他谈完正事后，他继续说的话塔纽什卡已无意理会。如果她听烦了，就会嘲笑他几句：

“你快走吧，尊贵的客人，走吧！要知道他们都等着你呢！他们担心你的表会不会停下来不走了，你的表链会不会断掉。你看，你没有戴表的习惯，别再把表链磨坏了。”

这些话对这个仆人或老爷的其他仆人来说，就像往狗身上浇热水一样。他像被烫伤了似的赶紧跑开了，一边跑，一边气呼呼地自言自语：

“这难道是一个女孩子吗？简直是一尊绿眼睛的石头雕像！

我才不要找这样的女人！”

那个仆人虽然被气得够呛，但还是被塔纽什卡吸引住了。另一个被派去的仆人，也始终无法忘记塔纽什卡的美貌。他们就像被施了魔法一样，总想去她家——即便是从旁边经过，能透过窗子向里面瞧上一眼也好啊！每逢节日，厂里几乎所有的单身汉都会到这条街上闲逛。塔纽什卡家的窗户下都被踩出一条小路了，但塔纽什卡看也不看他们一眼。

那些女邻居开始责备起娜斯塔西娅来：

“你家的塔纽什卡怎么这么自命不凡、高高在上啊？她没有女同伴，对男孩子也是连看都不想看一眼。她这是想嫁给王子还是想当修女呢？”

娜斯塔西娅听到这些责备也只能叹气道：

“哦，各位邻居，连我自己也不知道这是怎么回事啊！我女儿本来就有点儿让人琢磨不透，是那个路过我家的巫婆最终把她弄成了这副样子。我要是对她说什么，她就会目不转睛地盯着自己那枚有魔力的纽扣看——一言不发。我本想把她那枚该死的纽扣扔掉，但那枚纽扣对她的生意有好处。每当她想换丝线或不知该怎么办的时候，她就会看一眼那枚纽扣。她也拿给我看过，但我眼神不好，也看不出什么来。我真想狠狠地揍她一顿，但你们看，她是那么努力为家里赚钱的孩子。我们能生活下去全靠她赚来的钱。我每次想到这些，就会大哭一场。每当这个时候，塔纽什卡都会跟我说：‘妈妈，要知道，我的婚姻并不在这里。在这里，我不想见任何人，他们做游戏我也不想参与。为什么要给别人徒增烦恼呢？坐在窗下是因为我干的手工活儿需要。你为什么要责备我呢？我做错了什么呢？’瞧，我能怎么回答她呢？！”

他们的日子一天天好起来了。关于塔纽什卡有绣花好手艺的消息不胫而走。不仅是在工厂里或是在他们所住的城市里，就连其他地方的人对塔纽什卡的手艺也有所耳闻，订单源源不断，付的钱也很多，足以抵得上一个身强力壮的男子挣到的钱。只是这时候他们家却遭遇了一件倒霉事——发生了一场火灾。火灾发生在半夜。牲口棚、干草棚、马匹、母牛以及所有的工具都被烧毁了。好在人都跑了出来。全部的家当就只剩下了那个首饰盒，娜斯塔西娅在匆忙中把它抱了出来。第二天，她说：

“看来我们已走到了绝路——不得不卖掉首饰盒了。”

两个儿子异口同声地说：

“卖了它吧，妈妈。只是不要卖得太便宜了。”

这时塔纽什卡偷偷地看了一眼纽扣，那上面出现了一个绿眼睛的女人，似乎在说：“让他们卖了吧！”塔纽什卡很伤心，但又有什么办法呢？无论如何，爸爸的纪念品最终都会到那个绿眼睛的女人的手上。她叹了一口气说：

“卖就卖吧。”

她甚至都没最后去看一眼首饰盒里的那些饰品。更何况他们正寄居在邻居家里，不方便打开看。

他们刚有要卖掉首饰盒的打算，商人们就闻讯赶来。也许纵火犯就在他们中间，为了得到首饰盒而放火烧了房子！要知道来的买家都竞相出价！他们看到这家的孩子们已经长大了，出的价就更高了。有人出五百卢布，有人出七百卢布，甚至有人愿意出一千卢布。按照当地的行情，这笔钱已经不少了，足够支撑接下来的生活了。但娜斯塔西娅要价两千卢布。商人们开始和她讨价还价。一点儿、一点儿地加钱，他们各自谈各自的价格并且互相隐瞒报价。你看，为了这么一个东西，没人愿意让步。在他们讨价还价的时候，波列瓦亚村矿上来了一个新管家。

以前的管家在矿场里一待就是很久，但最近这些年管家常常调换。斯捷潘还在世的时候那个管家是一个臭名昭著的家伙，老矿场主就把他发配到克雷拉托夫斯科矿场了。然后是外号叫“煎屁股”的管家，工人们曾让他坐过烧红的铁板。接着调来的是“刽子手”谢维里扬，之后又换了两三个管家，现在又来了这个人。

据说，这个人是从国外来的，会说多国语言，俄语说得比较差，但有一句话用俄语说得很清楚——“用鞭子打”。他说这句话的时候口气十分傲慢，声音拉得很长：“用鞭子——打！”只要有人说了让他不开心的事，他就会高喊一句：“用鞭子——打！”所以大家就给他起了一个绰号叫“鞭子”。

事实上，这个“鞭子”管家并不是很坏。虽然他总是大声嚷嚷，但不会总把矿工往“消防屋”* 里赶。他来了之后，当地那些打手就无事可做了。在这个“鞭子”的管理下，人们松了一口气。

还有这么一件事。老矿场主的身体那个时候已经非常虚弱了，几乎挪不动双腿了。他希望给儿子娶一位伯爵小姐为妻，但这个年轻的少爷已经有了一位心仪之人，而且他还非常喜欢她。那要怎么办呢？事情变得有些尴尬。怎么让媒人去提亲呢？于是老矿场主派人去劝那个女人，也就是他儿子的意中人，希望她可以嫁给一位音乐教师。这位音乐教师是老矿场主雇来的。既教孩子们音乐，也教孩子们外语，这是贵族家庭传统的做法。

* “消防屋”是指矿上用来折磨和拷打矿工的地方，“消防员”就相当于施暴者。——译者注

“你何必要得到这样一个坏名声呢？”老矿场主对她说，“你可以嫁给他人，而且我会给你一笔钱，并让你的丈夫去波列瓦亚村做管家。那里的活儿很容易做，只要把工人看紧点儿就行了。虽说你的丈夫是位音乐教师，但他足以胜任这份工作。你和他在波列瓦亚村会过得很好。可以说，你们将是那个地方最有影响力的人物。每个人都会仰视你们、尊敬你们。这有什么不好呢？”

这个女人被说服了。她这么做，不知是她与老矿场主的儿子发生了争吵，还是她另有什么打算。

她说：“我早有这样的想法，就是一直不敢说出来。”

当然，一开始音乐教师是不同意的：

“我不想娶她，”他说，“她是一个臭名昭著的荡妇。”

但矿场的老爷是个诡计多端的老家伙，一个个矿场也不是一般人能开的。不知他用了什么办法，最后音乐教师同意了，或许是对他稍加威胁，或许是哄骗，或许是灌醉——总之，在大家看来，婚礼很快就要举行了。婚后两人就去了波列瓦亚村。就这样，“鞭子”管家就出现在了我们矿场。他总共在这里也没住多久，但说实话，他这个人并不坏。“鞭子”主管走后，厂里又来了一个叫哈里的管家，人们甚至都舍不得让“鞭子”走。

“鞭子”管家带妻子来到这里的时候，正是商人们竭力讨好娜斯塔西娅的时候。“鞭子”的妻子很漂亮，脸上白里透红——总而言之，是个人见人爱的女人。不然的话，老爷的儿子怎么会喜欢上她呢？那也是经过一番认真挑选的！于是，“鞭子”的妻子也听说了这个首饰盒要出售的事。她心想：“我也得去看看，也许它真的值钱呢！”她从头到脚精心打扮一番后，立即驱车赶往娜斯塔西娅家。要知道，矿场里的马车时刻都为管家和他的妻子准备着。

到了之后，她对娜斯塔西娅说："哎，亲爱的，能让我看看你要卖的那些宝石饰品吗？"

娜斯塔西娅拿出了首饰盒给她看。"鞭子"的妻子的两只眼珠子滴溜溜地转了起来。要知道，她曾在圣彼得堡接受过教育，和老爷的儿子也一起去过很多国家，对首饰很在行。"这是多么珍贵的首饰啊！"她心想，"这样的饰品就连皇后也没有戴过呀，可竟然在这儿，在这个波列瓦亚村里，在这个遭遇了火灾的女人手里有！我一定要把它买下来！"

"卖多少钱？""鞭子"的妻子问。

娜斯塔西娅回答：

"你要想买就给两千卢布。"

"鞭子"的妻子也假装讲了讲价钱，然后说道：

"好吧，亲爱的，你收拾一下，带上首饰盒跟我走，到了地方你就能拿到全款。"

但是，娜斯塔西娅并没有同意。

"在我们这儿呢，"她说，"没有这样的传统，不能先拿走东西再给钱。你把钱先拿来——首饰盒就是你的了。"

"鞭子"的妻子见遇到的女人不是善茬，就速速回去取钱了，临走的时候她嘱咐道：

"那你可不能把它卖给别人哦，亲爱的。"

娜斯塔西娅回答说：

"这个你放心，我不会食言的。我会等你到今天晚上，如果晚上你不来，就和你没关系了。"

"鞭子"的妻子回去了，商人们立刻围了上来。很明显，他们一直在跟踪着首饰盒出售的进展，都在问：

“唉，怎么样？”

“预售出去了。”娜斯塔西娅回答。

“卖多少钱？”

“两千，按照我之前确定的价格。”

“这个价格怎么能行！”商人们喊道，“你没长脑子还是怎么的？宁可卖给外乡人，也不愿卖给自己人！既然外人买，那咱们得提高价格啊！”

但娜斯塔西娅并没有上他们的当。

娜斯塔西娅说：“你们已经习惯了出尔反尔，但我不能和你们一样。我已经答应了那个女人，就这样了！不要再谈这个话题了！”

“鞭子”的妻子很快就回来了。她带来了钱，直接交到了娜斯塔西娅手里，然后提起首饰盒就往外走。走到门口时刚巧碰见了塔纽什卡。看得出来，她出门了，整个卖首饰盒的过程中她并不在家。她看到了一个贵妇手里提着首饰盒。塔纽什卡盯着她看，心想这并不是她以前见过的那个女人。而“鞭子”的妻子也在直勾勾地瞧着她。

“真是莫名其妙，你看什么看？这是谁家的小孩子？”“鞭子”的妻子问。

“她是我的女儿，”娜斯塔西娅回答说，“她就是你买的这个首饰盒的继承人。如果不是走投无路了，我才不会卖了它。我女儿从小就喜欢玩首饰盒里的这些饰品，她一边玩一边说，戴上它们暖和又漂亮。我现在说这些还有什么意义啊？卖了就是卖了！”

“亲爱的，你不要这样想，”“鞭子”的妻子说，“我一定会为这些宝石饰品找到一个好去处的。”而她自己心想：“好在这个绿眼睛的女孩子还不知道她自己有多大魅力。如果她出现在圣彼得堡，就连沙皇都会被她迷得神魂颠倒。一定不要让我那位傻瓜情人——图尔恰尼诺夫看见她。”

就此大家分道扬镳了。

“鞭子”的妻子一回到家，就对丈夫吹牛说：

“现在，我亲爱的朋友，不只是你，就连图尔恰尼诺夫少爷也奈何不了我。——只要你惹我不开心，那就再见！我或是去圣彼得堡，或是到国外，卖掉这个首饰盒。像你这样的男人，如果我需要，我就可以买上两打！”

一番吹嘘之后，她还是想试戴一下新买来的首饰。哎，女人嘛，都这样！她跑到镜子前，第一件事就是戴上了头饰。“哎哟，哎哟，这是怎么回事呀？真受不了！”这个头饰紧紧地缠住了她的头发。她费了好大劲儿才勉强把头饰摘了下来。可她还是忍不住又戴上了耳环——耳垂差点被撕裂。手指伸到镶宝石的戒指里——就被紧紧地箍住了，抹上肥皂才勉强把戒指从手指上拽下来。丈夫取笑她说：“看样子你是享受不了这份尊贵啊！”

她心想：“这到底是些什么东西呢？我得去一趟城里，拿给首饰匠看看，让他给我改做一下，但要提防他调包宝石。”

她说做就做。第二天一大早，她就乘坐马车离开了这里。她打听到哪个师傅最可靠，于是直接去找了他。首饰匠已经很老了，但对石头可是行家里手。他看了一眼首饰盒，问是从谁那里买来的。“鞭子”的妻子给他讲了她所知道的一切。首饰匠又仔细看了看首饰盒，但里面的宝石饰品他连看都没看。

“我接不了您这个活儿，”首饰匠说，“无论您出多少钱，我都接不了。当地的工匠们都干不了这个活儿。我们的手艺胜任不了这样的活儿。”

“鞭子”的妻子当然不明白这个工艺难在哪里，就气冲冲地找别的工匠了。只是所有的工匠就像商量好了似的都看看首饰盒，欣赏一番，但对里面的宝石饰品连看都不看一眼，就断然拒绝了这份加工首饰的活儿。这时，“鞭子”的妻子也耍了一点儿小计谋，她对其中一名工匠说：“这个首饰盒是我从圣彼得堡带来的。所有的首饰都是在那儿做的。”那个工匠听完只是哈哈大笑起来。

“我知道，”他说，“我知道这个首饰盒是在哪儿做的，对做这个首饰盒的师傅我也早已如雷贯耳。我们跟他可不是一个水平的，而且这是那个首饰匠为某个人专门定制的首饰，其他人都戴不了，怎么改也没有用。”

“鞭子”的妻子还是一头雾水，她只明白了一点，这个活儿不好干，他们都害怕某个人。她回想起首饰盒的原主人好像说过，她女儿喜欢把这些首饰戴在自己身上，心想：“难道这些首饰都是专门为那个绿眼睛的女孩子做的？那我可太倒霉了！”

接着她又转念一想：

“我管那么多干吗？我把它再卖给一个有钱的蠢女人不就好了？让她受折磨去吧，而我把钱赚回来就好！”带着这样的想法，她回到了波列瓦亚村。

“鞭子”的妻子一回到波列瓦亚村就听到了一个消息：矿场的老爷去世了。他狡猾地安排她和“鞭子”结了婚，而他最终没能逃过死亡——说死就死了。连儿子的婚事都还没来得及操办，儿子现在成了新的矿场主了。没过多久，“鞭子”的妻子收到了一封信。信中解释了事情的原委，最后写道：“我亲爱的，春汛到来之前我要去多个矿区走访，到时候会把你接走，你的那位音乐教师随便打发到哪儿去吧。”“鞭子”不知怎么知道了这件事，大闹了一番。你知道的，这让他在别人面前很没面子，也很苦闷。不管怎么说，他也是一个管家了，而他的妻子马上就要被别人夺去。他开始酗酒，当然是和仆人们一起喝。白吃白喝让他的仆人们感到很开心。一次，他们正在狂饮，其中的一个人吹牛说：

“在我们矿区出了一个美女，这样漂亮的女人找不出来第二个。”

“鞭子”问道：

“这是谁家的女儿？她住在哪里？”

于是大家就跟他说了是首饰盒家的女儿，并告诉他关于首饰盒的故事——你老婆就是从这家人手上买到的首饰盒。

“鞭子”说：

“我好想看一眼这个女子。”

告诉他这件事情的人也想去看看，正愁没理由呢，于是说：

“我们最好现在就去瞧瞧吧，看看他们是不是已经建好新房子了。这家人虽不是矿工，但毕竟住在矿区里。万一他们不服，可以收拾收拾他们。”

有两三个仆人跟着“鞭子”一起去了。他们拖着一条铁链，想用它测量一下娜斯塔西娅家新盖的房子有没有占用别人家的土地，柱子撑起的房盖有没有超出边界。总之，他们去找碴了。然后他们进了娜斯塔西娅家的房子，家里恰好只有塔纽什卡一个人。“鞭子”看了一眼塔纽什卡，惊叹得说不出话来。要知道，他从来没见过这么漂亮的女孩子。他像个傻瓜一样站在那里，而塔纽什卡却坐在那里一言不发，就好像这事与她无关一样。接着“鞭子”

稍稍向后退了几步，问道：

“您在做什么呢？”

塔纽什卡说：“在给别人加工绣品。”并展示了一下自己手里的活儿。

“我可以预订一个吗？”

“如果价钱合适，为什么不可以呢？”

“您可以，”“鞭子”又问了一次，“您可以给我用丝线绣出一个你自己的画像吗？”

塔纽什卡悄悄地看了一眼纽扣，那个绿眼睛的美人给她做了一个手势，意思是可以接受这个活儿，并用手指了指自己。塔纽什卡回答说：

“自己的画像我不会绣，但我可以绣出另一个女人的画像，她身戴昂贵的宝石，穿着皇后穿的那种连衣裙。但要做这样的绣品价格可不便宜。”

“价钱嘛，”他说，“这个你大可放心，无论是一百还是两百卢布，我都会付的，只要像您就行。”

“脸会像我，”她回答说，“但衣服可不像我的。”

他们商量好的价钱是一百卢布。塔纽什卡定的交货期限是一个月。只是“鞭子”会时不时地跑过来询问绣品的进展情况，其实是醉翁之意不在酒。他同样着迷于塔纽什卡的美貌，但塔纽什卡完全不在意这一点，通常跟他说上两三句话后，就不再说话了。“鞭子”的酒友们开始嘲笑他：

“她到现在都没有多看你一眼，你真是白白磨破了鞋底啊！”

最终，塔纽什卡绣好了那个肖像。“鞭子”看了一眼订制品——哇，天啊！这简直就是她本人啊！而且穿了一件镶满宝石的裙子！

“鞭子”比约定的价格多给了她两张一百卢布的钞票，但塔纽什卡没有收取多出来的两张。

“我们不习惯接受赠礼，”塔纽什卡说，“我们是靠劳动挣钱糊口。”

“鞭子”急匆匆地跑回家，急着欣赏这件肖像绣品，还将它偷偷藏了起来，并没有告诉他的妻子。此后酒会举办得少了，他也开始慢慢关心起矿场的事情来了。

春天，年轻的新矿场主到各地的分矿场检查工作，也来了波列瓦亚村的矿场。老百姓被赶出来做祈祷，接着在主人家里举办了舞会、酒会。新矿场主还给老百姓送来了两桶红酒——为了悼念已故的老矿场主，欢迎新矿场主。这是新矿场主“新官上任三把火”，想以此笼络人心。图尔恰尼诺夫家矿场里的工人们都去参加了这场宴会。矿工们喝过矿场主赠饮的一杯酒后哪能控制得住，都要自己花钱再买上十杯，也不知道过的是什么节，稀里糊涂就当过节了，最后再看一看自己的口袋——连最后几个戈比都买酒喝了。第二天矿工们都去干活儿了，而矿场主家的宴会仍在继续。就这样，日子一天天过去了。矿场主和宾客们玩累了就睡一会儿，然后再继续喝酒作乐。有时他们也去划船，去森林里骑马，弹奏乐器。总之，他们消遣娱乐的项目远不止这些。“鞭子”管家总是喝得烂醉。矿场主总是故意把最会喝酒的人派去陪他喝——直到把他灌醉为止！另外，这些人也努力地讨好新主人。

“鞭子”虽然喝醉了，但也明白他们的用意。他在客人面前感到很没面子。于是他在酒桌上当着大家的面说：

“我并不在乎图尔恰尼诺夫矿场主把我的妻子带走。就让他把她带走好了！我不需要这样的女人，因为我有这个！”然后他从口袋中拿出了丝绣的画像。在场的人都惊呆了，而“鞭子”的老婆也是惊讶地张大了嘴巴。矿场主更是看得目不转睛，他感到十分好奇。

“她是谁呀？”矿场主问。

“鞭子”开始哈哈大笑起来：

“你就是给我一桌子黄金，我也不会告诉你！”

不用他说，矿场的工人们立刻就认出了那是塔纽什卡。大家争先恐后地告诉矿场主这个姑娘是谁。“鞭子”的妻子气得捶胸顿足地说：

“你们胡说什么呀！胡说什么呀！简直是一派胡言！想一想，一个矿场里的女孩子哪儿来的这么昂贵的宝石裙子呢？而这幅肖像是我丈夫从国外带回来的。结婚前他就给我看过。现在你们喝醉了，看东西难免眼花。他醉得恐怕连自己都要不认识了。瞧，他已经喝得全身浮肿了！”

“鞭子”觉得妻子太讨厌了，就大骂起来：

“你真是太不要脸了，太丢人了！你为什么要编谎话糊弄矿场主？还竟敢当面撒谎！我什么时候给你看过这件丝绣的画像？它是我在这里找人为我绣制的。而这画像上的姑娘，就是他们口中的那个女孩子。至于裙子——我不会说谎——我不知道是从哪儿来的。裙子可以随便，但宝石可是她自己的。那些宝石现在就在你的柜子里锁着呢。是你自己花两千卢布买的，但你却戴不了。看来，你这个女人根本配不上那些高贵的首饰！全矿场的人谁不知道你买首饰盒的事情！”

矿场主听说了宝石的事，就立刻说道：

“快拿出来给我看看！”

你知道吗，矿场主并不聪明，花钱却大手大脚。说到底，他不过是父亲产业的继承人罢了，没什么能力。他偏爱宝石。他也没什么可以炫耀的——俗话说，既没有高大的身躯，也没有一副好嗓子，就是收藏的宝石多！听说哪儿有好宝石，他就要马上买到手。别看他不是很聪明，但对宝石还是很内行的。

"鞭子"的妻子见状，也没有办法了，只好拿出了首饰盒。矿场主看了一眼首饰盒，立刻就说：

"要卖多少钱？"

她脱口说出了一个天价。矿场主当然要和她讨价还价。最后以一半的价钱成交，矿场主给她写了一张字据，因为随身没带现款。矿场主把首饰盒放在自己面前的桌子上，说道：

"把你们说的那个女孩子叫来。"

有人赶快去找塔纽什卡。她什么也没问，就跟着来了，心想："应该是又有一个大订单。"走进屋，屋里都是人，在屋子中间，她看到了之前看到过的那个长着招风耳的人。这个人面前放着那个首饰盒，即她父亲留给她的纪念品。塔纽什卡立刻认出了矿场主，问道：

"你叫我来干什么？"

矿场主一句话也说不出来。他直勾勾地盯着她看，半天缓不过神来。最后他终于回过神来，说道：

"这是你的宝石饰品吗？"

"之前是我们家的，但现在是她的了。"说着，她指了指"鞭子"的妻子。

"现在是我的了。"矿场主炫耀地说。

"这是你们之间的事。"

“那你想不想让我把它再送还给你呢？”

“没那个必要了。”

“你可不可以戴上它们试试呢？我想看看，这些宝石饰品戴在人的身上是否合适。”

“这是可以的。”塔纽什卡回答。

她打开首饰盒，挑选了几件饰品——对她来说，这已经是习以为常的事情了，她很快就把首饰都戴好了。矿场主看着她，除了连声赞叹，再也说不出其他的话。塔纽什卡戴着首饰站了一会儿，问道：

“看够了吗？还要继续看下去吗？要知道，我可没工夫继续站在这里了，我还有很多活儿要做呢。”

矿场主这时当着大家的面说道：

“嫁给我吧，你同意吗？”

塔纽什卡只是冷笑了一声说：

“一个矿场主说出这番话，真有失身份。”

说完，她把首饰摘下来就走了。

只是矿场主并没有就此放弃。第二天他又前来求婚了。他苦求娜斯塔西娅：“把你的女儿许配给我吧！”

娜斯塔西娅说：

“我左右不了她的想法，而且在我看来，她与你也不相配。”

塔纽什卡听了听他们的谈话，说道：

“倒也没什么不配的……我听说，好像在皇宫里有一个宫殿，里面镶满了我爸爸开采出来的孔雀石。如果你能在那个宫殿里让我见到皇后，我就嫁给你。”

矿场主当然什么条件都答应她。他马上安排去圣彼得堡，叫塔纽什卡跟他一起去。他说："我可以给你提供一辆多匹马拉的豪华马车。"

但塔纽什卡却说：

"按照我们这儿的习俗，没有举行婚礼前未婚妻是不能坐未婚夫的马车的。等以后你履行了承诺，我们再来谈结婚的事。"

"那你什么时候，"矿场主问，"会去圣彼得堡呢？"

"圣母帡幪节*前我一定会去的，"塔纽什卡说，"这一点你不用担心，那么现在请你先离开这里吧。"

矿场主离开了，当然没有带走"鞭子"的妻子，甚至连看都没再看她一眼。当他回到圣彼得堡的家时，就开始在城里到处吹嘘那些宝石饰品和自己的未婚妻，并给很多人展示了那个首饰盒。大家都非常好奇他的未婚妻究竟长什么样子。快到秋天的时候，矿场主给塔纽什卡准备好了住处，也把各式各样的裙子、鞋子都准备齐全了，但塔纽什卡托人捎信来说，她住在城郊的一个寡妇家里。

矿场主当然立刻去了那里，他见了塔纽什卡就说：

"你怎么能这样！你真的要住在这里吗？住的房子我都为你准备好了，一切东西都是最好的！"

塔纽什卡回答说：

"我住这里感觉挺好的。"

关于宝石饰品和图尔恰尼诺夫未婚妻的传闻已经传到了皇后的耳朵里，她说：

"让那个图尔恰尼诺夫把他的未婚妻带来给我看看。关于她

* 东正教的圣母日（俄历10月1日）。——译者注

的传闻可是不少啊！”

矿场主赶紧去找塔纽什卡。他说，你要打扮一下再去见皇后，还说特别为她缝制了一件去皇宫穿的礼服，再拿出孔雀石首饰盒里的首饰让她戴上。塔纽什卡却回答说：

“你不用担心我穿什么衣服，宝石首饰暂时借我用一下。另外，你不用派马车来接我，我坐自己的马车去皇宫。你在皇宫入口的台阶处等我就可以了。”

矿场主心想：“她能从哪儿弄到马车呢？又从哪儿弄到进皇宫穿的衣服呢？”但他到底还是没敢问她。

于是大家动身去皇宫了。他们都坐着马车，穿着丝绸或天鹅绒制的礼服。图尔恰尼诺夫矿场主早早就到了台阶处等候自己的未婚妻。其他人也非常好奇地想看看他的未婚妻到底长什么样子，所以都在这个地方停了下来。塔纽什卡戴上了宝石饰物，围上了一条工厂女工才会戴的普通头巾，穿上了自己的小皮袄，一个人悄悄地走来了。人们看到这样一个女孩子，感到很好奇：这个女孩子是从哪儿来的呢？于是都跟在了她的身后。塔纽什卡来到皇宫门口，但宫里的仆人不让她进去，并说：“不允许一个工厂的工人随便出入皇宫。”图尔恰尼诺夫矿场主远远地就看到了塔纽什卡，只是他觉得她让自己很没面子——他的未婚妻是步行来的，还穿着这样普通的小皮袄，他立即躲了起来。这时塔纽什卡敞开了小皮袄，仆人们看到她里面穿着一件非常漂亮的连衣裙！这样漂亮的连衣裙连皇后都没有！——就立刻放她进去了。塔纽什卡摘下了头巾，脱下了小皮袄，周围的人都不禁赞叹起来：

“这是谁家的女孩子呀？也许是哪个国家的公主吧？”

这时图尔恰尼诺夫矿场主跑了过来。

“这是我的未婚妻。”他说。

塔纽什卡这时严肃地看了看他，说：

“这个我们还要等着瞧！你为什么要骗我——说好在台阶前等我，为什么说话不算话呢？”

矿场主百般解释，最后说：“那是我一时疏忽，非常对不起，请你原谅。”

于是，他们一起走进了皇宫里被指定好的宫殿。塔纽什卡看了看说：“这不是咱们说好的地方。”然后语气更加严厉地问图尔恰尼诺夫矿场主：

“怎么又是骗局？我不是跟你说了吗，我要在由我爸爸开采的孔雀石装饰的宫殿里见皇后。”说完，她就像在家里一样，在皇宫里自己开始寻找起了那个有孔雀石的宫殿了。议员、将军等人都跟在她后面走，心里想：“这是怎么一回事呢？看来，她是被命令去其他的宫殿了。”

聚到这里的人越来越多，所有人的眼睛都盯着塔纽什卡看，而她却站在了一个有孔雀石装饰的墙边，等待着。图尔恰尼诺夫矿场主当然也等在一旁。他小声对她说：“站在这里等皇后不合适，皇后可没吩咐在这个宫殿里接见咱们。”塔纽什卡却依然站在那里，甚至连眉毛都没有动一下，好像矿场主完全不存在一样。

皇后来到事先定好的准备接见他们的房间，但那里空无一人。皇后身边的仆人对她说：“图尔恰尼诺夫的未婚妻把所有人都带去了孔雀石宫殿。”皇后当然不满地嘀咕了几句，心想：“她也太为所欲为了！”她跺了跺脚，这就表示，她有点儿生气了。但皇后还是向孔雀石宫殿走去。大家见皇后来了都向她鞠躬，只有塔纽什卡站着一动没动。

皇后大喊道：

“来，来，让我看看那个胆大妄为的家伙——把图尔恰尼诺夫的未婚妻带过来见我！”

塔纽什卡听到这句话，皱了皱眉，对矿场主说：

“这又是你骗人的把戏吧？！我要的是皇后来见我，而你却暗中使坏。让我去见她！你又一次骗了我！我再也不想见到你了！把你的宝石饰品统统拿回去！”

说完这话，她就将身体倚靠在孔雀石墙上，突然消失不见了。墙上只留下了闪闪发亮的宝石饰品，它们就镶嵌在之前塔纽什卡的头、脖子和手所靠近的地方。

在场所有的人都吓坏了，皇后也吓得失去了知觉，咣当一声倒在了地上。大家蜂拥而上，赶紧把她扶了起来。在这场慌乱平静下来之后，一些朋友对图尔恰尼诺夫矿场主说：

“快把你的宝石收起来吧！要不然很快就会被偷光的！这里可不是别的地方——这里是皇宫啊！人们都清楚这些宝石价值连城啊！”

图尔恰尼诺夫赶紧去抓那些宝石。可他抓住哪颗宝石，哪颗宝石就变成了一滴水珠。这些水珠有的像纯净的眼泪，有的黄澄澄的，有的则像血液一样黏稠。最后他什么也没抓到。这时他突然发现地上有一枚纽扣。纽扣是由玻璃瓶那种玻璃制成的，非常普通。他由于心里痛苦就把它捡了起来。他把纽扣抓在手里，这枚纽扣立刻就如一面大镜子般，里面出现了一个穿着孔雀石连衣裙的绿眼睛的美女，戴着各种名贵宝石饰品，哈哈大笑着对他说：

“就凭你这个眼睛斜、长着招风耳的低智商男人，还想娶我？难道你配得上我吗？”

听到这些话，矿场主失去了最后的理智，但他并没有扔掉这枚纽扣，反而不时地看着它，那里面总是出现一个绿眼睛的女人，站在那里，哈哈大笑，还说些伤人的话。由于伤心，矿场主又开始天天举办宴会，渐渐负债累累，我们的矿场差点儿毁在他手里。

“鞭子”管家被解雇后，总去小酒馆喝酒。喝得最后倾家荡产，只剩下身上穿的那身破衣烂衫，还有那个丝绣的画像。后来这个画像的去向，没人知晓。

“鞭子”的妻子也没能过上什么好日子，要知道，厂里所有的铁和铜都被抵押了出去，她单凭矿场主老爷的那张字据又能得到什么呢？

从那时起，我们就再也没听到过塔纽什卡的任何消息，好像她从来没有出现过一样。

娜斯塔西娅当然伤心了，但也没有太伤心。塔纽什卡虽说是她的女儿，但她对娜斯塔西娅来说总像个陌生人。

再说，娜斯塔西娅的儿子们那个时候也已经长大成人了。两个儿子都结了婚。娜斯塔西娅有了孙子，屋子里的人也多了起来。娜斯塔西娅开始忙着照顾孙子，还要忙着其他事情，所以她一点儿也不觉得无聊寂寞！

厂里的单身汉们还久久忘不掉塔纽什卡。他们经常在娜斯塔西娅家的窗户下踱来踱去，期待着塔纽什卡会突然出现，但他们始终没有等到。

后来这些单身汉当然也都结了婚，只是还时常想起塔纽什卡来，不时地慨叹：

“我们矿场原来有过一个那么漂亮的姑娘！这样漂亮的姑

娘这辈子也见不到第二个了！”

此事之后，有过这样一种说法，铜矿山女神好像分成了两个人，因为人们同时见过两个穿着孔雀石连衣裙的姑娘。

（本作品创作于 1938 年）

宝石花

帕维尔·彼得罗维奇·巴若夫 著
单妮娜 译

并非只有大理石村的工匠们会雕刻石头。据说，我们工厂的师傅们的石刻手艺也不错。有所不同的是，我们的工匠们用于加工的原材料是孔雀石，主要是因为我们这儿的孔雀石很多，而且品质是最好的。用这种孔雀石做出来的东西也是最漂亮的。你听说了吗，这种孔雀石加工出来的物件美得令人赞不绝口，这正是好石出巧匠啊！

当时有个叫普罗科皮奇的石匠，是孔雀石雕刻的一等好手。没有人比他雕刻得更好。遗憾的是，他已经上了年纪。

老爷*吩咐管家派几个年轻人去普罗科皮奇老师傅那儿当学徒。

“让他们一定要掌握这门技艺的精髓。”

但是这个普罗科皮奇呢，不知是他不想让自己的手艺外传，

* 十月革命前俄国仆人对主人的称呼。——译者注

还是有什么其他原因，总之，他教得不上心，时不时还和徒弟大打出手。不是把哪个学徒的头上打个包，就是差点儿扯掉谁的耳朵，然后还向管家告状说：

“这个人不是这块料……眼力不行，手也不灵巧，教不出来。”

管家显然是奉命来说服普罗科皮奇的。

“这个不行就不行吧……我们再给你换个人来……”于是就打算派另一个小伙子来当学徒。

小伙子们都听说了学这门手艺的遭遇……一大早起来就大喊大叫着，生怕被派到普罗科皮奇那儿当学徒。父母更不忍心让自己的孩子去受罪，他们尽其所能地护着自己的孩子。还有人说，加工孔雀石对身体有伤害，是会中毒的。所以大家都不想干这个活儿。

管家不管怎么说都要执行老爷的命令，他不断地给普罗科皮奇送去学徒。而普罗科皮奇还是折磨这些小伙子，再把他们退还给管家。

“这个人也不是这块料……”

管家终于忍不住了，气急败坏地说：

“这到什么时候是个头呀？不是这个不行就是那个不行的，什么时候才有行的呢？就教这个吧……”

普罗科皮奇依然固执己见地说：

“我倒无所谓……就算我教他十年，他也不会成器的……”

“那你想要一个什么样的学徒呢？”

“你最好别再给我派人过来了，我不想收学徒了。”

管家还是给普罗科皮奇挑了一些小伙子，但最终结果都是一样的：头上被打出包，而心里都琢磨着怎么逃跑。他们故意弄坏许多东西，好让普罗科皮奇主动把他们赶走。

就这样，轮到那个吃不饱的孩子丹尼尔去当学徒了。这个男孩是个孤儿。他大约十二岁，也许再大一点儿。他个子很高，身体瘦得仿佛皮包骨。可是他的脸长得很清秀。头发是卷曲的，眼睛是蓝色的。起初他是被送到老爷家里做侍童的，干一些递递鼻烟壶和手帕、跑跑腿之类的活儿。只是这个孤儿不擅长做这样的事儿。做这个差事的其他孩子都机灵得很，还没等老爷问话，就会笔直地站在那里毕恭毕敬地问道：您有什么吩咐？而这个丹尼尔呢，他会跑到角落里，眼睛直盯着一幅画或者装饰品什么的，就一直站在那里。有人喊他，他就当没听见。他刚来的时候当然经常挨揍，后来大家也就不再理会他了：

“真是一个傻里傻气的家伙！做事马马虎虎的！当一个奴才都不称职！”

不管怎样，这个孩子没有被派往矿石加工厂或者被派到山上去采矿，因为那里实在太潮湿了，他的身体估计一周都挺不过去。于是管家让他去放牧，可丹尼尔放牧也放不好。小伙子倒是很勤快，但总是犯错。他似乎总在思考着什么，眼睛常盯在一根草上发呆，而他的牛早就跑得不见踪影了！老牧羊人倒是个和善的人，他可怜这个孤儿，有时候也骂道：

“你到底能干些什么活儿呢，丹尼尔？你这样会毁了你自己，也会害得我这把老骨头挨鞭子。这样下去怎么能行呢？”

“我自己也不知道啊，爷爷……其实呢，我什么也没想……我只是有点儿看入迷了。我看到一只小甲虫从叶子上爬过来了，它的背部是蓝色的，翅膀下面是黄色的……而叶子宽宽的，叶子的边儿都是锯齿状的，像带褶的裙边一样。叶子边儿的颜色稍深一点儿，中间的颜色却是鲜绿的，就像刚刚上完了色一样。而这只小甲虫就一直在这片小叶子上爬来爬去。”

“丹尼尔，你是不是傻？你是来研究小甲虫的吗？它爬就让它爬去吧，而你的任务就是放牛。你给我听好了，别再想这些没用的东西了，不然的话，我就告诉管家！”

丹尼尔有一个绝活儿，他学会了吹牧笛，他哪里会顾及老爷爷说什么呢？他可是吹得一口好笛子！到了晚上，他把牛赶回来之后，年轻的姑娘和老婆婆们就凑过来请求他：

“亲爱的丹尼尔，为我们吹上一曲吧！”

于是他开始吹起来。而这些曲子都是她们没听过的。那美妙的声音一会儿似喧闹的森林，一会儿似潺潺的溪水，一会儿又似鸟儿的啁啾，美妙极了！为了感谢丹尼尔优美的笛声，女人们有的给他补衣服，有的给他扯块绑腿布，有的给他做新衬衫。吃的东西就更不在话下了，每个人都想着多给他带来一些好吃的。老牧羊人也很喜欢听丹尼尔吹奏的曲子。麻烦就出在这儿。丹尼尔只要开始吹牧笛，就会把一切都抛之脑后了，确切地说，就会把牛完全忘了。他正是在吹笛子的时候遇到了麻烦。

看来丹尼尔吹奏得入了迷，老牧羊人也打了一会儿瞌睡。他们的两头小牛就在这个时候走散了。当他们准备把牛群赶到牧场上时，才发现一头牛不见了，另一头牛也不见了。于是他们急忙开始寻找，可哪能找得到呢？他们是在叶利尼奇河附近放的牧……这里是狼出没的地方，很偏僻……最终他们只找到了其中一头牛，只好把这些牛赶回了家……他们向周围的人问了个遍，工厂的人也都跑出来帮忙寻找，结果还是没有找到。

大家都知道那时的惩罚是什么样的，只要犯错就都是要挨鞭子的。像老天故意作对似的，丢的那头牛正好是管家家里的。那就根本别想会被饶恕了。他们先把老牧羊人痛打了一顿，然后就开始打丹尼尔，可是他又瘦又小，老爷的打手甚至失口说错了话：

“这个小家伙呀，”他说，“给他一鞭子就会昏过去，没准儿一下子就被打死了。”

但他还是一鞭子抽了下去，毫不手软，丹尼尔却一声没吭。打手又给了他一鞭子，丹尼尔还是不吭声。第三下，还是一声不吭。这可把打手气坏了，他使出浑身的力气又打了下去，一边打一边喊道：

“我要打死你，我让你不吭声……我非把你打出动静不可……我看你有多大能耐！”

丹尼尔浑身颤抖，泪流满面，可仍然一声不响。他咬住了嘴唇，挺直了身体。他就这样直到昏厥也没叫喊过一句。管家看到这情形后，惊讶地说道：

“真是个有忍耐力的人啊！如果他还能活着，我倒是知道应该把他派到哪儿了。”

丹尼尔连续几天起不来床，后来是维霍莉哈奶奶把他治好了。听说，有这么一位神奇的老太太，她在我们工厂里相当于医生，远近闻名。她很清楚各种草药的功效：哪些可以治牙痛，哪些可以治劳伤，哪些可以治酸痛……总之，什么药有什么功效，她都知道。她当年在各种草药生命力量旺盛的时候亲自上山采药，然后用这些草药连根茎一起熬成汤剂，再用润滑油搅拌成膏状。

丹尼尔在维霍莉哈奶奶的家过得很舒服。你知道吗，奶奶待人和蔼可亲，又爱说话，她把采来的草叶、根茎和各种花晒干之后挂满了小木屋。丹尼尔对各种花草都很好奇：这种花叫什么名字？长在什么地方？什么时候开花？然后奶奶就会讲给他听。

有一次，丹尼尔问：

“奶奶，我们这个地方的每一种花你都认识吗？”

奶奶说：“我不是吹牛呀，所有伞形花序的花我都认识。”

他问：“难道还有不是伞形的花吗？”

奶奶回答道：“有这样的花。你听说过山苏花吗？这种花好像只在伊万·库帕拉节*那天才开花。这是一种有魔力的花，它能给人们打开宝藏之门，但对人类自身是有害的。这种魔力草开出来的花朵宛如跳跃的火焰，只要抓住了这朵花，所有的宝藏之门都会向你打开。总之，这是朵巫术之花。世界上还有一种有魔力的花——石头花。听说它生长在孔雀石山上。这种花在过蛇节**的时候魔力无边，看到石头花的人都会遭遇不测。”

“奶奶，会发生什么不测呢？”

“这个呢，孩子，具体能发生什么不测我也不清楚。反正我听说是这样的。”

本来丹尼尔可以在维霍莉哈奶奶家多住一段时日的，可是管家手下的人发现，小伙子已经能一瘸一拐地走路了，就马上禀告管家了。管家于是叫来了丹尼尔，说道：

“现在你就去普罗科皮奇那里学习孔雀石加工的手艺吧。

* 伊万·库帕拉节（7月7日，旧历6月24日）以爱情为重要内涵，年轻人用各种浪漫的方法占卜自己的爱情。传说库帕拉之夜充满魔力、神异无比，亦是邪恶力量苏醒的时刻。举行象征性的“灭巫”仪式，是库帕拉节的重要活动。——译者注

** 蛇节在每年的6月12日（旧历5月30日）庆祝。——译者注

这个活儿正适合你干。”

哎，那有什么办法呀？丹尼尔只好去了，但他的身体实在太虚弱了，一股风都能把他刮倒。

普罗科皮奇上下打量了他一番后说道：

“就你这样的怎么当学徒？那些体格好的小伙子都没能坚持学下去，而你这病秧子能有啥出息？能活着就不错了！”

然后普罗科皮奇就去找了管家，他说：

“我可不能要这个孩子。我要是一失手把他打死了，还得给他偿命。”

而管家呢，不管他怎么说，就是不听：

“这就是给你安排的学徒，你只要教他就行了，不要挑三拣四的！你别看他外表上单薄，这个孩子实际上身体结实着呢！”

“那好吧，就随您的便吧，”普罗科皮奇说，“那咱们可把丑话说在前头，我会教他的，但一旦有什么不测，可不能叫我偿命。”

“没人会让你偿命的。这个小伙子是个孤儿，你怎么对待他也不会有人找你算账的。”管家回答道。

普罗科皮奇回到家里，看到丹尼尔已站在车床旁，正在仔细地观察着一块孔雀石。那块石头上面已经标记出哪些边缘可以凿掉。丹尼尔盯着这个地方看了一会儿，然后摇了摇头。普罗科皮奇很好奇这个新来的孩子在看什么，于是他用习惯的语气严厉地问道：

“你在干什么？谁让你动这个工艺品的？你在看什么？”

丹尼尔回答道：

“爷爷，在我看来，不应该从这面凿边。您看，这个边儿是有纹理的，而您却要把它凿掉。”

普罗科皮奇当然大喊起来：

“你说什么？你以为你是谁啊？你是师傅吗？你从来没干过这个活儿，还敢来跟我指手画脚，你懂啥呀？”

“我只知道这个好东西要被毁掉了。”丹尼尔回答道。

“是让谁毁了，啊？你这个毛孩子凭什么敢这么说话呢？竟敢跟我这样的头等大师傅班门弄斧吗？！我现在就让你知道知道什么叫毁了……我看你是活腻了！”

他就这样大吵大闹了一阵子，可是对丹尼尔却一根手指头也没有碰。你猜怎么着，普罗科皮奇自己也在想该怎么处理这块玉石呢，到底应该从哪面凿边。丹尼尔说到点子上了。普罗科皮奇也喊累了，说话的语气变得温和起来：

“那么，你这个从天而降、横空出世的大师来告诉我，依你看应该怎么做？”

于是，丹尼尔就指着石头说了起来：

“最好顺着纹理凿。要把这块石头稍稍再凿窄一点儿，把光滑的那个边敲掉，只留下最上面的那个小三角。”

普罗科皮奇时不时地喊道：

“哎哟……你说得还真对！你懂得还真够多的！学会了的东西可不能忘了啊！”他心里却想：“这孩子说得都对，也许呀，他以后还真能有点儿出息。可是这么瘦弱的孩子叫我怎么教他呀？我要是打他一拳，他就得蹬腿儿死了。”

他心里虽是这样想，但嘴上还是忍不住问道：

“你到底是谁家的孩子，上过学吗？”

于是丹尼尔就跟他讲起了自己的身世。

他说自己是个孤儿。不记得妈妈长什么样，也不知道爸爸是谁。大家都叫他“吃不饱的孩子”，他也不知道父亲的名字。他还讲了曾经在老爷家里做侍童的经历，还有他因为什么被赶出去了，然后又说了夏天放牛的经历，又讲了是如何挨打的。

听到这些，普罗科皮奇对他动了怜悯之情，说道：

“我看你的命真够苦的，小伙子，日子过得真是难啊，现在又落到了我的手上。我教的这门手艺可是不好学啊！”

然后他似乎很生气，开始喃喃自语：

“行了，行了，别说了！你瞧瞧，你的话也太多了！如果光靠嘴不动手就能干活，那么人人都会干手艺活儿了。你这一个晚上都在磨嘴皮子，这是来学手艺的吗？我明天再看看你有什么本事！现在快坐下来吃晚饭吧，然后该睡觉了。”

普罗科皮奇一直过着独居生活。他的妻子早就去世了。邻居家的老太太米特罗凡诺夫娜有时顺便来帮他做一些家务。每天早上她来给他做点儿饭、煮点儿汤什么的，再帮他收拾收拾屋子，晚上普罗科皮奇就自己随便做点儿吃的。

吃过晚饭后，普罗科皮奇说：

“你在那边的长椅上睡吧！”

丹尼尔脱下鞋子，用一个背包做枕头，把上衣盖在身上，蜷缩成一团儿。你瞧，尽管秋天的小木屋里很冷，可他还是很快就睡着了。普罗科皮奇也躺下了，但却睡不着，他的脑子里一直萦绕着小伙子说的关于孔雀石纹理的事。普罗科皮奇辗转反侧，他索性起来了，点了支蜡烛，来到车床旁，站在那儿反复地揣摩着那块孔雀石。一会儿把这个边遮上，一会儿把那个边遮上，一会儿往这边加点料，一会儿又在那边去掉一部分。总之，无论他怎么颠来倒去，结果都是那个小伙子的方案最合理，小伙子对纹理研究得非常透彻。

“你这个吃不饱饭的小家伙还真有两下子！”普罗科皮奇很是惊讶，“我还什么都没教你呢，你就能指导我这个老师傅了。呵，真是好眼力啊！好眼力啊！”

普罗科皮奇悄悄地走进下屋，从那里拽出一个枕头和一件大羊皮袄。把枕头塞到了丹尼尔的头下，把羊皮袄给他盖在身上：

“睡吧，好眼力的小家伙！”

可是丹尼尔并没有醒来，只是翻了个身，把腿伸进了羊皮袄里，因为他觉得身体暖和了，甚至还发出了轻微的鼾声。普罗科皮奇没有自己的孩子，这个丹尼尔倒是很合他的心意。老师傅站在那里看着他，满心欢喜，而丹尼尔打着鼾，甜美地沉睡着。普罗科皮奇最关心的是怎样才能让这个小伙子身体强壮起来，希望他别像现在这样瘦弱，这样弱不禁风。

“就他现在这样的身体状况怎么能学我这门手艺呢？石粉里面的毒性成分会让他越来越憔悴。他应该先好好休息，等他身体强壮起来后再教他。看来这是块学石雕手艺的料。”

第二天，他对丹尼尔说：

“你得先帮我做做家务，这是我收徒弟的规矩。你听明白了吗？第一件事就是去采摘荚蒾子。霜打后的荚蒾子正好用来做馅饼。就是别走太远，能采多少算多少，多带些面包在林子里吃，然后到米特罗凡诺夫娜家里一趟，让她给你煎几个鸡蛋带上，再用桦树皮圆筒装些牛奶带在身上。听明白了吗？”

到了第二天，他又说：

“你去给我捉一只叫声好听的金翅雀和一只活泼可爱的朱

顶雀回来。你看看，能不能今晚就给我捉回来。听明白了吗？”

当丹尼尔捉到这两只小鸟回来之后，普罗科皮奇又说：

“干得不错，但只捉这两只小鸟还不够。再去捉几只其他的鸟儿。”

就这样，普罗科皮奇每天都给丹尼尔安排点事儿做，但都是些有趣的事儿。每次下雪的时候，他都叫丹尼尔和邻居一起去拾柴火，说是让他搭把手儿。说是这么说，可那叫什么帮忙啊？去的时候他坐在雪橇的前面驾着马，拾完柴火后他再跟着马车走回来。这样活动活动之后，他在家里能多吃些饭，睡得也更香了。普罗科皮奇给他置备了一件皮毛大衣、一顶棉帽和一副手套，还给他订制了一双毡靴。看来，普罗科皮奇还是有些积蓄的。他虽是个农奴，但他是干活交租的那种，还是挣了点儿钱的。他越来越疼爱丹尼尔了。直说了吧，他把丹尼尔当成自己的儿子了。而且，他对丹尼尔毫不吝啬，只是没有过早地让他跟着自己学手艺。

丹尼尔在这种优越的生活条件下，身体恢复得相当快，对普罗科皮奇也产生了依赖感。这么好的日子他怎么会不感恩呢？他明白普罗科皮奇的良苦用心，他生平第一次过上这样的好日子。冬天过去了。丹尼尔觉得更自在了。他有时去池塘边儿，有时去林子里。不过丹尼尔也总是暗中观察师傅做雕刻的手艺。他每次跑回家，就马上和师傅谈论起孔雀石雕刻的事情来。他总是给普罗科皮奇讲自己的想法，也经常问他，这雕的是什么东西？这是怎么雕出来的？普罗科皮奇总会给他讲解，并实际操作给他看。丹尼尔都记在了心里，有时候他也自己动手去操作。“那让我来试一试吧……”普罗科皮奇在旁边看着他做，必要时就纠正他一下，告诉他怎么做能更好。

有一次，管家在池塘边看见了丹尼尔，就问手下人：

“那是谁家的孩子呀？我在池塘边看到他多次了……他经常在这里钓鱼，他已经不是小孩子了……是谁这么惯着他，不让他干活……”

手下人打听清楚后告诉了管家，可他不相信。

“那好吧，”他说，“你把那个小子带到我这儿来，我亲自问问他。”

丹尼尔被带来了。管家问他：

“你是谁家的孩子？”

丹尼尔回答说：

“我是在师傅家做学徒的，学孔雀石雕刻手艺的。”

管家听了之后就揪住了他的耳朵，恶狠狠地说：

“原来真是你这个混蛋啊，你就是这样学手艺的吗？！”说完揪着耳朵就把他带到普罗科皮奇那儿去了。

普罗科皮奇一看事情不妙，就赶紧袒护丹尼尔说：

“是我让他去钓几条鲈鱼的。我很想吃点儿新鲜的鲈鱼。最近身体不太舒服，我吃不下别的东西，就让这个孩子去钓几条鲈鱼回来。”

管家发现丹尼尔完全变了个人：身体变得健壮了，穿的衬衫质地很好，裤子也不错，脚上还穿着皮靴。他想检查一下丹尼尔的手艺如何，便问道：

“那好吧，你就让我看看，师傅都教会了你什么？”

丹尼尔系上了工作围裙，走到车床前，开始连说带比画起来。无论管家问什么，他都能对答如流。如何凿平石头，如何锯开石头，如何切割斜角，什么时候用什么东西黏合最好，怎么加长边料，怎么镶上铜饰，怎么把石头镶嵌到木头上，总之，什么都说得头头是道。

管家考来考去，最后对普罗科皮奇说：

“看来，这个孩子是你想要的那块料了吧？”

“我很满意。”普罗科皮奇回答道。

“我看你是满意过头，已经开始纵容他了！他是被派来跟着你学手艺的，而你却让他在池塘边钓鱼玩！你给我小心点儿，要不然我会让你吃不了兜着走！我要让你长记性，这小子也免不了吃苦头！”

管家说完这些威胁的话就走了，普罗科皮奇却对丹尼尔的表现十分惊讶。

“丹尼尔，你是什么时候学会这些的？我还什么都没开始教你呢！”

“是你自己教我的呀，”丹尼尔说，“你给我讲过的，给我演示过的，我都记住了。”

普罗科皮奇激动得甚至眼泪都下来了，他打心眼儿里喜欢上了丹尼尔。

“好孩子，”他说，“我亲爱的，丹尼尔……我会把我知道的一切都告诉你……毫无保留地……”

只是从那时起，丹尼尔就没有那种自由自在的生活了。第二天，管家就派人把他找去了，给他先安排一些活儿来考验他的手艺。当然，一开始的活儿都很简单：做一些女人戴的小饰品，小首饰盒。然后就开始让他做一些精细活儿：烛台和各种装饰品。石头上面需要雕刻一些图案，比如一些小叶子和小花瓣、一些细花纹等。要知道，雕刻孔雀石可是个精细活儿。看起来很简单的一个物件，工匠们不知要精打细磨多长时间！丹尼尔就是在这样的精打细磨中，手艺变得越来越精湛的。

当他用一整块石头雕出一款蛇一样活动自如的手镯时，管家已经完全把他当成大工匠来看待了。管家把这件事写信告知了老爷：

“几经周折，我们这儿终于新出了一位孔雀石工匠，他的名字叫丹尼尔，人称‘吃不饱的孩子’。他的手艺不错，只是因为年轻，干活还有点儿慢。请老爷您吩咐，是让他继续按件干活儿计算报酬，还是像普罗科皮奇一样，以交租的方式放他出徒干活儿呢？”

丹尼尔干活儿其实一点儿都不慢，而且是又快又好。只是普罗科皮奇跟管家要了点儿花招。管家要给丹尼尔五天的任务量，普罗科皮奇就去找管家说：

“他完成不了的，这些活儿至少得干半个月。小伙子还处于学徒阶段。他一着急，就会浪费掉一整块石头。”

当然了，管家每次都要和他争执一会儿，但结果还是会多给几天工期。丹尼尔干活儿丝毫不费劲儿。他甚至瞒着管家偷偷学会了读书写字。虽然只学会了那么一点点，但也算是个识字的人了。不用说，自然是普罗科皮奇为他暗中提供了方便。有时他自己也替丹尼尔来完成管家安排的任务，但丹尼尔不让他替自己干活儿：

“这怎么能行呢？可不能这样！爷爷，怎么能让您替我守在车床边挨累呢？您看，您的胡子都被孔雀石染绿了，万一您累倒了，我可怎么办呀！”

丹尼尔在此之前身体已经十分健壮，虽然大家还是习惯叫他“吃不饱的孩子”，但他现在已经是一个高大帅气的小伙子了！他身材高大、面部红润、一头卷发，而且爱说爱笑。总之，他是少女们倾慕的对象。普罗科皮奇已经开始和他商量找未婚妻的事儿了，丹尼尔却摇了摇头，说道：

“未婚妻早晚会有的！等我成为一个真正的工匠时，再考虑这件事。”

老爷给管家回信了，内容是这样的：

“让那个普罗科皮奇的徒弟丹尼尔为我家做一个精致的雕花的孔雀石碗，到时候我再决定，是让他以交租的方式干活儿，还是让他继续以计件付酬的方式干活儿。只是你要看着点儿普罗科皮奇，不能让他帮丹尼尔干这个活儿。如果没看住，我就会惩罚你。”

管家接到这封信后，就把丹尼尔叫过去了，他说：

“从现在起，你就要在我这儿干活。车床我让人给你安装好，石头按你需要的形状和大小给你配送。”

普罗科皮奇听说这件事儿后很伤心，他说：“怎么会这样呢？这算怎么一回事？”于是他直接去找管家了。难道管家能听进去他的意见吗？管家只向他大喊道：“这关你什么事儿！”

就这样，丹尼尔去新的地方干活了，而普罗科皮奇则反复叮嘱他说：

“丹尼尔，你要注意，干活儿千万别毛躁！不要过于表现自己！”

丹尼尔一开始时很小心。他量了又量，算了又算，但这样磨洋工的做法让他觉得很无聊。不管怎么做，都要挨到工期结束，工期到来之前就得一天到晚都待在管家家里。就这样，为消磨时间，丹尼尔像挣开了锁链一样使出全身力气大干了起来。那个碗在他的精打细磨之下很快就做出来了，栩栩如生。管家看了看，觉得就应该是这个样子，于是他说道：

“你再做一个这样的！”

丹尼尔又做了一个，然后又做了第三个。当他做完第三个的时候，管家又说：

“这下你可无法抵赖了！我抓到了你和普罗科皮奇的把柄！老爷按照我在信上说的情况，给你的工期是做一个碗的，而你却做出了三个。我知道你的本事有多大了。别再骗我了，我还要教训一下那个老家伙，看他以后还敢不敢纵容你！我看他今后怎么给别人发号施令！”

于是管家把这件事写信报告给了老爷，还把三个碗都给老爷寄了过去。但是老爷呢，不知是突然醒悟了，还是生了管家的气，反正他的想法与管家的正好相反。

老爷给丹尼尔定的按活儿交租的比例非常少，也没让人把他从普罗科皮奇身边带走，老爷心里有自己的盘算，他觉得师徒两个人在一起或许能想出更多的新花样呢。老爷随信寄来了一张图纸。图纸上画了一个带有各种装饰的碗。碗沿上有雕刻的花边，碗身上有一条镂空的石制的丝带，碗的底座上有几片小叶子。一句话，这是凭空想象出来的图纸。老爷在图纸的下面写了一行字：“只要能做出跟这个画纸上一模一样的东西，哪怕给他五年工期也行。”

于是管家不得不收回自己所说的话。他向他们师徒二人转达了老爷的意思，让丹尼尔回到普罗科皮奇那里，并把图纸交给了他。

丹尼尔和普罗科皮奇感到十分开心，他们干得更起劲儿了。丹尼尔很快就着手做起了那个新碗。要想雕刻这个碗，需要太多技巧了。稍有不慎，就白做了，还得从头开始。不过没关系，丹尼尔眼尖、手巧，精力充沛，因此一切进展顺利。只有一件事让他不太满意：虽然他克服了很多困难，但他觉得做出来的碗没有一点儿美感。他对普罗科皮奇说起这件事时，老师傅对他的说法十分不解：

"你管他美不美呢？是他们凭空想象出来的东西，那就是说只有他们自己需要。我这一辈子雕出来的东西还少吗？谁知道它们都被送到哪儿去了呢！"

他又问了一下管家做这个东西有什么用，可管家摆手跺脚地大声呵斥他说："你疯了吗？这张图纸是花了很多钱买的。它可是京城知名的艺术家画的呀，而你却在这儿品头论足的！"

后来，管家似乎想起了老爷信中嘱咐他的话："或许他们两个在一起能想出什么新花样。"想到这里，他说道：

"这样吧……你先按照老爷的图纸做这个碗，万一你能想出什么好点子的话，就按照你的想法来，我是不会干涉的。你也知道，我们的石头各式各样，应有尽有。你要什么样的，我都会给你。"

现在丹尼尔陷入了冥思苦想之中。正所谓"说起来容易做起来难"，要想自己琢磨出点儿新东西，谈何容易啊！你瞧，丹尼尔正坐在那儿按照图纸雕刻这个碗呢，可实际上他却心不在焉，脑子里一直萦绕着一个问题：这块孔雀石最适合雕刻哪种花儿、哪种叶子呢？他变得越来越深沉、郁郁寡欢起来。普罗科皮奇注意到了他的变化，问道：

“你没事吧，丹尼尔？是哪儿不舒服吗？这个碗你也不要放在心上。急什么呀？你最好出去散散心，不要老是坐在那儿不动弹。”

“您说得对，”丹尼尔说，“那我就去林子里走走，或许能看到我想要的东西。”

从那时起，他几乎每天都往森林里跑。现在正是割草、采浆果的时节，各种野花都开了。丹尼尔有时会突然停在割草的地方或者林中空地上，站在那里凝视一会儿。或者在割草的地方来回走一走，看看花花草草，似乎在寻找着什么。这个季节森林里和草地上的人总是很多，他们问丹尼尔是不是丢了什么东西，他沮丧地笑了笑，说道：

“丢倒是没丢什么，但我想要的东西却没找到。”

这时，有些人就说起闲话来了：

“这个小伙子好像有点儿不正常。”

他一回到家，就马上坐到车床旁，一直坐到天亮，天一亮，就又跑到树林里或草地上。他开始把各种花草带回家，比如藜芦、药芹、曼陀罗、喇叭茶等。他的脸瘦得塌陷进去了，眼神开始忧郁迷茫，干活儿的手也失去了往日的自信。普罗科皮奇看了十分担忧，但丹尼尔却说：

“那个碗一直在困扰着我，使我寝食难安。我真想做出一个能够让孔雀石变成栩栩如生的碗来。”

普罗科皮奇劝他说：

“做出那样的石碗对你来说能有什么用啊？除了填饱肚子，你还需要什么呢？既然是那些老爷喜欢，就让他们自娱自乐去吧。只要别侮辱咱们就行。他们给咱们什么图案，咱们就按照图案做好了，为什么要迎合他们呢？那不是自找麻烦、自寻烦恼吗？”

但丹尼尔仍然坚持自己的观点。

“我倒不是为了老爷而努力做这件事，”他说，“我心里一直放不下那个碗。我知道，我们这儿的石头有多好，可是我们能用它做出什么好东西来呢？除了削、切、磨，其他的什么也做不了。所以我想做出一件东西，既能让它展示出石头的活力，又能给大家带来美的感受。”

过了一会儿，丹尼尔又坐到车床前，按照老爷的图纸琢磨起那个碗来。他一边干活儿一边笑道：

“一条镂空的石带，一圈雕刻的花边……”

然后他突然把这个碗扔到了一边，重新开始做另一个。丹尼尔一刻不停地站在车床旁忙碌着。他对普罗科皮奇说：

“我准备把这个碗雕刻成一朵曼陀罗花的形状。”

普罗科皮奇又开始劝他。一开始，丹尼尔根本不想听师傅的劝阻，过了三四天，他出了点儿差错之后，才对普罗科皮奇说：

“那好吧。我先把老爷的碗做好，然后再做自己的那个。等那时候您就别劝我了……我的脑子怎么也放不下那朵曼陀罗花的样子。”

普罗科皮奇回答说：

“好吧，我不会妨碍你的。”而老头儿心里却想：“他慢慢就会打消这个念头的，自己渐渐就会忘记的。再说也该给他办婚事了。对！等他成了家，就不会再异想天开了！”

丹尼尔继续忙着做老爷要的那个碗。那个碗并不好做，工序很多。他一直在埋头苦干，已经忘了曼陀罗花。于是普罗科皮奇和他谈起了结婚的事儿：

“我看卡佳·列特米娜就挺好，做你的新娘不行吗？多好的一个姑娘啊……没什么可挑剔的。”

普罗科皮奇说这番话倒是经过一番深思熟虑的。他早就发现丹尼尔看好了这个姑娘，而她对丹尼尔也没有反感。于是，普罗科皮奇装作不经意间提起这个话题。可丹尼尔却坚定地说：

“再等等吧，等我把老爷的碗做好了再说。我正因为它心烦着呢！一个不小心的动作就会用锤子把它弄坏了，而你却跟我提结婚的事！我和卡佳已经商量好了，她会等我的。”

就这样，丹尼尔按照老爷的图纸做完了那个碗。他当然没有告诉管家，他想在家里办个小型宴会。未婚妻卡佳和她的父母一起来了，还有一些加工孔雀石的工匠。卡佳看到那个碗，感到十分惊讶。

“太漂亮了，”她说，“你竟然把这么复杂的图案都雕刻出来了，石头却一点儿也没有被凿碎！整个碗被雕刻得圆润而光滑！”

工匠们也都赞叹有加：

“简直和图纸上的一模一样！没什么可挑剔的，极其完美！没有人能像你这样做得既快又好。你要这样干下去的话，我们大概很难赶上你了。”

丹尼尔听了大家的夸奖之后说：

“正因为你们一点儿毛病也挑不出来，我才闹心呢！又光又平，碗边的饰物清晰，完全符合图纸的雕刻，但是这个碗的美体现在哪里呢？如果你看到一朵小花，哪怕是最不起眼的一朵花，你只要看它一眼，心里就会高兴。那么，这个碗能让谁看一眼就感到高兴呢？它能有什么用呢？看到它的人就和我的卡佳一样，只会觉得惊讶，惊叹于做这个碗的师傅的心灵手巧和耐力，惊叹于石头没有被凿裂。”

工匠们笑着说：“即便是有凿碎的地方，补上一小块石头然后抛抛光也就行了，不会看出任何破绽的。”

“你们说得都对……那我问你们，天然的奇石之美在哪里呢？奇石的纹理就像人的指纹一样，这是奇石独一无二的特征，而你却要在上面钻几个孔，雕上几朵花儿。这有什么用呢？这只能是对石头的破坏！要知道这是多好的一块石头呀，太可惜了！这可是奇石呀！你们懂吗，这可是一块奇石呀！”

丹尼尔越说越激动。看来，他是因为喝了点儿酒才这么多话的。

工匠们对他说的也和普罗科皮奇不止一次对他说过的一样：

“石头就是石头，你能用它做什么呢？我们能干的就是对它进行打磨和雕刻。”

这里还有一位老人。他曾经是普罗科皮奇和其他工匠们的师傅，大家都叫他老爷爷。他是个极其瘦弱的小老头儿，但他听明白了工匠们这番话的意思，于是他对丹尼尔说道：

“好孩子，你不要一条道走到黑啊！快把这件事忘了吧！否则的话，你就会落到铜矿山女神的手里，她会把你抓去做矿山上的工匠的……”

“是抓去做工匠吗，老爷爷？”

“是抓到山里做工匠，没有人能见到他们……女神需要什么，他们就做什么。我碰巧见过一次。那真是高超的手艺啊！和我们这儿的完全不一样。”

所有人都觉得很好奇。大家都问他见过什么新鲜的玩意儿。

“见过一条蛇一样灵动的石制品，”他说，“就像你们用石头雕刻出来的绣花套袖一样。”

“那到底是什么样的东西呢？是什么样的蛇形物呢？”

“我告诉你吧，反正和我们这儿雕刻出来的东西不一样。任何一个工匠看到，就马上能发现不是出自我们之手。我们雕刻出来的蛇，无论怎么打磨，看上去都是石头的，他们雕刻出来的却活灵活现，就像真蛇一样。黝黑的蛇背，眼睛又圆又亮……你一看它，它就像要咬你一口一样。对他们来说，这又算得了什么呢？他们见过真正的石头花，懂得花儿的灵魂之美。”

丹尼尔一听说有石头花，就马上对这老头儿刨根问底起来。老头儿掏心掏肺地对他说：

“孩子呀，我不知道，但我听说有这么一朵花，我们凡人是看不到它的。人们只要看到这朵石头花，就是一场灾难，就要离开这个世界了。”

丹尼尔对此很感兴趣，说道：

“我真想去看看。”

这时，他的未婚妻卡佳感到十分不安：

“你怎么能这样呢，丹尼尔？你难道不想活了吗？”她边说边哭了起来。普罗科皮奇和其他工匠们发现事情不妙，就马上拿老头儿开起了玩笑：

“你真是老糊涂了，老爷爷。你是在讲童话故事吧。你可别误导小伙子了。”

老头儿大发雷霆，拍了一下桌子说道：

“确实有这种石头花！小伙子说得对，我们不懂石头，那朵花展现出来的才是真正的美！”

工匠们都笑了：

“老爷爷，你是喝多了吧！”

可他还是坚持自己的说法：

“真的有这种石头花！”

客人们已经散去，但丹尼尔还久久不能忘记老头儿说的那番话。他又跑到林子里，在他的那朵曼陀罗花周围走来走去，而对婚事根本不再提了。普罗科皮奇多次催促他说：

“你让人家女孩子怎么做人呀？让她等到猴年马月才能结婚吗？再等下去，别人会笑话她的，周围的长舌妇还少吗？”

丹尼尔还是钻牛角尖儿：

“再给我点儿时间！等我想到办法雕刻那朵花，找到一块合适的石头之后，再考虑结婚的事儿。”

于是他常常去古缪什卡山的铜矿区。他下到矿井里，走遍了每个矿井去找，当他返回到井上的时候，就在矿上挑石头。有一次，他掀起一块石头，仔细看了看说：

“不，这块不行……”

丹尼尔话音未落，就听见有人说：

“去别的地方找找吧……蛇山上有你要找的石头。”

丹尼尔环顾四周，连个人影都没有。这会是谁呢？是有人在和他开玩笑吗？好像这里也没有能藏身的地方啊！他又环顾了一下四周，正准备回家了，背后又出现了这个声音：

“你听到了吗，丹尼尔师傅？我告诉过你了，蛇山上有你想要的石头。”

丹尼尔回头望去，透过一层蓝蓝的薄雾，有个女人隐约可见，然后眼前的一切就瞬间消失了。

“这是什么东西？”他想，“难道真的是铜矿山女神吗？那么我去一趟蛇山又能怎样呢？”

丹尼尔对蛇山还是了解的。它本来就在附近，离古缪什卡山不远。可现在这座山没了，早就被挖平了，之前人们还经常在这座山上采石头呢。

第二天，丹尼尔就去了蛇山。山虽然不大，但很陡。有一面山坡陡得如刀削的一般。这儿是一个可用于安装望远镜的好地方。所有的岩层都看得一清二楚，没有比这儿更好的用于观察岩石的地方了。

丹尼尔走到这个陡坡前，突然发现一块突出的孔雀石。这块大石头用手是搬不走的，看起来像一棵灌木一样。丹尼尔开始仔细观察这块新发现的石头。这正是他想要的：底部的颜色稍深一些，石头的纹理也正是他所需要的……总之，真是踏破铁鞋无觅处啊……丹尼尔高兴极了，很快就去借来了一匹马，他把这块大石头运回了家，并对普罗科皮奇说：

“你快来看看，这是块什么石头！它好像是特意为我准备的一样。有了它，我就能雕出石头活生生的样子了；做完了这个曼陀罗花碗，我就可以结婚了。是呀，卡佳等我等得太久了。其实我也很难受，只是这个活儿一直困扰着我。我真想快点儿把它做完啊！”

于是丹尼尔全身心地投入对这块石头的雕刻。他不分昼夜地忙碌着，普罗科皮奇也不吱声。也许，小伙子在愿望得到满足后就会安下心来过日子了。他的活儿进展得很顺利，石头的底座已经被磨平了。你知道吗？他雕刻出来的就像一朵真的曼陀罗花一样鲜活。花的叶子宽大浓密，叶子上还有锯齿和纹脉，雕刻得简直太形象、逼真了！就连普罗科皮奇都说，真想用手摸摸它。

可是，当丹尼尔雕到顶部时却出了问题，雕出来的花枝很细，侧面的叶子很薄，它们怎么能支撑住上面的花儿呢？碗的形状倒是很像曼陀罗，但仍然不是他想要的样子，不够鲜活，也缺少了真花的灵性。这让丹尼尔彻底失眠了。他一直坐在那儿研究自己雕出来的碗，琢磨着怎么修改，怎么才能把它做得更逼真。普罗科皮奇和其他工匠们来看的时候都非常惊叹：小伙子还有什么不满足的呀？这个碗已经被雕刻得登峰造极了，可以说是前无古人后无来者，可他还是不满意。大家都认为丹尼尔在说胡话，该给他看看医生了。卡佳听到这些话之后，就哭了起来。这才使丹尼尔醒悟过来。

“好吧，”他说，“我以后再也不碰它了。看来，我无法超越自己了，也抓不到石头的灵性。”于是丹尼尔自己也开始张罗婚事了。但是有什么可张罗的呀？新娘子早就把一切都准备好了！结婚的日子定下来了。丹尼尔很高兴。他把做完碗的事告诉了管家。管家跑来一看，发现这个碗雕得可真是不一般。他想现在就把这个碗邮寄给老爷，可丹尼尔却说：

“再等一等，我还需要再修一修。”

正值秋季，在蛇节前后他们举办了婚礼。有人不经意间说了一句，所有的蛇很快就会聚集在同一个地方。丹尼尔留心了这句话。他又想起了人们说过的用孔雀石雕出的石头花那件事，这让他陷入了沉思：“我是不是应该最后再去一趟蛇山呢？万一我在那儿能发现点儿什么呢？”他又想起了那块他发现的孔雀石，好像是被故意放在那里似的，还有矿井里的那个声音……告诉他去蛇山找石头！

于是丹尼尔又去了蛇山。这时地面已经开始微微结冰，雪花纷纷飘落下来。在丹尼尔走近他上次拿走那块孔雀石的峭壁时，他发现这个地方有一个大坑，好像是有人在那里挖走了一块石头一样。丹尼尔根本没去想是谁挖走了石头，而是直接走进了坑洞。他想："我在这里坐一会儿，避避风，也休息一会儿，这里比较暖和。"这时，他发现坑洞的一面墙边有一块灰色的石头，像一把椅子的形状。丹尼尔就坐了上去。他一边琢磨一边往地上看，那朵石头花始终在他脑海里挥之不去。"要是能看一眼那朵石头花该多好呀！"这时周围忽然间变得暖和起来，好像夏天突然来了。丹尼尔抬起了头，他对面的墙边突然出现了坐着的铜矿山女神。根据她姣好的面容和孔雀石长裙，丹尼尔立刻认出了她。可他转念一想："也许是我的幻觉，实际上并没有人。"

他坐在那里，一声不吭，注视着铜矿山女神所在的那个地方，好像什么也没看见似的。她也不说话，好像也在思索什么要紧事情一样。然后她突然问道：

"怎么样，丹尼尔师傅，你的曼陀罗花碗做成功了吗？"

他回答道："没有。"

"那你不要灰心！再试一次，石头一定会按照你的想法成型的。"

他回答道："不，我受不了了。我已经竭尽了全力，还是做不出来。请给我看看石头花吧。"

女神说："给你看倒是简单，但是你会后悔的。"

"难道你会不放我离开这座山吗？"

"我怎么会不放你走呢？路是四通八达的，但最后你还是会回到我这里来的。"

"给我看看吧，恳求你！"

她还在试图劝阻他：

“也许你可以自己再试一次。”她提到了普罗科皮奇，“他之前是因为可怜你，现在轮到你可怜他了。”她也提到了新娘子：“姑娘对你的感情忠贞不渝，而你却朝三暮四。”

“我知道，”丹尼尔喊道，“但是如果看不到这朵花，我就活不下去了。你给我看看吧！”

“既然是这样，”她说，“那就走吧，丹尼尔师傅，跟我去我的花园吧。”

她说完就站起身。突然传来一声巨响，有种山崩地裂的感觉。丹尼尔环顾一下四周，坑洞四周的墙壁都不见了，只有高耸入云的树木，只是它们与我们林子里的树木不一样，它们都是石头的，有些是大理石的，有些是蛇纹石的……总之，各种各样的石头树……但和真的树木一样，有树枝，也有树叶。它们随风摆动，发出叮叮当当的声音，就像有人在扔小石子一样。树的下面是草，也是石头的，有天蓝色的、红色的……各种颜色的草应有尽有……虽然不见太阳，但天却像是日落前一样明亮。树与树之间有一些金色的小蛇在翩翩起舞，原来亮光是从它们的身上发出来的。

然后女神就把丹尼尔领到了一片很大的空地上。这里的土就像平常的泥土一样，但上面的灌木丛却像黑色的天鹅绒一样光滑。这些灌木丛上盛开着大朵大朵的孔雀石绿色风铃花，每朵花的花蕊里都有一颗铅灰色的小星星。火红色的小蜜蜂在那些花上飞来飞去，像萤火虫一样闪闪发光，而小星星却发出微弱的声响，好像在唱着悦耳的歌曲。

“怎么样，丹尼尔师傅，你看到孔雀石花了吗？”女主人问。

丹尼尔回答说："怎么可能找到能做成这种花的石头啊！"

"如果你之前自己能想出来怎么做，我就会给你一块这样的石头，但现在晚了，我不能给你了。"她说完就挥挥手不见了。又传来一阵巨响，丹尼尔又回到了那个坑洞里，坐到了那块石头上，风在呼啸着。你要知道，秋天的风是很刺骨的。

丹尼尔于是回了家，那天新娘正在家里举行晚会*。丹尼尔也表现得很开心的样子，又是唱歌，又是跳舞的，然后他又突然变得愁闷起来。新娘甚至有些害怕了，她问道：

"你怎么了？垂头丧气的，像参加葬礼似的！"

他说：

"我头疼得像裂开了一样，眼前一片漆黑，一会儿变绿、一会儿变红的，什么光也看不见了。"

晚会就这样结束了。按照习俗，新娘和她的女友们要把新郎送回家。他们两家距离很近，中间只隔了一两座房子。于是卡佳说：

"姑娘们，我们绕路走吧。我们沿着这条街走到头，然后再沿着伊兰斯卡路返回来。"

她心里暗想："让丹尼尔吹吹风，他会不会感觉好些呢？"

那些姑娘自然很高兴。

"就应该这样送呀，"她们喊道，"他住得太近了，我们正好借绕道的机会再给他唱几首哭嫁曲**。"

夜很静，下着小雪，最适合散步了。于是他们就出门了。

---

* 一种告别少女时代的仪式。——译者注

** 新娘出嫁时举行的哭唱仪式活动。——译者注新郎和新娘走在前面，新娘的女伴们和参加晚会的一个单身小伙子紧跟在后面。姑娘们唱起第一首哭嫁曲。曲调婉转悠长，嗓音悲凉得像是为死去的人唱的挽歌。卡佳觉得这样的歌完全不合时宜，就说道：“丹尼尔本来就很难过，你们怎么还唱这样的哀歌？”

卡佳努力把丹尼尔的思绪转移到别的上面，丹尼尔只说了几句话，但没过多久又伤心起来。与此同时，卡佳的女伴们唱完了哭嫁歌，又开始唱起欢快的民歌。她们笑着跑来跑去，但丹尼尔还是垂头丧气地低头走着。无论卡佳想什么办法，都不能让他高兴起来。就这样走到了丹尼尔家里。女伴们和那个单身小伙子也各自回家了，而丹尼尔没有遵照任何婚礼前的习俗，就直接把新娘送回去了，然后自己回家了。

普罗科皮奇早就睡下了。丹尼尔悄悄地点起了煤油灯，把他雕出来的几个碗都拿到屋子中间，站在那儿仔细地端详着它们。这时普罗科皮奇开始咳嗽起来。他咳得很厉害。看来，这个年纪的老人身体也的确不行了。那咳嗽声像刀子一样刺痛着丹尼尔的心。他回想起之前这些年的生活，越发可怜起这位老人。普罗科皮奇清了清嗓子问道：

“你在对这些碗做什么？”

“我在想是不是到该交给老爷的时候了。”

“早就到该交上去的时候了，”他说，“不交只会让它们白白地占着地方，再怎么加工也不会更好了。”

就这样，他们又聊了一会儿，然后普罗科皮奇就又睡了。丹尼尔也躺下了，但他一直睡不着。翻来覆去，辗转反侧，他又爬了起来，又点上了煤油灯，又看了看这几个雕出来的碗，然后走到普罗科皮奇床前，在老人床边站了一会儿，叹了叹气……

然后，他突然拿起一把小锤子，向曼陀罗花碗砸了过去，屋里顿时响起了一阵咔嚓的碎裂声。而按照老爷图纸做的那个碗他却一动也没动！他向那个碗的中间唾了一口，就跑出去了。从那时起，丹尼尔便杳无音信了。

有人说他疯了，死在了森林里，也有人说，铜矿山女神把他抓去做矿山上的石雕师傅了。

但事实并非如此。欲知后事如何，且听下回分解。

（本作品创作于1938年）

两只蜥蜴

帕维尔·彼得罗维奇·巴若夫 著
单妮娜 译

我们的波列瓦亚村呀，听说是某个国家出钱建的。当时这个地方什么矿场也没有。这里的战争不断，当然是国家之间的战争。于是士兵们被派到这里。政府为了保证行军在途中的安全，特意在山上建了一个具有防御功能的村庄。你知道吗，那时候的古缪什卡山矿藏资源丰富，于是人们纷纷涌向了这里。

当然，到这里来的人都是被强迫来的，他们在这里建起了矿场，又运来了一批德国人，但采矿的事情进展得并不顺利，没有达到他们预期的效果。我一直弄不明白，是德国人不想展示自己的才华，还是他们真的不会采矿呢？总之，他们放弃了对古缪什卡山的开采，又开始选择另一座山开采了，但那座山却什么矿产资源也没有，根本不值得开采。于是我们的波列瓦亚村就被一个姓图尔恰尼诺夫的人盯上了。

在此之前，这位图尔恰尼诺夫曾在斯特罗加诺夫地区做盐业生意，同时也兼做一点儿铜矿买卖。他曾有过一个矿场，准确地说，就是一个小作坊，和农民的手工作坊没什么区别。农民们把一堆矿石放在一起燃烧，然后经过熔炼、反复淬炼等工序炼出铜来。这种手工作坊给主人带来了不少利润。很显然，图尔恰尼诺夫就是看中了这一点。

听说这家德国人的炼铜厂经营不善，他就赶紧跑过来问，是否可以接手这个工厂。他说："我们对炼铜很有经验，如果我们接过来，一定能把矿场办好。"

而当地的杰米多夫家族和其他更富有、更有名望的矿场主们对这件事却一点儿兴趣也没有。他们认为，德国人都没弄出什么名堂，接这样的工厂能赚什么钱啊？到手就是亏本的买卖。就这样，图尔恰尼诺夫不仅白白得到了我们的矿场，还被额外赠送了瑟谢尔季矿区。这么大的一笔财富可都是白送的呀！

就这样，图尔恰尼诺夫来到了波列瓦亚村，带来了自己的工匠。当然啦，他答应给工匠们各种好处。他是个商人，蒙骗别人是他最擅长的把戏，骗谁都很容易！

"你们好好干吧，"他说，"你们这些老哥啊，我保证你们一辈子都会生活无忧的……"

总之，这个花言巧语的家伙，真是说得比唱得好听！从小就学会了撒谎，现在更是谎话连篇了！他又故意利用德国人来刺激这些老工匠：

"难道你们还要继续在这里忍受那些'德国佬'吗？"

老工匠们本来不想离开他们现在居住的地方，可这句关于德国人的话却伤了他们的自尊。他们不想低人一等。而且那些德国佬还趾高气扬的，看不起我们的工匠，甚至不把他们当人看。老工匠们心里一直咽不下这口气，于是他们都来到了这个矿场想看一看。他们发现这里所有的设备都比他们那里的要好得多。当然了，毕竟是某个国家出资建造的嘛！看完设备，老工匠们又到古缪什卡山上走了走，看完山上的矿石之后，他们直言不讳地说道：

“在这里干活儿的德国人在干什么？！有这么好的矿石和炼炉，一吨矿石就可以炼出半吨纯铜呀！不过，需要有充足的盐，只要有与我们那里一样充足的盐就行。”

你听见了吧，他们的秘诀就是炼铜时要放些盐。他们希望这个地方也有足够的盐。图尔恰尼诺夫对他的工匠们充满信心，于是解雇了这里所有的德国人：

“我们以后再也不需要你们的工匠了。”

既然雇主辞退了他们，这些德国人又能有什么法子呢？他们开始收拾行李，有的准备回老家，有的准备去其他矿场。不过令他们感到惊讶的是，这些乡巴佬怎么能胜任这种技术活儿呢？德国人暗中怂恿两三个以前在他们德国人的矿场里干过活儿的师傅，说道：

“你们留意一下这些乡巴佬有什么秘诀。他们有什么本事敢接手这个工厂呢？如果你们发现了什么，就马上给我们报信，我们会给你们酬金的。”

被德国人唆使的人中有一个小伙子不错，他把这一切都告诉了我们自己的工匠们。于是工匠们就对图尔恰尼诺夫说：

“你最好能从我们当地人中招聘炼铜厂所有的工人，不然，你应该清楚会有什么后果。把一个陌生人放在那里，而他很有可能就是德国人暗中派来的。不让外人知道我们炼铜的秘密，对你的利益很重要。”

图尔恰尼诺夫当然同意了，他心里暗自窃喜，但是他并没有告诉老工匠们，他心想：“这想法正合我意。”

你知道吗，当时杰米多夫家族和其他当地的矿场主们招收了很多逃亡的人，包括巴什基尔人，还有一些旧教徒等。据说，这些人的佣金比较便宜，而且不用对他们负任何责任，怎么使唤他们都行。而图尔恰尼诺夫对此显然有不同的看法：

“你们招来这些乌合之众，以后就会对他们无法管理，后患无穷。逃亡者都是些老奸巨猾的人，他们也会把身边的人带坏。巴什基尔人有自己的语言和信仰，你们也管理不了他们。最好的办法就是从远方弄来一批工人，并把他们的家人也一起弄来。到时候，他们的家人在这里，他们会跑到哪里呢？他们会安分守己地待在这里干活儿，等我把这一切都办理妥当的时候，我们再看看，谁最终才是受益最大的人。至于那些逃亡者、巴什基尔人或者其他什么人，我可不会让他们靠近我的工厂半步。”

你知道吗，后来的结果果真如此。众所周知，我们工厂都信奉一种教派。我去过塔基尔斯克工厂，那里的信仰多得让人数不清，而我们这里从来没听说过有谁信奉其他的教派。这么说吧，除了矿场主本人，这里连其他民族的人都没有。总之，大家的关系都很和睦。

当时冶炼工匠们说的那些话和图尔恰尼诺夫的想法不谋而合，于是他接着他们的话茬说：

“谢谢你们的指点，老伙计们！我一辈子都不会忘记的！我会按照你们的指点来安排一切的。我会关闭我们原来那个地方的工厂，把所有人都转到这里来。你们也再帮我留意一下更可靠的人，我会把他们都买过来或者长期雇佣他们。你们好好干吧，我会对你们……”

也就是说，他又许下了一大堆诺言。这对他来说又有什么难的呢？他又请师傅们喝了点儿酒，吃了点儿好吃的！自己也和他们一起吃吃喝喝、唱歌跳舞。就这样，他哄骗住了这些老工匠。

这些老工匠回到家乡后，都对他赞不绝口：

“我们要去的是一个非常辽阔的地方，那里的矿石种类繁多，铜矿更是丰富，从各方面情况来看，工资会很高。矿场主为人也十分厚道，他和我们一起喝酒娱乐，也不嫌弃我们。在这样的矿场主手下干活儿，没什么可担忧的。”

而图尔恰尼诺夫的手下人马上就来到了这里。他们用一些花言巧语来引诱当地人。就这样，他们不仅给炼铜厂招满了炼铜的人，干其他活儿的人手也招够了。大部分人都签了长期合同，有一些人甚至是买回来的，因为当时还是农奴制，买卖人就像买卖牲口一样。

他们丝毫没有拖延，就在那个夏天，所有人都带着家眷搬到了新的地方，也就是来到了我们的波列瓦亚村。当然，他们的退路已经完全被切断了。不用说买来的农奴，就连签契约来的人也回不去了。仅一项搬迁他们到这里来的路费就高得离谱，他们到死都还不清。再说，他们的家人都被带到了这里，谁又会扔下家人逃离这里呢？谁又会舍得抛弃自己的亲生骨肉呢？图尔恰尼诺夫就是用这种手段把这些人留了下来，所有人都像被一根锁链拴住了一样。

在炼铜厂的老工人中只留下了那个小伙子，也就是把德国人的卑劣行为告诉师傅们的那个人。图尔恰尼诺夫原本也想把他赶到矿山上，但有一个师傅劝阻了他：

“你这是要做什么！小伙子对我们有恩。应该让他干一些技术活儿，他看起来是个聪明人。”

然后他问那个小伙子：

“德国人在的时候，你都干过什么活儿？”

他回答说：“碎石。”

“具体是怎么干的？”

“就是站在捣锤旁边，把矿石捣碎，然后再把大的碎块筛出来。”

那个师傅问道：“碎石这个工种没啥难度。德国人是怎么填料的，你知道吗？”

他回答说：“不知道，他们不让我们的人接触这些，他们有自己的人负责填料。我们只是遵照他们吩咐的方法碎石。但在搬运碎石的过程中，我留心了一下他们填料的方法。我想弄清楚这个秘密。有时能偷看到浇铜工如何清理铜矿中的杂质，但是到熔铜的步骤，他们就不允许我们进去了。”

师傅听着听着，语气坚决地说：

“我收你做我的助手。我会全心全意地教你，但你要告诉我，你在德国人那里看到了什么有价值的东西。”

就这样，这个叫安德烈的小伙子被留在了炼铜的关键岗位上。他很快就掌握了熔铜的技术，而且很快就青出于蓝而胜于蓝了。

两年过去了。波列瓦亚村炼铜厂现在的情况与德国人在时的情况大不一样了，炼出的铜要比德国人在时多了很多倍。我们的古缪什卡矿区也开始声名大噪了，知名度在世界各地传播开来。当然，矿场的工人也增加了很多，而且他们都来自图尔恰尼诺夫以前经营过炼铜厂的所在地区。熔炉旁的工人爆满，而矿山上采矿的工人就更多了。图尔恰尼诺夫看到这一情形心里十分得意，工人越多，他赚的钱也就越多。无论赚多少钱，他都不嫌多，都能找到放钱的地方。图尔恰尼诺夫眼看着一天比一天有钱了，斯特罗加诺夫家族对此非常嫉妒。他们向官府告状说，古缪什卡矿区本是他们的领地，却被图尔恰尼诺夫白白占用了。他们要求官府把这个矿区收回来，交给斯特罗加诺夫家族开采。只是这些年呀，图尔恰尼诺夫早已变得有钱有势了，各级政府官员早就被他收买了，所以他最终赢了与斯特罗加诺夫家族的这场官司。常言道：有钱能使鬼推磨！

可是矿工们的生活却每况愈下，炼铜的师傅们更因为受骗而感到屈辱。

起初，在炼铜厂事业刚起步的时候，图尔恰尼诺夫还经常来看望这些师傅，说话态度也很温和，他说：

“老师傅们，再坚持坚持吧！莫斯科也不是一日建成的，我们的炼铜厂还需要大家坚持不懈的努力。如果我们把炼铜产量搞上去，那么，大家以后的日子就好过了。”

可到头来，哪有什么好日子可过呢？随着时间的推移，他们的日子越来越糟。在矿井里，工人们被往死里打，监工对炼铜工也越来越苛刻，甚至还对最好的炼铜师傅扇耳光，边扇边骂道：

“别以为你们知道炼铜的秘方就有什么了不起，现在我们已经有更好的方法了。我现在就到老爷那儿告你们，看他怎么收拾你们！”

那时候，大家都管图尔恰尼诺夫叫老爷。老爷就是老爷，不能有别的称呼了。他甚至连去炼铜厂要走哪条路都忘记了，看来他也真是没工夫去了，因为钱实在是太多了，数钱的时间都不够呢！

于是，那些曾经劝老乡们搬到这里来的老工匠说道：

“我们要找图尔恰尼诺夫本人谈谈。当然了，他现在成了老爷，可是他毕竟还是个和和气气的人，是懂事理的。他不会忘了和我们一起喝过酒的日子吧？我们去把事情的真相告诉他。”

就这样，他们所有人一起去了。到了之后，老爷家的仆人没放他们进去，解释说：

“老爷喝过咖啡就睡觉了，你们还是回到各自的岗位上好好干活儿去吧。”

人群开始骚动起来：

“他怎么这么会找睡觉的时间啊！这大中午的，他竟然在睡觉！快去叫醒他！让他出来和我们说话！”

听见这些话，老爷就出来了。看来是睡足了觉。他身边站满了许多全副武装的人。而那个炼铜师傅的助手安德烈，是个年轻气盛的小伙子，他并没有被这个阵势吓倒，他说话的声音最大，把图尔恰尼诺夫老爷狠狠地斥责了一顿。最后他说：

“你还记得是我告诉你如何用盐来炼铜的吗？没有这个秘方，你能有今天的财富吗？”

老爷回答说：“我怎么会不记得呢？把这个小子给我抓起来，打他个皮开肉绽，在伤口上多撒些盐！让他好好地记住这个盐的教训！”

不仅小伙子受到了毒刑拷打，其他被老爷点到名的人也都被抓了起来。据说图尔恰尼诺夫是一个十分狡诈的人，他不像官府那样处理事情。他并不是平白无故地抓人，而是有自己的原则——绝不能让自己的利益受到损失。虽然他没有去工厂，但通过自己的耳目，他对工厂的所有事情和所有人都了如指掌。那些平时敢于直言和为工人们据理力争的老工匠都被鞭打了一顿，而那些平时不太爱说话的人却没有遭到鞭打，图尔恰尼诺夫只是威胁他们说：

“你们都给我小心点儿！如果不好好干活儿，就跟他们的下场一样！”

那些胆小的矿工吓坏了，一个人干起了两个人的活儿，干啥都小心翼翼的，生怕出什么差错。但终究是人手不够，怎么会没有损失呢？他们开始一个接一个地承担起老工匠们的职责，而传授安德烈炼铜手艺的老师傅在挨了一顿毒打之后，最终也没能活下来，于是安德烈接替了他的位置。一开始的时候还不错，安德烈表现出一个出色的工匠形象。他的手艺比其他人都好。图尔恰尼诺夫的手下人以为这是理所当然的事情，他们还拿小伙子开玩笑，给他取了一个外号叫“多盐的人”。对此他也没有介意，有时候还自嘲说：

“盐多的肉才结实呢！”

就这样，这些监工渐渐开始信任他了。可是安德烈那个时候却耍了一个花招，他把炉底的结块放进了两个炼铜的炉子里。你听好了，他的破坏干得很巧妙，铜非常牢固，凝固在炉子里的就怎么也拿不出来了。他这一招干得实在是太漂亮了！

他当然被抓住了，然后被拴着锁链送到了山上的矿井里。矿工们听说了安德烈的事，想方设法去营救他，但都没有成功。那里守卫森严，工人们也被严格地管控着……哎，怎么也救不出来他……

一个人被拴在锁链上能坚持多久？就算体格再好，也撑不下去。送来的食物都是坏的，有时有人给他送水，有时没人送，没有水的时候只能喝矿山上的水。这种水对身体的伤害是极其严重的！

这样的苦安德烈大约煎熬了半年，一年过去了，他的身体已经完全垮掉了。人瘦成了一道影子，根本干不了活儿。

矿山的监工对他说：

“再等等吧，很快你就要解脱了。万一不行我们就挖个坑，你也不用再受罪了。”

监工的意思是把他就地埋了了事，况且安德烈自己也知道，他快挺不住了。可是年轻人却不甘心就这样死去。

他心想：“哎，人们都说有铜矿山女神，她似乎会帮助有需要的人。如果真有这么个女神，她怎么不来救救我呢？难道她就能眼睁睁地看着我在这矿山上受尽折磨吗？她是什么女神呀？只不过是人们的自我安慰罢了！”

他这么想着想着，就原地倒下了。他扑通一声倒在了矿井的水坑里，地面上的水花四溅。水很凉，毕竟是矿坑里的水，但是对他来说已经无所谓了，他已经没有知觉了，他感觉自己马上就要死了。

他在这里躺了多久，连他自己也不知道，只是他突然觉得身上暖和了。像是躺在草地上，吹着微风，阳光暖洋洋地照在他身上，仿佛现在是割草的季节。

安德烈躺在这里，脑子里却在想：

“这是我临死之前梦到的阳光吗？”

只是他觉得越来越热。于是他睁开了双眼。起初，他还不敢相信自己的眼睛：原来他没有躺在矿井的水坑里，而是躺在一个满是树木的山顶上。四周的松树高耸入云，山上的青草并不茂盛，而且草丛中还有一些小石子，是那种黑色的平板石。他的右手边有一块大岩石，平滑得像一堵墙一样，比松树还高。

安德烈用手摸了摸自己，看看是不是在做梦。接着他又碰了碰旁边的小石头，薅了薅小草，挠了挠自己的大腿，要知道，他的腿上沾满了脏东西……这么说来，他不是在做梦，腿上的脏东西是矿井里的泥浆，而他脚上的锁链却不见了。

他心里琢磨着：看来他们是把我当作死人扔出来了，解开了锁链，然后把我扔在了这里，而我呢，却活过来了。现在该怎么办呢？是该马上逃走，还是再等一等，看看接下来会发生什么事儿呢？到底是谁把我弄到这个地方的呢？

他环顾四周，看到大岩石旁边放着一个用桦树皮做的带盖的小圆桶，桶盖上有一个切成片儿的面包。安德烈高兴极了，他心想：

“这一定是自己人把我背出来的，他们也没把我当作死人。你看呀,吃的喝的都拿来了！他们一定要等到天黑才能过来看我。等他们来了我再问个明白。”

安德烈吃光了一整个面包，连面包渣儿都没剩，圆桶里的“水”也都喝光了，一滴也没剩。这时候他感到奇怪的是，他弄不懂喝的究竟是什么东西。他似乎没有喝醉，反而感觉喝完身体有劲儿了。吃喝完东西后，他感觉身体舒服多了。他多希望永远待在这里啊，可是又突然想道：

“接下来该怎么办呀？要是自己人能来看我还好，要是那些监工在他们之前来了可怎么办呢？我至少得看看我所在的这个地方是哪儿啊！要是能去澡堂子洗个热水澡该多好啊！再能换上一套干净的衣服就更好了！”

总之，他开始烦恼起来。大家都知道，活着的人就要考虑活着的事儿。他爬上了那块大岩石，看到了古缪什卡山，矿场离这里很近，甚至能看见山上的矿工们在干活儿，就像许多苍蝇一样，忙来忙去的。安德烈甚至有点儿害怕了，他担心有人会突然从那个地方看到他。他从石头上爬了下来，坐在老地方思前想后，突然他的眼前出现了许多爬来爬去的蜥蜴，各种颜色的都有。而其中的两只很特别。这两只都是绿色的，其中的一只大一点儿，另一只小一点儿。

这些蜥蜴就这样在他眼前爬来爬去。它们在草丛中窜来窜去，像是在捉迷藏一样。很显然，它们也喜欢晒太阳。安德烈一直盯着它们看，并没有注意到天空已经飘来了一片乌云。雨淅淅沥沥地下了起来，那些蜥蜴顷刻之间就不见了踪影。只有那两只绿色的小家伙还没有躲起来，一直在互相追赶着玩耍，而且离安德烈很近。雨越下越大，于是它们躲在了小石子下面。它们的小脑袋伸进了小石子的下面，然后就不见了。安德烈对这两只蜥蜴产生了兴趣。他没有躲雨。天很暖和，显然雨不会下很久的。安德烈索性脱掉了衣服。

他心里想，就让雨水把他身上的泥巴冲洗掉吧，然后他把自己的破衣服铺在了地上。

雨停了之后，蜥蜴们又出现了。它们窜来窜去，每个小家伙的身上都是干干爽爽的。可是安德烈却感到浑身发冷。傍晚来临，阳光已经没有那么充足了。安德烈突然想道：

“人类也能像蜥蜴一样该有多好呀。只要藏到石头下，就是回自己家了。”

这时，他一只手按着那块大岩石，从上面观察矿场里的动静，也看了看古缪什卡山的景色。他并没有使劲儿，只是轻轻地推了一下石头的最底端。突然石头晃了一下，就朝他的方向倒了过来。安德烈下意识地躲开了，可石头又回到了原处。

他想，这也太奇怪了，多么大的一块石头啊，竟然这么不牢固，差点儿没把他砸死。

尽管如此，他还是凑近了这块石头，从各个方向察看它。石头上一条裂缝也没有，底部深深地扎入地下。他用双手使劲儿地按住一个地方，然后又去按另一个地方。嗯，岩石就是岩石，很坚硬，但它怎么会晃动呢？

“看来，是因为我头晕而出现的幻觉。”安德烈想了想，又回到老地方坐了下来。

那两只蜥蜴还在这儿窜来窜去的。其中一只把头伸进了安德烈最开始摸石头的那个地方，石头就开始摇晃了起来。石头的两边突然出现了一条裂缝，蜥蜴从这里钻了进去，裂缝马上就消失了。另一只蜥蜴跑到石头的另一端，马上藏了起来，像是在为他守卫一样，不时地会伸头看看安德烈。

“也就是说，它会从这里钻出来的，再没有别的出口了。”

安德烈稍稍等了一会儿，从石头底部又出现了一条明显的裂缝，它渐渐开始变大。在石头的另一端，蜥蜴探出头来，环顾着四周，看看另一只蜥蜴在什么地方，而这另一只则蜷缩在那里一动也不动。突然，这只不动的蜥蜴跳到了另一只蜥蜴的背上，仿佛在说：“抓住你了！”它的小眼睛闪闪发光，充满了喜悦之情。

然后它们两个小家伙就都跑开了。安德烈只看到了这两个小家伙，它们似乎在告诉安德烈，可以从哪儿进去，再从哪儿出来。

他又看了看那块大岩石。完好无损呀，甚至连一点裂痕都没有。

他想："哼，我再试一次。"

他又碰了碰这块石头的同一个地方，石头又倒向了安德烈。只是安德烈这次没有在意，他往石头下面看了看。那里有一个楼梯，非常漂亮。你知道吗，就跟老爷家的新房子里的楼梯一样漂亮。安德烈下到了第一个台阶，而那两只蜥蜴就向他的前方冲了过去，像是在给他领路一样。他又下了两级台阶，而他的手却一直在扶着石头，他心想：

"如果我放手，它就会把我关在里面。到时候万一陷在黑洞里可咋办呀？"

想到这儿，他不往前走了，两只蜥蜴也都停了下来，看着他，似乎在等着他。这时安德烈突然明白了：

"难道是铜矿山女神在考验我，看我是不是很勇敢？据说这一点是她最看重的。"

所以他马上拿定了主意，勇敢地向前走去，当他的头已经到了石头裂缝的下面时，他把手从石头上放开了。石头缝自动合上了，而石洞里就像升起了太阳一样明亮，一切都清晰可见。

安德烈一看，他的前面是一道刻有花纹的双扇石门，右手边是一扇单层小门。两只蜥蜴向这扇小门爬过去，意思是让他往这里走。安德烈推开小门，里面是一间浴室。这里的设施很齐全，有蒸浴床、水槽、舀子等，只不过都是石制的。只有一个浴帚是用桦树枝条扎成的，用来拍打身体。浴室里的温度很高，要对自己的耳朵做好防护。看到这一切，安德烈高兴极了。他想做的第一件事就是把身上的破衣裳放到蒸汽炉子的石板上烤干。只是他刚脱下来，衣服就不见了。他回头一看，长凳子上整齐地摆放着一摞新衣服，衣架上也挂满了他喜欢的衣服。衣服的款式各式各样：有贵族穿的、商人穿的，还有工人穿的。这时安德烈想也没想，直接爬上了蒸浴床，痛痛快快地洗了个蒸汽浴，浑身上下还用浴帚拍打了一遍，洗得舒服极了。于是他坐下来休息，然后习惯性地穿上了工人穿的衣服。他从浴室里走了出来，而那两只蜥蜴一直在大门口旁等着他。

安德烈推开门愣住了，这里是什么地方呀？眼前豪华富丽的大房间是他做梦都没有见过的。四面墙壁镶满了宝石，屋子的中间有一张桌子，桌子上摆满了各种食物和饮品。安德烈已经饿了很久，他毫不犹豫地坐到了桌前。食物都是普通的食物，但饮品他不清楚是什么，味道与他从那个圆木桶里喝过的东西一样。这种饮品劲儿很大，但是他并没有喝醉。

就像参加某个盛大的节日或婚礼庆典一样，安德烈酒足饭饱后，向两只蜥蜴鞠了一躬：

“女主人们，感谢你们的盛情款待！”

而那两只蜥蜴正坐在高高的长凳上，晃荡着小脑袋，仿佛在说：

“不客气，尊贵的客人！不客气！”

紧接着，体型小一点儿的那只蜥蜴从长凳上跳了下来，向前面爬去。安德烈跟在它后面。它爬到床边停了下来，像是在说现在上床睡觉吧！那张床铺得太平整了，简直不忍心去碰它。可是安德烈还是放下顾虑，躺到了床上，他一躺下就马上睡着了。

这时灯也熄灭了。

与此同时，古缪什卡矿区的监工正在发愁呢。早晨的时候他想看看被拴在矿井里的那个人是否还活着，结果发现那里只剩下一条锁链了。监工急坏了，开始到处打听：

“他跑到哪儿了呢？现在可怎么办呀？”

监工到处找，但连个人影儿也没找到。他不清楚是谁帮这个人逃走的，更不敢告诉上头的管家，否则自己就要承担责任，管家会说他监管不到位。于是监工想出了一个办法，他把这个地方上面的顶层弄塌了。这种破坏性的行动干起来可是非常艰难，但他还是想出了一个巧招干完了。他先从矿井的侧面挖开一个口，然后从上面开始掏土，最后他才把这件事汇报给了他的上司。很显然，他的上司对这件事没太深究，就相信了他说的话。

他说：“因为矿顶塌了，所以呢，那个家伙就被压在了下面，只能勉强看到锁链。”

监工还补充说：

“再去挖开土堆把他拽出来也没有什么意义了。你瞧，这矿顶也太不牢固了，真正的矿石早就被采没了，而死人躺在哪里还不都是一样。”

矿工们当然一看就明白这里是有人暗中捣鬼，但他们都保持了沉默。

他们想，安德烈已经受尽了折磨，谁又有什么办法能帮助他呢？

就这样，管家对老爷说：

“那个故意破坏炼炉的‘多盐的人’被塌方砸死了。”

即便在这个时候，老爷也没忘记维护自己的利益。

他说："这是上帝对他的惩罚。我们得把这件事告诉神父，让他告诫人们，反抗老爷会是什么下场。"

神父们开始到处宣扬。所有人都知道安德烈因为矿井的塌方而被砸死的事情了。当然了，大家都表达了惋惜之情：

"他真是个好小伙子。这样的人现在不多了。"

而安德烈这时在干什么呢？他洗过澡之后就睡着了。他的床又暖又软。他睡了一天又一天，翻个身又睡过去了。终于有一天，他睡醒了，之后他感到神清气爽，似乎从来没有生过病，也从来没有在矿井里遭过罪。他打量了一下四周，发现桌子上又摆满了各种食物，两只蜥蜴又都坐在长凳上，不时地看着他。

安德烈吃饱喝足之后，向两只蜥蜴鞠了一躬，说道：

"现在是时候回应图尔恰尼诺夫老爷对我的严刑拷打了。我得回去给他点儿颜色看看，让他痛哭流涕。"

这时，那只小一点儿的蜥蜴马上从长凳上跳了下来，向前爬去。安德烈跟在它后面。蜥蜴把他带到了另一扇门前。他打开了门，那里是通向天花板的楼梯。天花板上有一个半圆形的、像门把手一样的小铜环，安德烈立刻明白了它的用途。他沿着楼梯往上走，拧了一下铜把手，出口就打开了。安德烈又回到了那座山上，现在已是傍晚时分，太阳开始落山了。

他心想："这个时间正好，我可以趁天黑去一趟矿场。也许我会碰到个熟人，顺便打听一下矿场的情况。"

安德烈悄悄地走着。当然了，他非常小心谨慎，免得被坏人发现。他偷偷地走近了矿场，躲在了一片石楠花灌木丛的后面。矿场上的人很多，但没有什么合适的时机。走过来的要么是成群结队的人，要么就是他不想见的人。天已经黑下来了。这时，有一个人走了过来，离安德烈很近。这小伙子傻头傻脑的，但很可靠。他和安德烈一起在熔炉旁边干过活儿，也一起去过古缪什卡矿区。安德烈对他低声地说：

“米哈伊洛，过来！”

米哈伊洛一开始朝着声音这边走过来，然后停了下来，问道：

“是谁在叫我？”

“过来呀，是我，走近点儿。”

米哈伊洛又走了几步，看来他有点儿害怕。这时，安德烈从灌木丛里伸出头，想让米哈伊洛打消疑虑。可米哈伊洛却大叫一声跑掉了。这个时候，上天好像故意和安德烈作对似的，恰巧这个时候又有个女人走了过来。她也看见了安德烈，突然大叫起来，她的叫声震耳欲聋：

“啊，我的老天爷啊，见鬼了！啊，见鬼了！”

米哈伊洛也喊道：

“我看到了‘多盐的人’安德烈！长得和下矿前一样！他就在那边的石楠花灌木丛的后面呢！”

人们开始担心起来。大家纷纷从矿场跑了出来，而管家走在最前面。跟在他后面的人说：

“我们倒要看看这到底是个什么家伙！”

大队人马越来越近，这时安德烈觉得有些不安起来。

他心想，现在不应该露面，万一某些人因为他而受到惩罚呢？

于是，他向森林的深处走去。而人们不敢往森林的深处走，在灌木丛中转了几圈后，就纷纷回去了。

这时候，安德烈拿定了一个主意。他穿过森林，绕过古缪什卡山，摸黑直接来到了炼铜厂。那里的人们看到他，害怕得不得了。人们慌慌张张地向四处逃散，夜班监工甚至吓得爬上了屋顶，第二天人们才把他从屋顶上救下来，他被吓昏过去了……安德烈在炼炉附近走来走去……他又把炉子里的铜凝结了起来，然后就亲自去找老爷了。

当然了，图尔恰尼诺夫老爷也听说了死人复活的事，他吩咐手下人把神父叫来，可是这个时候神父们却都不见了踪影。于是老爷把自己牢牢地反锁在屋子里，告诉属下不给任何人开门。安德烈一看，他也见不到老爷，只好又回到老地方——那个富丽堂皇的石头宫殿里。他心想：

“等着瞧！你给我伤口撒盐的这笔账，我早晚要和你算！”

第二天，炼铜厂里一片混乱。这里出现了一个严重的事故，所有炉子里的铜都变成了铜疙瘩，黏在炉底拿不出来了。老爷见状号啕大哭。古缪什卡矿区那里也挤满了人。老爷吩咐他们把被塌方压住的尸体挖出来交给神父，让他们按照所有仪式好好地安葬他，以免他再出来兴风作乱。

人们把塌方的地方清理出来了，却不见尸首，只剩下一条锁链和一副完好无损的脚铐，甚至连一点儿被锯过的痕迹都没有。于是大家把监工拽了过来。他开始还想抵赖，想把责任推到工人身上，最后没办法，还是把事情的真相讲了出来。有人把事情的来龙去脉告诉了老爷，老爷立刻换了一副面孔，怒吼道：

“既然他还活着，就快去把他抓回来！”

他把自己所有的手下人都派到森林里去搜查了。

安德烈根本不知道这件事，晚上他又上山了。显然，地下的宫殿再好，也没有在山上自在。他坐在大岩石旁边，想着要怎样才能见到自己的朋友。同时，他还惦念着一个心爱的姑娘。

“她不会也相信我已经死了吧？大概她也哭了很久吧？”

偏偏不凑巧，这时有两个女人正朝森林这边走了过来。也许她们是在割完草回来的路上，也许是来采浆果的……哎，夏天来森林的人怎么会少呢？她们离这里越来越近了。开始的时候，安德烈听到了她们唱歌的声音，接着又听到了她们的谈话声。

其中一个女人说道：

“我想，塔修特卡也应该知道了安德烈的事吧。你知道吗，听说他还活着呢！”

另一个女人回答说：

“他当然还活着了！他可是把所有的炼铜炉都毁掉了呀！”

“是呀，塔修特卡可怎么办呢？她会去找他吗？”

“塔修特卡就是个傻瓜。昨天我还跟她说让她去找他，可她就是相信那些老婆婆说的话。她担心安德烈会到她家的窗下，自己正在家哭鼻子呢。”

“她真傻。这样的人有啥值得她伤心难过的！如果我碰到这样的男人，就算是死了，我也不伤心。”

安德烈听着听着，就特别想看看是谁在背后这样指责塔修特卡。但他转念一想：“能不能通过她们两个给塔修特卡传个信呢？”

于是，他朝着声音传来的方向走去。他一看，这两个女孩子他都认识，只是现在他无论如何也不能出现在她们面前。你看，现在有好多人走过来了，而且他们之中还有一些孩子。哎，这怎么能露面呀？

他左顾右盼地迟疑了一阵子，始终也没敢露面，后来他就返回去了。

他坐在老地方，心烦意乱。然而就在刚刚，老爷的一个狗腿子认出了安德烈，并悄悄地把这个消息传给了别人。于是来的人把小山包围了，大家都兴奋起来，领头的喊道：

“抓住他！”

安德烈看到他们从四面八方跑过来……于是他按了下石头，进了洞里。守卫们跑过来，没看见人。他躲到哪里了呢？他们开始推那块石头，但累得气喘吁吁的。这石头哪能是他们推得动的！他们想了想，恐惧再次袭上他们的心头：

“看来，他真的变成鬼了，要不然，怎么能钻进这石头里呢？”

他们跑到老爷家里，把刚才发生的事情从头到尾讲了一遍。老爷听了之后吓得浑身发抖。

他说：“我要到瑟谢尔季市一趟。那里有急事要办。我不在的时候，你们一定要把他抓住。要是抓不住，看我回来怎么收拾你们。”

老爷威胁完之后，骑上马就赶往瑟谢尔季市了。手下人不知如何是好。没办法，只好每天派人去巡山。而躲在石头下面的安德烈也在想：“我该怎么办呢？在这里闲着没事儿干，不习惯，还出不去。”

他又想：“夜里我倒可以试一试。如果趁天黑能溜出去，到时候再见机行事。”

安德烈下定决心这样做了，他想随身带点儿吃的东西上路，可那两只蜥蜴不知跑到哪里去了。它们不在这里，这让他感觉很不舒服，感觉自己像小偷一样拿走了东西。

他想：“算了吧，没有吃的东西也能挺过去的。只要我活着，我就能找到吃的东西。”

他又看了眼富丽堂皇的石屋，又欣赏了一下这里美妙的一切，然后说道：

“谢谢你，这座房子，我要去别的房子了。”

这时，屋子的主人——铜矿山女神突然出现在他的面前。小伙子惊呆了，哇！她可太漂亮了！可铜矿山女神却说：

“上面已经没有你能走的路了。你得走另一条路。吃的东西不用担心，你想吃什么就会有什么，这是你应该得到的。这条路会把你带到你想去的地方。现在你可以从那扇门出去，只是你得答应我，不能回头看。你能记住吗？”

“我不会忘记的，”他说，“谢谢你为我所做的一切。”

他向女神鞠了一躬，朝门口走去，而那里站着一个和她一模一样的姑娘，好像比女主人更漂亮。安德烈没有忍住，他回头看了一眼，想确认女主人是否还在那儿。铜矿山女神用手指着他，威胁道：

“你说过的话，这么快就忘了吗？”

“我忘了，”他回答说，“我真是昏了头。”

她说：“哎呀，你这个‘多盐的’家伙！你这小伙子哪方面都不错，一看见姑娘就露馅儿了。现在我可拿你怎么办呢？”

他说：“你想怎么办就怎么办吧。”

“好吧。第一次我就原谅你了。下次不许再回头了，否则就会大祸临头的。”

这次安德烈径直走了，而另外那个姑娘亲自给他开了门。那里是一条水平坑道。里面很亮，一眼望不到头。

后来，安德烈是否又回头看了，那条坑道究竟把他带到哪里去了，老人们并没有对我说。只是从那以后，这个小伙子就再也没有在我们这个地方出现过，他永远留在了人们的记忆里。

他可把图尔恰尼诺夫老爷害惨了！

图尔恰尼诺夫老爷手下的那些人也被折磨惨了，他们一直在看守着那块大岩石。日日夜夜在石头周围巡逻。矿工们有时还特意去看看这些笨蛋。很显然，这些狗腿子时间一长也生厌了，后来竟想到用炸药去炸这块大岩石，并把矿工们赶到了那里。当然，他们还是把石头炸碎了，从那以后，老爷的精神才恢复了正常，他不再担惊害怕了，但又开始责骂起手下人来。

他大喊道："你们天天空守着一块破石头，也不知道厂里和古缪什卡矿区遭受了多大的损失！瞧,监工的屁股都被火烧着了。这成何体统呀！"

（本作品创作于 1939 年）

小塔尤特卡的小镜子

帕维尔·彼得罗维奇·巴若夫 著

单妮娜 译

矿山里还发生过这样一件事。

在一个矿井底部发现了一处薄片石矿。这种矿石只要被敲碎了，就会出现一个又光滑又平整的棱面，像镜子一样闪闪发光。谁看了都会喜欢上它。

不过矿工们却顾不上高兴。大家都听老一辈人说过，这种石头是不祥之兆。

“要是碰到这种薄片石头可得当心了！这是铜矿山女神打碎的镜子。她一旦生起气来，矿井不坍塌，事情是不会收场的。”

大家当然都会尽可能地躲避起来，而最先躲起来的便是矿场的管理者们了。矿场的监工听说了这件事之后，就不往矿井那边走了，而对自己的手下命令道：

“你去叫人把坑道用两个横梁加固起来，然后再把矿井里面所有的东西都清理出去，我再下去检查。”

当时的监工是一个名叫叶拉斯科、绰号叫“猴急”的人。他是个一刻也坐不住的小老头儿，在领导面前，总是一路小跑。领导要是交代点儿什么，他就立刻跑到矿工那里，语无伦次地交代给工人们，急得像是哪里着了火一样。

“快点儿，伙计们，快点儿！矿井里的事儿可不能磨磨蹭蹭的，得三步并成两步地跑起来才行！”

由于他平时总是慌手慌脚的，大家就给他起了个绰号“猴急”。

可到了这个时候，“猴急”的腿却突然不好使了。眼睛也看不见了，想要吩咐别人去替他查看矿井了。他叫来了木匠领班，对他说：

“快点儿去看看，伊万，到那儿好好看看，算一算一共需要运多少根圆木，然后你就抓紧时间开工吧。你也知道，矿井里的事情是不能耽误的，而我却在这个当口不中用了，我感到肋骨刺痛，腰疼得也直不起来了，现在勉强能站住，大概是天气的原因吧。你一个人去办好这件事吧！明天晚上之前一定要完成！”

木匠领班没有办法推脱，只好去了，但他并不着急去。不管矿井里的日子多么令人煎熬，也没有人愿意在不该死的时候就提前死掉。叶拉斯科甚至还威胁他说：

“你一定要快点儿去啊，兄弟，快点儿！别东张西望的！你知道，我们会把懒汉都送到消防队的，让他知道什么是十万火急。这样的事情你应该也经历过吧？”

这个被称作“猴急”的叶拉斯科是个老狐狸。他嘴上说得好听，实际上却是一个十分恶毒的人。毒打工人次数最多的就是他，所以大家都怕他。

第二天傍晚之前，用来加固矿井的横梁就架好了。木料很结实，可再怎么说，压在上面的毕竟是一座大山啊！山要塌下来，再结实的木头柱子也会撑不住的。到时候木头就会像点了火的松明一样裂成碎片，架上去的横梁也会因为承受不住重压而被压成薄饼，这是常理。

无论如何，“猴急”叶拉斯科还是因矿井里架了横梁而壮了壮胆。虽然他反复抱怨着肋骨的刺痛，但还是亲自下到矿井里查看一番。他走进去一看，发现这个矿井十分危险，恐怕工人无论如何也不会下井干活儿的。于是，叶拉斯科心里盘算着，把这个活儿安排给谁最合适。

叶拉斯科手下的工人很多，但是没有比加尼亚·扎里亚更老实、更温顺的人了。他是一个出了名的逆来顺受的好人。或许是因为他从小就被别人欺负惯了，又或许是因为他天性就是如此，总之，他从来不说一句冒犯别人的话。而自从他的家庭遭遇了不幸，他就变得完全像个哑巴一样，什么话也不说了。加尼亚的妻子冬天的时候在池塘里洗衣服，失足跌进了冰洞。她虽然被从冰窟里救了出来，也苏醒了过来，可是她已经被冻出病来了。没等到春天，她就油尽灯枯，去世了，给丈夫加尼亚留下了一儿一女。常言道：祸不单行。

刚来这个世上的儿子没过多久也随妈妈去了，剩下的小女孩还不错，一双眼睛炯炯有神，十分机灵，身体也挺结实，人们叫她小塔尤特卡。虽然她在四岁的时候就失去了妈妈，但她在同龄的那些小女孩中却显得极其聪明，她总是能第一个想出各式各样的游戏来。可是，也正因为这样，她经常会遭到打骂。

女孩子们在游戏中经常吵架，然后大家都哭着去找自己的妈妈抱怨：

“这都是扎里亚家的小塔尤特卡出的主意！”

谁都知道，妈妈总是更怜惜、更疼爱自己的孩子，于是她们总是对小塔尤特卡发出狠话：

“哼，她这个机灵鬼！我们非得把她捉住不可，用树条子抽她！还要让她爸爸收拾她！到时候让她知道我们的厉害，得好好收拾收拾她！”

小塔尤特卡当然是不怕爸爸的。她知道，她就是爸爸的心肝宝贝，爸爸心里只想着她。加尼亚每次从矿场回家后唯一的安慰，就是欣赏他这个心爱的宝贝女儿，听她喋喋不休地说这说那。而小塔尤特卡从来没有向爸爸诉说自己受人欺负的事情，她只记得那些让她高兴的事儿。

加尼亚和他过世的妻子感情很好，他不想再娶一个女人回家，但是他必须得这么做。家里没有女人，他带着一个小女孩过日子自然是很艰难。有的时候加尼亚下定决心再娶一个女人，可是每当他听到小塔尤特卡的欢声笑语时，就马上打消了这个念头。他心里想：

“瞧，我这个小开心果现在多么开心快乐呀，可是继母一进门，她的一切快乐就会烟消云散。”

加尼亚就这样过着没有妻子的苦日子。他麻烦邻居们帮他烤面包，有什么要做的饭也都放在邻居家的灶上做。他去矿井干活儿的时候，一定会对邻家的老妇人们千叮咛万嘱咐的：

“请你们多费心帮忙照顾我的孩子。”

那些老妇人自然会说：

“好的，好的，放心吧！”

但等他去了矿井，那些老妇人早就忘记了他委托的事。每个老妇人自己家的事情都忙不过来，连照顾自己孙子孙女的时间都没有，更不用说还有工夫照顾别人家的孩子了。

最糟糕的是冬天。你知道吗，他们家的小木屋墙面很薄，得生上火屋里才会暖和起来。但是这种事情怎么敢让一个小女孩来做呢？邻居老妇人们又不能及时来照看。小塔尤特卡就只能在屋里挨冻，只有等到晚上爸爸从矿场回来才会生炉子起火。于是加尼亚想出了一个办法：

“我得把小塔尤特卡带在身边才行。矿井里很暖和，她在我自己的跟前，照顾起来也方便。哪怕只能吃干粮，但至少能按点吃上饭呀！”

他就真的这么做了。为了避免井下的监工找麻烦（他会说，女孩子不能下矿井），于是他把小塔尤特卡打扮成了一个小男孩的样子。他给小塔尤特卡穿上了她哥哥的衣服，然后就领着她一起下了矿井。住在他家附近的矿工们都明白加尼亚带进矿井的不是男孩子，而是女孩子。但他们也不会揭发检举的。他们看到加尼亚因为贫苦而迫不得已把孩子带到矿井里来，都很可怜他，也都想办法逗小塔尤特卡玩。毕竟，她还是个孩子啊！每个人都希望她能快活起来。他们在矿井里照顾她，尽他们所能逗她开心。有的把她放在装矿石的空车里兜风；有的把带有花纹的小石头捡来送给她；有的把她抱起来，一边把她举过头顶，一边说道：

“来，咱们从上到下检查一下，看看纳塔尔·加夫里雷奇的鼻孔里积攒了多少矿石灰吧！是不是应该用小凿子把它们抠出来了呢？”

这是大家在跟她开玩笑，并开始按照成年人“名字＋父称”的方式称呼她，叫她纳塔尔·加夫里雷奇。

工人们只要一见到她，就会用这种称呼跟她打招呼：

“哎，纳塔尔·加夫里雷奇！”

“怎么样，纳塔尔·加夫里雷奇，过得好吗？”

“你是来帮你爸爸干活的吗，纳塔尔·加夫里雷奇？这活儿可是真累人啊，我的朋友，真是累人的活儿！你早就应该来了，不然他一个人怎么吃得消啊？”

虽然加尼亚不是每天都带着小塔尤特卡下矿井，但带她下矿井的次数也算十分频繁了。小塔尤特卡对此也已经习惯了，和她爸爸一起干活儿的矿工她差不多都认识了。

叶拉斯科瞄上的就是这个加尼亚。从傍晚开始，他就态度温和友好起来：

“加尼亚，你明天早上就到新加固后的矿井，把矿井里从上到下的矿石都凿出来！”

加尼亚没有马上推脱，但是在回家的路上，他一直在想：如果他在矿井里真的出了什么事，那么小塔尤特卡以后的日子可怎么过呢？

他回到家就发现小塔尤特卡的鼻子已经哭肿了，两只小手都被别人抓伤了，眼睛下面还有一大块乌青，裙子也被扯坏了。看来是被人欺负了。不过，小塔尤特卡就是不肯说出自己是被谁欺负了，只是马上央求爸爸道：

“好爸爸，明天带我去矿场吧！”

加尼亚的双手开始颤抖起来，可是心里却想：

“对啊，不如就带她一起去吧。如果我不能活着出来，她还怎么活下去啊！”

于是，他抱起了自己的女儿，到邻居家要了点儿蔬菜汤当作晚饭。接着，小塔尤特卡就蜷缩在长凳上，又恳求道：

“好爸爸，别忘了叫醒我！我和你一起去！”

小塔尤特卡睡着了，而做爸爸的当然睡不着觉了。他一直坐到天亮，把自己的一生在脑海里过了一遍，最后决定：

“带她去吧！就是死也要死在一起！”

一大早，他叫醒了小塔尤特卡，照常把她打扮成了一个男孩子的模样，稍微吃了点东西，就一起去了矿场。

只是小塔尤特卡感受到了一些不同寻常：那些熟识的叔叔伯伯突然变得像陌生人一样。无论她看到谁，谁都会避开她的眼神，就像没看见她似的。也没有人再叫她纳塔尔·加夫里雷奇了。大家似乎都很生气。有一个矿工向加尼亚低声抱怨道：

“你呀，加尼亚，你真不该做出这样的决定，真不该把孩子带来，万一出什么事儿可咋办？在矿井里什么事都有可能发生。”

后来有个单身的小伙子也走了过来。他脸色阴沉地低着头，轻声说：

“这样吧，加尼亚叔叔，咱俩换一下位置吧。你和小塔尤特卡去我的位置，我来顶替你的位置。”

其他人也都开始嚷嚷起来：

“那怎么行呢？这件事得抽签决定！咱们把‘猴急’叫过来！既然这是人命关天的事,就让他给咱们抽签来决定谁去吧！”

但是“猴急”一直也没有来。派去喊他的工人跑回来传话,“猴急”说让大家先下井，不用等他了。他的病又犯了，下不了床了。

就在大家准备自行抽签时，有一个小老头儿出来说话了。这个小老头儿，在工人们中间德高望重。大家都认为他是一个有经验的老矿工，总是很尊敬地直接称呼他的父称，只不过他个子矮小，人们就开玩笑地喊他半个卡尔彼奇。

这位半个卡尔彼奇直接推翻了大家的想法。

“你们先别着急，”他说，“先别着急！这么急有什么用？也许加尼亚比我们想得更周全呢！铜矿山女神一定会宽恕他和孩子的。女神看见孩子就会心软了——你们就放心吧！说不定她还会邀请小女孩到自己家里做客呢。请大家相信我的话。”

半个卡尔彼奇的话消除了人们内心的愧疚感。每个人都在想：“如果他们能自己渡过难关，不是更好吗？”于是就回到各自的工作岗位上了。

小塔尤特卡当然不明白他们争吵的内容，但是关于铜矿山女神的话她却记住了。现在让她感到惊讶的是，矿井里完全变成了另一副样子。以前，矿井里人多的时候，周围总是闪烁着许多小矿灯，可以看见人。有的人在凿矿，有的人把矿石收拢成堆儿，有的人用小手推车把矿石运到一边。可是今天，不知道大家都跑到哪儿去了，只剩下她和爸爸两个人在空荡荡的矿坑里走着，还有就是半个卡尔彼奇紧紧地跟在他们身后。

他说：“我要干活儿的地方与你们去的地方顺路，我陪你们一起去吧。”

他们走着走着，小塔尤特卡突然变得忧郁起来，她就问爸爸：

“爸爸，我们要去哪儿？要去铜矿山女神家里做客吗？”

加尼亚叹了口气，说道：

“那得看运气了，也许能碰到她呢。”

小塔尤特卡又问：

“她住得离这儿远吗？”

加尼亚当然沉默不语了，他不知道该怎么回答她才好，但是半个卡尔彼奇却说：

“矿山上到处都有通往她住处的门，只是我们看不见而已。”

“她很爱生气吗？”小塔尤特卡又问，于是半个卡尔彼奇就兴致勃勃地给她讲起了铜矿山女神的故事来，似乎他是她的亲戚一样。他讲得信手拈来，头头是道，小姑娘眼前出现了一幅活灵活现的画面：铜矿山女神的裙子是绿色的，辫子是黑色的，一只手里拿着一个小洋镐，另一只手拿着一朵小花。那朵小花闪闪发光，比一大块松脂片燃烧起来还亮，但燃烧的时候没有黑烟。谁能让女神看了高兴，她就会把那朵小花送给谁，然后她的手上会立刻出现另一朵一模一样的小花。

小塔尤特卡听得着了迷。她说：

“要是我能有这样一朵小花该多好啊！”

半个卡尔彼奇就应声答道：

“这有什么难的？你如果不害怕而且也不哭，也许铜矿山女神会送给你的。这是件很容易的事儿。”

这下可说到孩子心里去了。小塔尤特卡心里只想着怎样才能快点儿见到女神，想快点儿得到那朵小花，于是她对半个卡尔彼奇说：

“老爷爷，你看着吧，无论怎样我都不会害怕的，无论怎样我都不会哭的。”

说着说着，他们就走到了刚用横梁加固好的地方。果然，支撑的木头都很结实，旁边还有一堆松脂片。加尼亚和半个卡尔彼奇开始把松脂片点着。看来，干这个活儿就得先把火点着了——必须得照亮了才能干活，只靠矿井里的灯的亮度是不够的。但是在这种矿井里点火，没人看管着是不行的。

当他们选好合适的地方生火时，小塔尤特卡就站在那里四处张望，搜寻着这里有没有开着的小门，可以让他们到女神家里做客。

她那对小眼睛当然是睿智而充满朝气的。小塔尤特卡突然看见，在距离地面不高的地方似乎有一个小圆洞，洞里有什么东西在闪着光。小塔尤特卡二话没说，马上就朝那个地方悄悄地走了过去，她往洞里看了看，那里什么也没有。于是她用她的一根小手指伸进去摸了摸。她觉得里面很光滑，但边沿却不怎么光滑，像是旧墙面上刮的腻子一样。小塔尤特卡就在那里动手抠了起来，一边抠着，嘴里一边说："我要把这个小圆洞抠大了。"

她很快就把这个地方抠得像浴室里的小窗户那么大了，然后她突然放声大哭起来：

"爸——爸，爷——爷，不好了！山里来的大孩子在挠人了！"

加尼亚和半个卡尔彼奇急忙跑过来，看到这样一幅情景：岩石里就像是嵌上了一面镜子一样，但是镜面是向里面凹进去的，所以映出来的人特别大，而且还难以辨认出来。起初他们也吓坏了，但紧接着就明白了是怎么一回事，于是半个卡尔彼奇取笑小塔尤特卡说：

"我们的纳塔尔·加夫里雷奇连自己都不认得啦！你看，不管里面的老爷爷有多大，我都不怕他，我想让他做什么他就做什么。我捏鼻子，他也会捏鼻子，我拉胡子，他也会拉胡子。看，我伸出舌头，他也会张开大嘴把舌头伸出来！那舌头差不多有一根木头那么长呢！"

小塔尤特卡躲在半个卡尔彼奇的身后看了看。果不其然，里面的人就是半个卡尔彼奇自己，只是很大罢了。半个卡尔彼奇做着鬼脸，让她觉得很有趣。于是她自己也站到前面，扮起各种鬼脸来。

过了一会儿，她想看看自己的腿，也就是说，她要把镜子的下半部分也挖出来。于是，她开始顺着小洞的底端往下挖。眼看着矿石碎片随着小塔尤特卡的小手渐渐滑落下来，在她的脚前落了一大堆，她的爸爸和半个卡尔彼奇老爷爷不禁吓了一跳。他们以为矿井就要塌了。加尼亚一把抱起小塔尤特卡，跑到很远的地方，他对女儿说：

“你就坐在这里，我和老爷爷先去把矿井清理干净，弄好了我们就会来叫你。我们不叫你，你就待在这里别动，不然我会生气的！”

小塔尤特卡非常难过，因为不能继续在镜子前面玩了。她有点儿生气，嘟起了小嘴，不过她并没有哭，因为她知道，在大人干活的时候是不能妨碍他们的。她坐在那里，觉得很不高兴，无聊地捡着身边的小石头玩。忽然，她发现了一块非常好玩的小石头，只有她手掌那么大，从背面看就是一块普通的矿石，可翻过来看，却像是一个小碗或者小碟子。里面打磨得滑溜溜的，闪着光，而边缘像是粘上了一圈小叶子一样。最让小塔尤特卡高兴的是，从这个小碟子里她又看到了那个大孩子。小塔尤特卡就玩起了这个小玩具。

此时，加尼亚和半个卡尔彼奇正在矿井里拼命地忙活着。开始的时候，他们还谨小慎微的，后来就用尽了全身力气大干起来。他们用小镐从那个洞里平滑的地方往上凿，凿下来的岩石都是一小块、一小块的。靠近矿顶的地方比较难凿，因为矿顶很高，他们怕大块的矿石会坍塌下来。半个卡尔彼奇让加尼亚站在矿井口，以防小塔尤特卡在危险的时候靠近，他自己却爬上了用横梁支撑的矿井的顶部，用一只手把矿顶上的矿石碎片都清理干净了。之后，矿井上方的岩石露了出来，那块岩石就像是一个倾斜着的大碗，边沿还刻着好多花纹，石头非常坚硬，用采石镐都挖不动它。

半个卡尔彼奇为了检验这个“大碗”形的石头是否结实，用镐头不知道凿了它多少次。起先，他只是小心翼翼地在靠近岩石底端的地方凿，后来就用尽了全力挥动着镐头，一边凿一边说：

“你看我不把你这个老头儿砸个鼻青脸肿的，让你再敢朝我挥动镐头！”

半个卡尔彼奇不停地挖着，那个像大碗的岩石只是发出砰砰的响声，却连一点儿被镐头凿过的痕迹都没有。两个人这才确信这块岩石有多么坚硬。加尼亚跑出去喊小塔尤特卡。她来到矿井里看了看，说：

“我也有一个这样的东西！”然后把那块小石头拿了出来。

大人们一看，还真是一样，小石头也像是个碗，边沿的花纹也跟这个大石头的一模一样，什么都一模一样，只是更小罢了。于是半个卡尔彼奇说：

“小塔尤特卡，这是铜矿山女神送给你玩的东西，或许她是为了让它带给你好运的。”

“不是的，老爷爷，这是我自己找到的。”

加尼亚也极其惊讶，他说：

“这种巧合也太不可思议了！”

他们顾不上再争论了，马上开始行动起来。他们先到小塔尤特卡坐过的地方翻看了一遍所有的小石头，可是一块类似的石头也没找到。于是半个卡尔彼奇说：

“你们瞧，这是块多么神奇的石头啊！这样的石头再也找不到第二块了！你好好把它藏起来吧，小塔尤特卡，不要给任何人看，要是让矿场主们知道了，他们会把它抢走的！”

小塔尤特卡听见这番话，就大声喊了起来：

“我是不会给他们的！我谁也不给！”

然后她飞快地把那块小石头塞到了自己的衣服里，还用一只小手紧紧地按住了它。她说，这样会更安全些。

傍晚的时候，消息就在矿场里传开了：

“加尼亚他们的活儿干得还算顺利。他和半个卡尔彼奇老爷爷两个人不仅把矿井里的矿石都凿下来清运干净了，而且还挖出了一面大镜子。那面大镜子是一大块完整的石头，上面一个污点也没有，边沿还刻着花纹。”

自然，每个人都很好奇。这件事情一经传出，大家就纷纷跑过来看。他们一看，矿井里挖掘面的上方果真悬着一面大镜子，镜子边沿镶满了矿石，就像是人工雕刻的一样。但是镜子并不是平面的，而是凹面的，形状像碗一样：中间很深，越往边沿越平滑。跑到镜子前去看的人，先是吓得急忙向后一闪，紧接着就会哈哈大笑起来。你知道吗，那个镜子照出来的与本人一点也不像。有的人鼻子像岩石那样大，有的人胡子粗得像一根根翘起来的木头。看起来很吓人，但又非常好笑。矿井口周围挤满了人。老人们却担忧起来，他们连声说："你们不要笑了，这件事情很严重。"但是年轻人一直笑声不止，他们哪还能停得下来啊！他们吵吵嚷嚷了一阵子，互相取笑着。这时，不知是谁把小塔尤特卡抱到镜子前，喊道：

“就是里面的这个大家伙发现这面镜子的！”

其他人也附和着：

“可不是嘛！要不是小塔尤特卡，咱们哪能有机会找到这么好玩的镜子呢？就把它叫作‘小塔尤特卡的小镜子’吧！”

可是小塔尤特卡却沉默不语，她的一只小手把自己的小镜子按得更紧了。

“猴急”自然也听说了这件事，于是他的病马上就好了。他下到了矿井里，来到加尼亚的矿井里的挖掘面上。他在往前走的路上，还记得自己佯装的病痛，还记得走路要一瘸一拐的，但在他查看了矿井里的情况之后，又看到大家一点儿也不害怕，就立刻小跑起来，用他一贯的方式大喊道：

“赶快啊，伙计们，快点儿到地面上去！可不能在这儿等到半夜啊！矿场里的正事可不能耽搁啊！有什么大惊小怪的，只不过是矿井里出现了一个光滑的平面而已！”

而他自己，以他那狗腿子般的习性，心里早就做好了另一番盘算：

“监工我是不会告诉的，我要直接去找管家。我要告诉他，这是按照我的指令，才会在矿井里挖出来一个这么神奇的东西的。这样，奖赏就是我的了，就没有监工的份儿了。”

于是，他直接去找了管家，可等他到那里一看啊，监工早已坐在那里等候管家了，还对他冷嘲热讽起来：

“哎哟，我亲爱的叶拉斯科，你这么快就康复了啊！我还以为，你没去看那个你没在的时候被挖出来的宝物呢！”

叶拉斯科连忙说道：“我就是为这事儿来的，正想告诉你呢。”

可是监工接着挖苦他说：

“我看，你的腿脚是真不行了。要不然，这种事你怎么能不亲自去干呢？”

叶拉斯科听了这番话，心里很不是滋味，但表面上还故作镇定。他想了又想，终于想出来一个对付监工的办法：必须得给矿场主的外国太太写封信，到时候再看事情如何收场。

于是他真写了这封信。他写了事情的经过，最后他也写道，是在监工本人的监管之下，矿工们在矿井里发现了一面神奇的镜子。不用说，这一定是铜矿山女神的宝镜。不知道您愿不愿意到矿场里来欣赏欣赏呢？

叶拉斯科的这个阴谋得逞了。他很清楚，管家一定会把这件事告诉给矿场主老爷的，只是老爷不会理睬他的。当时的那位老爷对什么事都漠不关心，他唯一关心的事情就是——赚更多的钱！但是，老爷那位从外国娶过来的太太可不一样。

人人都知道，当时的贵族老爷圈里流行出国旅游。这位瑟谢尔季市老爷就是这么想的：

“我难道不如其他的矿场主吗？我也要去国外看看，见见世面，也展示展示自己的实力。”

于是，他去世界上温暖地区的海边转了转，直到把钱快花光了才想起来回家。只不过他的旅行路线要经过德国的领土，你知道吗，头脑灵活的德国人是很擅长做外国人生意的。

他们发现，这位老爷的头脑不太灵光，但是身上却带着一大笔钱，于是他们就费尽心思去讨好他。尤其是知道他还是单身汉的时候，就安排了诱饵等他上钩。也就是说，他们让一个体态臃肿、脸蛋还算漂亮的德国女人去引诱他。这样的德国女人是当时的德国男人们都不看好的类型，但是他们争先恐后地在这位俄国来的老爷面前大肆夸赞起来：

“她可是最适合的未婚妻人选啊！你就是在全世界打着灯

笼找，也找不到这样的美人啊！你要是能把她娶回家，邻居们一见她，都会羡慕得眼睛放光的！”

老爷把这个骗人的谎话当了真，竟然马上就要娶了这个德国女人。而且让他感到高兴的是，这个德国女人在举行婚礼之前一直表示她很愿意和他一起到新的地方生活。可是，当他们在教堂举行了婚礼，老爷在塞给他的一系列婚书上签了字之后，她说话的口气就变了。这位刚进门的新娘理直气壮地向他宣布：

“我亲爱的朋友，我可不愿意和你到那么远的俄国。我更习惯于这里的生活，而且这里对你的健康也有好处。”

老爷听了之后当然火冒三丈：

“为什么会这样？你在结婚之前说的完全是另一套话！你的良心何在？”

可是这个德国女人反而嘲笑起他来：

“按照我们这里的传统，新娘子是不应该有良心的。有良心的女人就会一辈子嫁不出去，这可不是女孩子们想要的。”

这样一来，老爷十分恼火，用各种各样的话来责骂妻子，可是她却怎么都不改变态度。她还是坚持着她自己的那一套：

“这样的事情你得在举行婚礼之前就签进协议里，现在说这些还有什么用？如果你需要回去，那你就一个人回去好了。只要你能按时给我寄钱，无论你在那里住上多久，甚至是永远也不回来，我也不会感到寂寞的。如果你不寄钱给我，我就把你告到法庭上，法律规定丈夫有赡养妻子的义务，我这里可是有你亲笔签名的婚书呢！”

怎么办呢？老爷不敢一个人回家，怕被大家笑话，因此就留在德国了。他在那里住了很久，工厂赚来的钱都花在德国人身上了。后来可能是生意亏了本，或者是别的什么原因，最终老爷总算是把自己的德国太太带到瑟谢尔季市来了，他对她说：

“你就待在这里吧。”

可是，她待着很无聊，就独出心裁地搞出了各种花样。你看见亚速山上那座带瞭望台的房子了吧，据说，在修建这个瞭望台之前，那里分辨不出来是个什么建筑：不知是修道院，还是磨坊。那个建筑被称作“拉佐尔别墅”，就是这位德国太太居住在这里的时候建造的。她常常带着一大群人，去那里住上两个星期。由于贵族们经常在这里聚会，附近的居民苦不堪言：要么是猎杀了农户家的小羊和小牛，要么就是因为生火而造成了森林火灾。他们只顾自己在这里休闲娱乐，哪里管老百姓的死活！对这里的居民来说，假如有一年夏天这位外国太太没到他们这里来，那就是他们最大的幸事了。

叶拉斯科自然不关心她去哪里作乐，只是不想错过自己得到好处的机会，于是他派信使给老爷、太太各送了这样一封信。果然不出他所料，这个贪婪的女人对此事表现出极大的兴致。第二天，这位德国太太就和她的手下，乘着七八辆三套马车赶回了矿场，下车后的第一件事就是让人把叶拉斯科找来。

“快让我看看，你找到了一个什么样的镜子！”

矿场的管家、监工和其他的管理者们都跑了过来。他们听到她想下井之后就开始劝说，女人是无论如何也不能下矿井的。但是无论他们怎么说她也不信，仍然坚持下矿井的想法：

“我非下去不可！”

还有一位外国来的小少爷，更是欢呼雀跃。他是跟随在太太身边的一个年轻人。太太说他是她的一个弟弟或是一个什么亲戚，并时刻把他带在身边。这个人不顾一切地嚷嚷起来：

“我和太太去过国外的很多矿井，什么矿井没见过？你们这个小矿井又算得了什么！”

人们没有办法阻止他们，只能让他们下了矿井。所有管事的都惶惶不安，只有叶拉斯科一个人高兴不已，他在太太前面快步走着，举起两盏矿灯给她照明。他把太太领到了那个镜子面前。太太看了看那面镜子。当她和那个小少爷看到镜子里照出来的人像时，也一起哈哈大笑起来，接着她命令叶拉斯科：

“你把这面镜子整个挖出来，让人送到拉佐尔别墅里！”

叶拉斯科连忙向她解释说，这面镜子无论如何都是挖不出来的，而外国太太却固执己见地说：

“我就想把这面镜子放在我的房子里，因为我是这座山的主人！”

她的话音刚落，镜子里就突然“吐”出了许多矿石。太太尖叫了一声，就昏倒了。

周围顿时一片混乱。矿场所有管事的抬起了太太，赶紧把她送到了矿井的出口。只剩下叶拉斯科一个人留在了矿井里。镜子里“吐”出来的矿石一下子砸到了他的腿上，掉下来的小矿石掉落到他的身上，瞬间埋到了他的腰部。虽然后来有人把他拽了出来，但是他的两条腿已经不好使了。自此他再也不能“猴急”了，再也不能无缘无故地威胁工人们了。

那位外国太太总算是捡回了一条命，但是从那时起，她生出来的孩子都成了傻子，还是那种彻彻底底的傻子，他们吃饭时甚至会把汤匙往耳朵里送，人们无论怎么教也教不会他们。

那个满口自吹自擂的小少爷也撞掉了鼻子尖，像是用刀削下去了一样，鼻孔上开了天窗，这是在警告他：你不要再那样趾高气扬的，没轮到你说话的时候就不要插嘴！

而矿山里的那面大镜子从此也不见了，整个镜子都变成了碎片。

但是小塔尤特卡的那面小镜子却保存了下来。小镜子虽然没有给她带来多大的财富，但是她的一生都过得非常幸福。而那面小镜子，据说她传给了自己的孙女。好像至今还被珍藏着，只是不知道现在它在谁的手里藏着呢！

（本作品创作于 1941 年）

02

维塔里·瓦连季诺维奇·比安基

Виталий Валентинович Бианки

《林间小屋》

《疯狂的小鸟》

《阿纽特卡的鸭子》

《小龙虾在哪里冬眠》

《大象马克斯》

维塔里·瓦连季诺维奇·比安基

Виталий
Валентинович
Бианки

维塔里·瓦连季诺维奇·比安基（1894—1959），俄罗斯苏联时期著名儿童文学作家。1894 年，维塔里·比安基出生于列宁格勒，1959 年 6 月 10 日，在列宁格勒因病逝世，享年六十五岁。维塔里·比安基是一位杰出的描写动物的儿童文学作家。1928 年问世的《森林报》是他正式走上文学创作道路的标志。他的作品除了《森林报》，还有作品集《森林中的故事和传说》（1957）、《中短篇小说集》（1959）、《短篇小说和童话集》（1960）。他以新闻的形式和诗一般的语言，为孩子们提供了趣味盎然的“森林讯息”，其作品体现了作家正确、深刻的生态保护思想和态度，蕴含了丰富的诗情和童心童趣。维塔里·比安基是一个热爱大自然、热爱生活的人，他用轻快的笔调描绘了一个个生动有趣的故事，令人心旷神怡，仿佛身临其境。

林间小屋

维塔里·瓦连季诺维奇·比安基 著
夏宏芳 译

一群小灰沙燕*在河面和陡峭的悬崖上空盘旋着。它们飞得很高，啾啾地尖叫着互相追逐，好像在玩“追拍游戏”。

燕群中，有一只小灰沙燕动作非常灵敏：谁都追不上它，它能轻松避开所有燕子。

一只燕子对它穷追不舍，只见它上下翻飞，左右躲闪，动作快得就只见它的小翅膀在闪动。

这时，空中的一只燕隼突然收起翅膀，像箭一样呼啸而至。

小灰沙燕们吓得四处逃散，燕群瞬间就被冲散了。

为了躲避可怕的燕隼的追捕，这只敏捷的小灰沙燕头也不回地飞过河流，飞过森林，飞过湖泊！

小灰沙燕拼尽全身的力气，飞呀，飞呀，回头一看，身后不见了燕隼，也不见了燕群。它环顾四周，发现自己飞到了一个

* 即崖沙燕。——编者注

完全陌生的地方，向下一看，有一条河在静静地流淌，只不过，这已经不是它所熟悉的那条河了。

小灰沙燕吓坏了。

回家的路它已经不记得了：刚刚在疯狂地逃命，它根本顾不上记路。

现在已经是傍晚时分，黑夜马上降临。它该怎么办呢？

小灰沙燕害怕极了。

它开始向下飞，降落在了河岸边，伤心地哭了起来。

突然，小灰沙燕看到一只系着黑色领带的黄色小鸟从它身边的沙滩上跑过。

小灰沙燕很高兴，急忙叫住了小黄鸟：

“请问，您可以告诉我回家的路该怎么走吗？”

“你是谁家的孩子呀？你的家在哪儿？”小黄鸟问小灰沙燕。

“我不知道啊。”小灰沙燕回答。

“那你怎么能找到自己的家呢？太阳马上就要落山了，天就要黑了。”小黄鸟说，“你还是留在我这儿过夜吧。我是沙鸻，我叫祖尤克。我家就在这里，离这儿不远。”

说完，沙鸻跑了几步，用喙指了指沙子，然后压低了身子，用纤细的双脚刨了几下脚下的沙子，说道：

“瞧，这就是我的房子。请进吧！”

小灰沙燕仔细看了看四周——目光所及全是沙子、鹅卵石，哪有什么房子啊！

“你没看到我的房子吗？”沙鸻很惊讶，“你往这儿看，就是在鹅卵石之间有几个鸟蛋的这个地方。”

小灰沙燕依稀看到沙地上的鹅卵石之间并排放着四个有褐

色斑点的鸟蛋。

“怎么了？”沙鸻问，“难道你不喜欢我的房子吗？”

小灰沙燕不知道说什么好，心想：如果说沙鸻没有房子，它一定会生气的。于是小灰沙燕就对沙鸻说：

“我不习惯露天睡觉，也不习惯直接睡在冰凉的沙子上。”

“你不习惯？真是太遗憾了！”沙鸻说，“那你去那边的云杉林吧，那里有一只叫维丘金的斑尾林鸽。它的房子里有地板。你问问它，看它能不能收留你过夜。”

“好的，谢谢！”小灰沙燕高兴地道完谢之后就向云杉林飞去。

小灰沙燕在云杉林里很快就找到了斑尾林鸽，并请求它收留自己过夜。

“如果你喜欢我的小屋，那就留下来过夜吧。”斑尾林鸽痛快地答应了。

可是，斑尾林鸽的小屋根本算不上小屋！小屋的“地板”就是一些胡乱堆放在一起的树枝，像筛子一样，全是洞，树枝上有几个白色的鸽蛋。从下面往上看，透过“地板”大大小小的窟窿，白色的鸽蛋清晰可见。

小灰沙燕很是惊讶。

“您的房子，只有地板，连墙也没有，您怎么睡在里面呀？”小灰沙燕问斑尾林鸽。

“我们就是这么睡的呀！”斑尾林鸽说，“如果你需要一个四面有墙的房子，那就去找黄鹂吧。你会喜欢它的房子的。”

斑尾林鸽把黄鹂的住处告诉了小灰沙燕。黄鹂就住在树林里那棵最美丽的白桦树上。

于是，小灰沙燕又向白桦林飞去。

可是白桦林里的白桦树一棵比一棵美丽。小灰沙燕开始仔细寻找黄鹂的家。它找啊，找啊，终于看到了一座悬在白桦树枝上的轻巧精致的小房子。小房子是那样精巧漂亮，看起来就像一朵用灰色薄纸做成的玫瑰花。

“黄鹂的房子也太小了吧！”小灰沙燕心想，“恐怕我这样小的体型都进不去。”

它刚想敲门，突然从小灰屋子里飞出了几只黄蜂。

黄蜂在四周盘旋着、嗡嗡叫着，看样子，马上就要蜇人了！

小灰沙燕吓得赶紧飞走了。

它在绿叶间来回穿梭着。忽然，一个黑金色的东西在它眼前一闪而过。

小灰沙燕飞近一看，原来是一只长着黑色翅膀的金色小鸟落在了一根树枝上。

“小家伙，你急着去哪儿呀？”金色小鸟对小灰沙燕喊道。

“我在找黄鹂的家。”小灰沙燕回答说。

“我就是黄鹂，”金色小鸟说，“我的家就在这里，就在这棵美丽的白桦树上。”

小灰沙燕停了下来，朝着黄鹂所指的方向看去。

小灰沙燕看了一眼，什么也没看出来——满眼都是绿叶和白色的桦树枝。再仔细一看，它倒吸了一口凉气。

在离地面很高的一个树枝上，悬挂着一个轻巧的小“柳条筐”。

小灰沙燕看到的这个小“柳条筐”就是黄鹂的家，一个用麻绳、秸秆、细丝、毛发和薄薄的桦树皮编织而成的房子。

“不！”小灰沙燕对黄鹂说，“我可不睡在这个摇摇欲坠的房子里！房子一直在摇晃，我眼前的一切都会跟着晃动打转……它随时都可能被风吹到地上，而且您的房子连屋顶都没有。”

“你要是这么说，就去找柳莺吧！”黄鹂有些生气地对小灰沙燕说，“如果你害怕露天睡觉，那么你可能会喜欢柳莺的窝棚，它的窝棚有屋顶。”

小灰沙燕飞走了，它去找柳莺了。

黄色的小柳莺住在草地上，正好就在黄鹂的“空中摇篮”下面。

小灰沙燕真的很喜欢小柳莺用干草和苔藓建造的窝棚。

“太棒了！这才是能睡觉的房子呢！”小灰沙燕非常高兴，“这里有地板、墙、屋顶，还有柔软的羽毛做的垫子，就像我自己的家一样！”

温和的小柳莺开始安顿小灰沙燕睡觉。突然，它们脚下的地面开始颤动，还发出了嗡嗡的响声。

小灰沙燕吓得全身羽毛一抖，仔细倾听起来。小柳莺对它说：

“这是马儿在向树林里跑来。”

“如果有马蹄踏过，你的房顶能撑得住吗？”小灰沙燕问。

柳莺什么也没说，只是忧伤地摇了摇头。

“哦，这太可怕了！”小灰沙燕说着，立刻飞出了小屋，“睡在这里我整夜都不敢合眼，一闭眼就会想到马儿把我踩扁。相比之下，我的家是多么宁静安全啊，不用担心被踩到或掉到地上。”

“是的，你说得没错，你的家和凤头鹏鹛的房子一样。”柳莺猜测道，“凤头鹏鹛的房子不在树上——不会被风吹走，也不在地上——不会被踩塌。你想让我带你去找它吗？”

“好呀。”小灰沙燕说。

于是，它们一起飞去找凤头鹏鹛。

它们飞到了湖边，看见湖水中央的一个芦苇岛上站着一只大头鸟，鸟头上的羽毛像犄角一样向上支棱着。

柳莺就在湖边和小灰沙燕告了别，并告诉它要请求这只头上有犄角状羽毛的鸟留它过夜。

小灰沙燕飞过去，落到了小岛上，让它吃惊的是，原来这个岛就是漂浮在水面上的一堆干枯的芦苇。芦苇中间的凹陷处就是凤头鸊鷉的窝，窝底铺满柔软的芦苇草，草上有几个凤头鸊鷉的蛋，鸟蛋上面覆盖着一层轻柔的干芦苇。

凤头鸊鷉正站在小岛的边缘，它们就像坐在小船上一样，在湖里随波漂荡。

小灰沙燕告诉凤头鸊鷉，它正在寻找可以过夜的地方，并请求凤头鸊鷉收留它。

"让你睡在波浪上，你不会害怕吧？"凤头鸊鷉问小灰沙燕。

"难道你的房子晚上不靠岸吗？"

"我的房子不是轮船，"凤头鸊鷉说，"风吹向哪里，它就漂向哪里，所以我们整夜都会随着波浪来回飘荡的。"

"我害怕……"小灰沙燕小声说，"我想回家找妈妈。"

凤头鸊鷉生气了。

"你可真够挑剔的，"凤头鸊鷉说，"谁都满足不了你的要求！你走吧，自己去找你喜欢的房子吧！"

凤头鸊鷉下了逐客令，小灰沙燕懊恼地飞走了。

小灰沙燕一边飞，一边哭，可是眼里却没有眼泪。要知道，鸟儿哭泣时是不会流眼泪的。

夜晚已经来临。太阳落山了，天色也暗了下来。

小灰沙燕飞进一片茂密的树林，看见一棵高大的云杉树，云杉树的一根粗壮的树枝上有一座房子。

房子是圆形的，用树枝和木棍搭建而成，里面铺着温暖、柔软的苔藓。

“这才是一个好房子呢，”小灰沙燕心想，“既结实，又带屋顶。”

小灰沙燕飞到这个大房子前，用喙敲了敲房子的墙壁，可怜兮兮地哀求道：

“善良的主人啊，放我进去过一夜吧。”

突然，从房子里伸出一个红色的小脑袋，嘴边的小胡子支起来，牙齿黄黄的。红色脑袋恐怖地咆哮道：

“真是活见鬼了！哪来的鸟儿啊，这么晚了，竟然来敲松鼠家的门，还敢要求过夜？！”

小灰沙燕吓得一动不动——心像块石头一样扑通一声沉了下去。它迅速向后躲闪，径直飞到了树林上空，然后头也不回地拼命逃离了这里。

它飞呀，飞呀，直到一点儿力气都没有了。

小灰沙燕回头一看，身后并没有谁追上来，再环顾一下四周，惊喜地发现这个地方它很熟悉。小灰沙燕又向下看了看，看到了一条静静流淌的小河。

啊！这竟是它熟悉的那条小河，是它家乡的河流啊！

于是，小灰沙燕像箭一样冲向河边，旋即又飞上了河岸边陡峭的悬崖。

然后，小灰沙燕就消失不见了。

悬崖上的一排排的洞就是灰沙燕的巢穴。小灰沙燕冲进了一个洞穴，穿过一条又长又窄的走廊。

它飞到了走廊尽头，飞进了一个宽敞的圆形房间。

妈妈在这里已经等候它多时了。

那天夜里，疲惫的小灰沙燕睡在铺着干草、马毛和鸟羽的温暖而柔软的床上，做了一个美美的梦……

（本作品创作于 1924 年）

疯狂的小鸟

维塔里·瓦连季诺维奇·比安基　著
夏宏芳　译

我十岁那年，整个冬天都住在乡下。

我在树林里疯跑，观察各种鸟类，了解它们各种有趣的习性。这是我最喜欢做的事，要是有什么干扰了我去树林里玩儿，我会很不开心。

但是，二月份的霜冻突然袭来，下起了暴风雪。有很长一段时间，父亲不允许我出门，我感觉这样的日子真是煎熬极了。终于，在几天后的一个早上，我醒来后，透过窗户看到了外面湛蓝的天空。我立即求得父亲的同意，穿好衣服冲到院子里。外面十分寒冷，但很宁静。阳光明媚，白雪反射出的强光刺得人眼睛生疼。

我一刻都没有迟疑，立即向树林里走去。树林里的积雪很深，每走一步，松软的雪都会没到我的腰部，我只好沿着河边走。河边的雪几乎都被风吹走了，有些地方可以看到浅蓝色的冰面，到处都看不到鸟的踪迹。一条长长的银色河流在我面前延伸开来。

两侧陡峭的河岸上的树木静静地矗立着，树枝上覆盖着厚厚的积雪。周围异常安静，甚至连山雀的吱吱声都听不到。我心想："是啊，暴风雪持续了这么长时间，鸟儿们可能都扛不过去了。"很快，我看到前面的雪地上有一个黑点儿，走过去一看，原来是一只死乌鸦。它的头埋在雪堆里，翅膀被风吹得张开了。我捡起乌鸦，仔细检查了一遍。乌鸦已经被冻硬了，全身既没有伤口，也没有瘀伤。很显然，这只乌鸦是被冻死的。看到这么强壮的大鸟被冻死在雪堆中，我感到十分惋惜。但我很快又安慰自己，不可能所有的鸟都被冻死了，也许我今天还能抓到一只没有被彻底冻死的鸟，把它带回家，让它好起来，然后把它留在家里养着，到了春天再放出去。似乎是我的想法感动了上天，不远处传来了一声轻微的鸟叫。我抬眼望去，看到前方河面上有一只白胸脯的小鸟正在一个冰窟窿边蹦蹦跳跳。它的小尾巴一下一下地抖动着，尽情地唱着欢快的歌儿。"这只鸟真是疯了，"我心想，"这么冷的天，它怎么会这么高兴？"

白胸脯的小鸟对于我的到来似乎毫不在意。我想走到近处仔细看看它，但我刚朝它走了几步，小鸟就一头扎进了冰窟窿里。有那么一瞬间，我看到它飞快地扇动着翅膀，就像在水里飞翔一样，然后就消失在了冰面下。我吃惊地瞪大眼睛，张着嘴巴，愣在原地。"小鸟被淹死了！"一个可怕的念头突然闪过我的脑海。我冲到冰窟窿前：一汪浅水在这里飞快地流动着，落水的小鸟却不见了，泪水瞬间模糊了我的双眼。我捧着死乌鸦跑回家给父亲看，还给他讲了那只被淹死的白胸脯的小鸟的惊人壮举。父亲让我马上把乌鸦扔掉，但听了我讲的故事后却笑个不停。我不明白这有什么好笑的，于是很生父亲的气。

“你真是个小傻瓜！”父亲说，“这种鸟叫河乌。它根本没被淹死，我估计它现在正在冰面上跳舞呢，暗自高兴骗过了你。”

“不对！”我辩解道，“它疯了，它把自己淹死了。我亲眼看到它被水流冲到了冰下，那里的水流得那么快，它一跳进去就没影儿了……”

“你要是不信，再跑过去看看就知道了。”父亲打断了我的话，然后继续说道，“你再去看看，小鸟一定还在那里。要是不在，那么离第一个冰窟窿不远处一定会有第二个冰窟窿。河乌为了躲避你才潜到水下的，它可能从第二个冰窟窿那儿跳了出来。”

我又跑到了河边。父亲非常喜欢鸟，也非常了解各种鸟类的习性。如果他说河乌是故意跳进冰窟窿的，那么我的白胸脯的小鸟一定还活着。在第一个冰窟窿那儿我没找到河乌，接着我在河上看到了第二个冰窟窿，走近后，突然发现我的那只溺水的白胸脯的小鸟就在陡峭的河岸上。它活得好好的，毫发无损地在雪地里跑着，轻声地唱着自己清脆的歌儿。它的歌声就像小溪里的水花和潺潺流水的声音。我跑向了河乌，而它马上飞向了冰窟窿，落在冰窟窿口附近。它的细腿摇摆了几下，好像在向我鞠躬。我刚一靠近，它又扑通一声跳入水中，就像青蛙跳入泥沼一样，杳无踪迹。我站到冰窟窿那里向冰下看，只见河乌在水下正用翅膀划着水，它的翅膀就像游泳者的双臂一样。然后它沿着水底快速地滑行，爪子弯曲着，紧紧抓住水底的凸起处。它还在一个地方停留了一会儿，我看见它用喙翻动了一块小鹅卵石，然后从石头下面掏出来一只水甲虫*。半分钟后，它已经从另一个冰窟窿那

* 即水龟虫。——编者注

儿跳了出来。我简直不敢相信自己的眼睛，我又近距离地仔细观察了一下河乌。我想办法让它一次又一次地跳进水里。让我感到奇妙的是，水下的河乌像一条小银鱼一样闪闪发光。那时我还不知道河乌的羽毛上附着一层薄薄的油脂，当它跳入水里时，附着油脂的羽毛会冒出气泡并闪闪发光。终于，河乌厌倦了潜水，它腾空而起，像条线一样笔直地飞过河面，一瞬间就从我的眼前消失了。

从我第一次见到河乌那天算起，已经过去了近两个月。这段时间，我爱上了它。天气好时，我就去河边观察河乌。它总是能及时地避开我，钻进冰窟窿。每当这个时候，它看起来总是那么快乐，好像我在和它玩“猫捉老鼠”的游戏一样。

全村人都认识了这只有趣的小鸟。村民们管它叫水麻雀。

冬末，严寒再次来袭，这时的天气甚至比二月还要冷。这些天，我的河乌不再唱歌了。现在我不得不花很长时间去寻找它，有时会在岸边的冰块下找到它。它竖着毛、缩着头、蜷着身，蹲在那里，它的样子很忧伤，像是对什么感到不满似的。当我靠近它时，它总是朝着同一个方向默默地飞走，飞到很远的地方。

终于有一天，它彻底离开了这个地方：冰窟窿完全封冻了，冰面挡住了河乌，它再也不能潜到水里捉水甲虫了。

我很为我的这个白胸脯的朋友担忧。

“也许，”我想，“它现在就像那天暴风雪过后我在河上发现的那只乌鸦一样，已经僵硬地躺在雪地里的某个地方了。”

回到家，父亲对我说：

“你的河乌很有可能被凶猛的大鸟叼走了，也有可能它只是飞到了另一条河边，那里的河水即使在最寒冷的冬天也不会结冰。”

第二天早上，又是一个大晴天，我又出发去寻找河乌。我走过熟悉的冰窟窿，爬上陡峭的河岸，沿着河边向前走。走了不久，一条小河就挡住了我的去路。湍急的河水顺着山坡奔流而下，在悬崖边陡然汇入了一条大河。

水流在这里形成了一条壮丽的瀑布。小河在崖壁处变宽，落下后翻腾起水花，水花在汹涌奔腾的漩涡中打转，就在这里形成了一个不结冰的大洞。我以前从未见过瀑布，这一刻，我满怀着喜悦和恐惧的心情看着疯狂的水流，这水流的力量足以将无意中靠近它的任何东西冲走。

突然，我发现有两只鸟儿径直飞向了瀑布。飞在前面的那只胸脯闪着白光的，正是我的小河乌。后面紧追不舍的是一只灰色的鹞鹰。还没等我回过神来，我的“小疯鸟”已经消失在湍急的瀑布之中，而鹞鹰在飞泻的瀑布前陡然腾空而起，悬在空中片刻之后，就调转方向缓缓飞走了。“猎物”逃脱了鹞鹰的魔爪。鹞鹰不知道河乌的命运怎样了，但我清楚地看到河乌一头冲过瀑布的水墙，在空中划了一个小半圆形弧线，然后若无其事地落在了悬崖下方的一块石头上。水从悬崖倾泻而下，轰隆作响，在瀑布的喧嚣声中完全听不见河乌的声音，但从它的动作我可以看出，它在愉快地唱着歌。

我一蹦一跳欢快地往家走。现在我确信，我那勇敢的小朋友不畏鹰爪，不惧严寒，也不怕冬天的饥饿。况且冬天就要过去，让鸟儿痛苦的日子已经所剩不多了。这一天温暖如春，阳光很强，我周围的积雪正在悄然融化，雪堆不断坍塌，发出轻微的响声。现在已经是二月底了，严寒的日子即将过去。

我一边想着这些让人高兴的事情，一边往家里跑。在路过熟悉的冰窟窿时，我突然想到一个问题：河乌那么喜欢在这里游泳，河水是不是很凉？我最好自己试试。我没有过多犹豫，就跑到冰窟窿前，一只脚用力踩了一下薄冰。我原本只是想弄碎冰面，然后用手去试试水温，但是覆在冰窟窿口上的薄冰已经有些融化，在我的重击之下，冰面一下子就裂开了。我一个趔趄，一条腿就滑进了冰窟窿，然后身体失去了平衡，整个人都掉进了冰窟窿里。

幸运的是，这里的水只有齐膝深。我像是被开水烫到了一样，一下子跳回到冰面上。我冻得牙齿打战，拼命地跑回了家。原来，河乌喜欢在冰冷刺骨的河水里游泳啊！

那天，我发着高烧躺在床上，之后病了整整两个月。当我病好之后，父亲还打趣地说我是在冰窟窿里洗了个澡。

“只有疯子才会在冬天故意钻进冰窟窿里……”父亲说。

“那河乌是什么？”我打断了父亲。

父亲哈哈大笑，之后他再也没有嘲笑过我。

（本作品创作于 1924 年）

阿纽特卡的鸭子

维塔里·瓦连季诺维奇·比安基　著

夏宏芳　译

秋雨过后，大坝里的水涨了起来。

每到傍晚时分，都会飞来一群野鸭。磨坊主的女儿阿纽特卡喜欢听它们嬉戏玩耍的声音。

磨坊主经常在傍晚时分去打猎。阿纽特卡一个人呆坐在屋里，很无聊。

她经常走出家门来到水坝边，一边呼唤着“鸭鸭鸭”，一边把面包屑撒向水面。

可是野鸭们没有向她游来。它们害怕阿纽特卡，拍打着翅膀从大坝飞走了，阿纽特卡很伤心。

“野鸭们不喜欢我，”她想，“它们不信任我。”

阿纽特卡非常喜欢鸡、鸭等禽类，但是磨坊主既不养鸡也不养鸭。阿纽特卡很想驯养一只野鸭。

一个深秋的傍晚，磨坊主打猎回来了。他把猎枪放在屋子的角落里，卸下了肩上的袋子。

阿纽特卡急忙去查看猎物。

大袋子里装满了各种被射杀的野鸭。阿纽特卡会根据野鸭的大小和翅膀上几根闪亮的羽毛来区分它们。袋子里有几只大麻鸭，它们的翅膀上长着蓝紫相间的羽毛，还有翅膀上长着闪闪发光的绿色羽毛的绿翅鸭和有灰色波浪条纹的白眉鸭。

阿纽特卡把一只只野鸭从袋子里拿出来，数了数，然后把它们放到了长凳上。

“你数出来一共有多少只了吗？”磨坊主一边喝着稀粥，一边问道。

“十四只，”阿纽特卡说，“里面好像还有一只！”

阿纽特卡把手伸进袋子，拽出了最后一只野鸭。突然，这只野鸭从她手中挣脱了出来，拖着一个折断的翅膀迅速躲到了长凳下。

“这只还活着！”阿纽特卡叫道。

“你把它拿过来，”磨坊主吩咐道，“我来处理好。”

“爸爸，把鸭子给我吧。”阿纽特卡央求道。

“你要它干吗？”磨坊主吃惊地问道。

“我要把它治好。”

“这是野鸭，你养不住。”

阿纽特卡缠着磨坊主说：“爸爸，你就把它给我吧，给我吧！”

经不住阿纽特卡的苦苦央求，磨坊主最后还是把这只野鸭给了她。

这只野鸭开始在大坝里生活。阿纽特卡把它的一条腿用绳子绑在了一簇灌木上。绳子的长度可以让野鸭随意在水里游，也可以让它上岸走走。阿纽特卡还用一块干净的布把野鸭受伤的翅膀包了起来。

冬天临近了。夜里河水开始结冰。野鸭们不再飞到大坝，它们飞去了南方。

阿纽特卡的野鸭开始忧伤起来，它躲在灌木丛下被冻得瑟瑟发抖。

阿纽特卡把野鸭带回小木屋里。用来包扎野鸭翅膀的布已经长到骨头上，拿不下来了，所以野鸭的左边翅膀上不再是亮闪闪的蓝紫相间的羽毛，而是一块白布，于是，阿纽特卡给自己的鸭子取名叫“小白羽”。

野鸭不再惧怕阿纽特卡。它允许小女孩抚摸，让她抱，听到小女孩的呼唤就会跑过来，还能直接从她手中吃东西。阿纽特卡满心欢喜。现在，即使父亲不在家，她也不再感到孤单了。

春天到了，河上的冰刚一融化，野鸭们就飞回了大坝。

阿纽特卡又用一根长绳把“小白羽”的腿绑在了灌木枝上，绳子足够长，它可以游进大坝里。可是“小白羽”开始用喙啄绳子，尖叫着试图和野鸭们一起飞走。

阿纽特卡心疼“小白羽”，但又舍不得与它分开。可是阿纽特卡转念一想：“不能强行把它留住，它的翅膀已经痊愈，而且春天来了，它想去繁衍后代。就让它走吧，如果哪一天它想起我，会回来的。”

于是，阿纽特卡放开了“小白羽”。她对父亲说：“你在打野鸭时，要留心看野鸭的翅膀上是不是缠着一块白布。有白布的就是我的‘小白羽’，你不要误打了它！”

磨坊主只是惊讶地摊开双手，无奈地说道：

“哎呀，女主人，是你自己亲手毁了咱们的养殖计划。我本来还想着去城里买只公鸭，让你的鸭子孵小鸭呢！”

听了父亲的话，阿纽特卡更加懊恼。

“你也没和我说过买公鸭的事啊。但是，说不定‘小白羽’不适应野外生活，很快就会回来的。”

“你这个小傻瓜，你真是个小傻瓜呀，阿纽特卡！你在哪里见过飞走的野鸟又返回牢笼的？狼不管你怎么喂，它总想着逃到森林中，这是动物的天性。你的鸭子早晚会落入鹰爪——你就再也见不到它了！”

天气很快就变暖了。河水泛滥，淹没了岸边的灌木丛。溢出的河水流向更远的地方，淹没了树林。

野鸭们今年的日子不好过，虽说到了产卵的季节，可是地面都被泡在了水里——没有地方可以筑巢。

但阿纽特卡很开心，她有船，可以想去哪儿就去哪儿。

阿纽特卡划船进了树林，发现了一棵空心老树。她用桨敲了敲树干，突然，一只野鸭从树洞里飞了出来，直接冲向了船边的水面。当它侧身飞过时，阿纽特卡简直不敢相信自己的眼睛：她看到鸭子的一个翅膀上有一块白色的布！虽然白布已经变脏，但还是很明显。

“鸭鸭鸭，”阿纽特卡喊道，“小白羽！”

可是野鸭躲开了她，像被猎枪射伤了一样，在水面扑腾着。

阿纽特卡划船跟在它后面，追着，追着——她已经划出了树林。这时“小白羽”一下子展翅腾空飞起，原来，它根本没有受伤，在空中盘旋了一会儿后，又飞回了树林。

“你可真狡猾啊！”阿纽特卡心想，“但你骗不过我，我知道你这是想带我离开你那孵蛋的窝呀！”

阿纽特卡再次返回树林，找到了那棵老树。

她往树洞里一看，洞底清晰可见十二个椭圆形的浅绿色的野鸭蛋。

“你可真够狡猾的！”阿纽特卡心想，“竟然能想到在这里做窝，这里确实安全，水也漫不到这里！”

阿纽特卡回到家，把她在树林里看到“小白羽”的事告诉了父亲，但没提到树洞里的野鸭窝，她担心父亲会毁了它。

很快，水退了。

阿纽特卡发现“小白羽”会在中午的时候飞到河边觅食。这个时候暖和，窝里孵的蛋不会被冻坏。

为了不惊扰在窝里孵蛋的野鸭妈妈，阿纽特卡事先跑到河边，观察到“小白羽”喜欢在芦苇丛中觅食，所以总是趁它去觅食的时候，跑进树林，看看树洞里的小鸭子是不是已经被孵出来了。

有一次，阿纽特卡刚发现水面上的“小白羽”，一只灰色的大鹰就突然从空中俯冲了下来，径直扑向了“小白羽”。

阿纽特卡惊声尖叫起来，但为时已晚，“小白羽”已经落入了鹰爪。

“完了，我的鸭子要没命了！”阿纽特卡心想。

可是鹰爪下的“小白羽”拼命往水里扎，把鹰也拖进了水里。

鹰的头没入了水里，眼看大事不妙。在水下，鹰是敌不过鸭子的。鹰赶紧松开猎物，飞走了。

阿纽特卡长舒了一口气，惊叹道：

“好聪明！简直太聪明了！野鸭竟然能从鹰爪下逃出来！”

又过了几天。

阿纽特卡跑到河边，却没看到“小白羽”。

她躲到灌木丛中，耐心地等待“小白羽”出现。

终于，她看见一只鸭子从树林里飞了出来，两个鸭掌还抓着一小团黄色的东西。鸭子落到了水面上，原来它是“小白羽”。

阿纽特卡再仔细一看，只见“小白羽”身旁游着一只毛茸茸的黄色小鸭子。

“小鸭子孵出来了！”阿纽特卡高兴极了。“小白羽”这是要把小鸭子们一只只地从树洞转移到河里！

果真如此！“小白羽”又飞回树林接下一只小鸭子了。

阿纽特卡蹲在灌木丛下，等着看接下来会发生什么。

这时，一只乌鸦从树林里飞了出来。它一边飞，一边东张西望地搜寻着猎物，它正愁午餐吃什么呢！

它发现了岸边的小鸭子，就箭一般俯冲了下去。乌鸦用它的喙啄着小鸭子的头，只用两下就解决了小鸭子。

阿纽特卡吓得呆住了，竟忘了喊叫。乌鸦吃完小鸭子，又飞回了树林，藏在一棵树上。

这时“小白羽”带着第二只小鸭子飞到了河边。

它把小鸭子放到水里后，开始寻找第一只小鸭子。它嘎嘎叫着，可是哪里还能找得到那只小鸭子的踪迹啊！

它游啊，游啊，找遍了整个芦苇丛，却只找到了小鸭子的几根绒毛。它飞了起来，快速飞向树林。

“哦，笨蛋！”阿纽特卡心想，“乌鸦还会出现，你的第二只小鸭子也会被它伤害的。”

阿纽特卡没来得及多想，就看到“小白羽”飞了一圈，又从灌木丛飞回了河边，钻进芦苇丛中躲了起来。

过了一会儿，乌鸦从树林里飞出来——直奔小鸭子。

小鸭子马上就要被乌鸦发现了！

这时，“小白羽”“嗖”地一下从芦苇丛中飞了出来，像老鹰一般扑向了乌鸦，一下子就钳住了乌鸦的喉咙，把它用力往水里拖去。

“小白羽”和乌鸦搅斗在一起，它们的翅膀拍打着水面——只能看到水花四溅！

等阿纽特卡匆忙从灌木丛中跳出来的时候，“小白羽”正飞入树林，而那只乌鸦已经漂在水面上。

那天，阿纽特卡在河边待了很久，一直看着“小白羽”把剩下的十只小鸭子都带到了芦苇丛。

阿纽特卡放心了。

她想，现在再也不用替“小白羽”担心了。它已经学会保护自己了，而且也不会让自己的孩子们受到伤害。

一晃眼到了八月份。

猎人们的枪声从早上就开始在河边响起：猎鸭的季节到了。

阿纽特卡一整天都坐卧不安：“哎，猎人们万一误杀了我的‘小白羽’可怎么办？”

天黑时，猎人们停止了射击。

阿纽特卡爬进干草棚里睡觉。

她刚睡着，突然被院子里的说话声惊醒了。

“谁在院子里啊？”磨坊主在小屋里喊道。

“我们是猎人。”有人回答。

“你们想干什么？”

“我们想在干草棚里过个夜！”

“行，不过要小心，别把干草点着了！”

“放心，我们不抽烟。”

干草棚的门嘎吱嘎吱地响了起来，猎人们都爬上了干草垛。

阿纽特卡缩在角落里，仔细听着他们的谈话。

“袋子都塞满了！”一个猎人说，“你打了几只？”

“六只，”另一个回答，“都是小鸭子。”

“我打了八只，还差点儿打死了一只母鸭。猎狗发现了一个野鸭窝。母鸭飞起来的时候，我看见它的翅膀上有一个白色的、像破布一样的东西，我一愣神，母鸭就飞走了。猎狗踩到了窝里的两只小鸭子。明天早上我们再去那个地方，打死母鸭，小鸭子就都是我们的了！”

“好，我们一起去。”

阿纽特卡躺在干草垛上一动也不敢动，她痛苦地想：

“到底是没逃过！这些猎人发现了‘小白羽’和它的小鸭子们。我该怎么办呢？”

阿纽特卡决定夜里不睡觉，天一亮就去河边，阻止猎人们杀死“小白羽”。

夜里，阿纽特卡不断翻身，想借此打消自己的睡意。

可是天快亮时，她还是不知不觉地睡着了。

等她醒来时，河面上已经枪声大作。

“我的‘小白羽’活不成了，猎人们肯定已经杀了它！”

她向河边走去，眼前一片模糊，泪水蒙住了她的双眼。她来到大坝上，懊悔地想着：

“这是我的鸭子曾经游过的地方。我为什么要放它走呢？”

她又看了一眼水面——惊喜地发现“小白羽”正在那里游着，

身后跟着八只小鸭子。

阿纽特卡喊道：“鸭鸭鸭！”

“小白羽”嘎嘎叫着游向了她。

猎人们正在河面上开枪猎鸭。“小白羽”带着小鸭子们在磨坊边的水里玩耍。阿纽特卡把面包弄碎，扔进水里喂鸭子。

就这样，“小白羽”留在了大坝，和阿纽特卡一起生活着。很显然，它明白了，阿纽特卡是不会让它受到伤害的。

后来，小鸭子们都长大了，学会了飞翔，纷纷飞到了小河里。“小白羽”也从大坝飞走了。

第二年，“小白羽”又孵出了一群小黄鸭，又把它们带到了大坝上——带到了阿纽特卡的身边。

现在，周围所有的猎人都认识“小白羽”了，他们不会对它开枪，并称它为“阿纽特卡的鸭子”。

（本作品创作于 1926 年）

小龙虾在哪里冬眠

维塔里·瓦连季诺维奇·比安基 著
夏宏芳 译

厨房的凳子上放着一个浅口篮子，炉子上放着一口锅，桌子上摆着一个白色的大盘子。篮子里有黑色的小龙虾，锅里加了茴香和盐的水正沸腾着，盘子上什么也没有。

女主人走进厨房，开始煮小龙虾。

她把手伸进篮子里，从虾头这面抓住了黑色的小龙虾的背部。然后，她把小龙虾扔进锅里，等它煮熟，再然后……

最后，她用勺子把红色的小龙虾从锅里捞到盘子上。

就这样，女主人的动作重复了一遍又一遍。

第一步，一只黑色的小龙虾被从虾头这面抓起，它愤怒地抽动着胡子，张开钳子，甩动着尾巴；

第二步，小龙虾被扔进沸水里，不一会儿就停止了挣扎，然后渐渐变成红色；

第三步，红色的小龙虾被放到盘子上，一动不动，身上还冒着热气。

就这样，一二三，一二三，篮子里的黑色小龙虾越来越少，锅里的沸水不断翻滚着，冒着热气，白色大盘子上的红色小龙虾渐渐堆成了小山。

现在篮子里只剩下最后一只小龙虾了。

女主人的手指抓住了小龙虾。

就在这时，餐厅里有人对她喊了一声。

“马上，马上就好了，就剩最后一只了！”女主人嘴上应着，手上却弄错了步骤：第二步，她把黑色的小龙虾扔到了盘子上，等了一会儿，用勺子从盘子里捞起一只红色的小龙虾；第三步，她把红色的小龙虾放入了沸水里。

红色的小龙虾已经不在乎被放在哪里：无论是在沸腾的热锅里，还是在冰凉的盘子上，对它来说都无所谓。黑色的小龙虾根本不想进入锅里，也不想趴在盘子上。在这个世界上，它最想去的是小龙虾能冬眠的地方。

黑色的小龙虾没有多想，立即开始了自己的旅程：它一直向后退，向后退，然后触到了一堆一动不动的红色的小龙虾，它马上蜷缩起来，钻到了它们的身体下面。

女主人把盘子用茴香叶装饰了一下，端上了餐桌。

白色的盘子、红色的小龙虾和绿色的茴香叶搭配在一起很漂亮。小龙虾很好吃，客人们都饿了，女主人忙着招待客人们，谁也没注意到这只黑色的小龙虾是如何从盘子里滚到桌子上，又向后爬到盘子下面，再后退到桌子边上的。

桌子底下蹲着一只小猫，它正等着主人的桌子上偶尔掉下来的好吃的东西。

突然，“嘭”的一声，一个黑色的、长着胡须的东西掉到了它的面前。

小猫不知道这是小龙虾，还以为是一只黑色的大蟑螂，就用鼻子拱了它一下。

小龙虾向后缩了缩。

小猫伸出爪子碰了碰它。

小龙虾举起了一只钳子。

小猫认为没必要理会它，就转过身用尾巴扫了小龙虾一下。

可是小龙虾突然用钳子夹住了猫的尾巴尖儿。

小猫疼得“喵”的一声跳到了椅子上。“喵！”小猫又从椅子上跳到了桌子上。“喵！”小猫又从桌子上跳到了窗台上。“喵！”小猫跳到了院子里。

“抓住它，抓住它，这只疯猫！”客人们喊道。

但是，小猫一阵风似的冲过院子，窜到了栅栏上，逃进了花园里。花园里有一个池塘，幸亏小龙虾张开了钳子，松开了小猫的尾巴，否则小猫非得掉进水里不可。

小猫脱身后，急忙调转身，一溜烟地跑回了家。

池塘很小，四周长满了青草和绿苔，里面住着懒惰的长尾蝾螈、鲫鱼和蜗牛。它们的生活很无聊，每天都在重复着做同样的事情。蝾螈从水面游到水下，再从水下游到水面；小鲫鱼在水里游过来，游过去；蜗牛在草上爬上爬下，第一天爬上去，第二天再爬下来。

突然，水花四溅，一个黑色的东西掉进了水里，冒着泡泡，沉到了水底。大家立刻聚拢过来想看个究竟：蝾螈滑了过来，小鲫鱼游了过来，蜗牛也从草上爬了下来。

是啊，大家都很好奇这是什么东西。这个东西真奇怪，通体乌黑，从头到脚，连胡子和尾巴都裹在甲壳里。光滑的盔甲裹着它的前胸和后背，长在两根细柄上的眼睛从坚硬的壳下伸出来，一动不动。怪物的胡须又长又直，像一根根尖刺一样向前支棱着。四对小细腿像叉子一样并排分布着，两只钳子像长着锋利牙齿的鱼嘴。

池塘里的居民们有生以来第一次看见小龙虾，出于好奇，它们靠得很近。突然，小龙虾动了一下，大家都被吓了一跳，纷纷向后退到了稍远一点儿的地方。这时，小龙虾抬起前爪，抓住自己的一只眼睛，把眼睛从壳里拉了出来，开始清洗。

这画面太让人震惊了，大家又爬向小龙虾，一条小鲫鱼碰到了小龙虾的胡须。

突然，小鲫鱼被小龙虾的钳子夹住了！只一瞬间，这条愚蠢的小鲫鱼就被夹受伤了。看热闹的小鲫鱼们被吓得惊慌失措，四处逃散。

小龙虾在池塘里生活得有滋有味：它白天躲在青苔里休息，夜间四处游荡，用胡须试探水底和水草，用钳子抓蜗牛吃。

蝾螈和小鲫鱼现在都怕小龙虾，离它远远的。好在蜗牛已经足够填饱小龙虾的肚子了，小龙虾的盔甲也变得越来越坚硬。但池塘里的水又腥又臭，它还是一心想去寻找小龙虾能冬眠的地方。

一天晚上，下了整整一夜的雨。到了第二天早上，池塘里的水涨了起来，漫过了河岸。小龙虾被水流冲出了池塘，撞到了一截树桩上，然后又被水浪抛起来，掉进了一条水沟里。

小龙虾在水沟里很高兴，它张开扇形尾巴，拍打着水面，像爬行一样向后游动。但雨停了，水沟里的水变浅了，小龙虾就无法游泳了。于是，它开始爬了起来。它爬了很久，白天休息，晚上赶路。它从第一条沟爬到了第二条沟，又从第二条沟爬到第三条沟，再从第三条沟爬到第四条沟。它不停地向后退，向后退，不停地爬呀，爬呀，但怎么也爬不到头。到了第十天，饥肠辘辘的小龙虾爬上了一根掉进水里的树枝，开始等待蜗牛从这里经过，或者有小鱼或青蛙从这里游过。

就这样，它躲在树杈下，突然，扑通一声，一个重物从岸边掉进了水沟里。

小龙虾定睛一看，只见一只长着胡子、爪子短小、与小猫差不多大小的怪物正朝着它游来。

要是换作别的时候，小龙虾肯定被吓坏了，早就从这个怪物身边逃走了。但现在小龙虾实在是太饿了，它只能去冒险。

总得填饱肚子啊！

小龙虾等怪物从身边游过时，用钳子抓住了怪物毛茸茸的粗尾巴！小龙虾以为自己的钳子会像剪刀一样把怪物的尾巴剪断，可是，这个怪物其实是一只水田鼠。水田鼠感觉到尾巴被小龙虾夹住后，猛地向前一冲，轻而易举就把小龙虾从浮木下面甩了出来，然后水田鼠的尾巴在空中划出一道美丽的弧线，“嗖”的一声把小龙虾甩向了一侧，接着，“咔”的一声，小龙虾的钳子被摔成了两半。

小龙虾仰面朝天地跌入了沟底。水田鼠尾巴上拖着小龙虾的钳子游走了。谢天谢地，水田鼠没有用恐怖的牙齿咬住小龙虾，否则再坚固的盔甲也救不了小龙虾。只剩下一个钳子的小龙虾继续向前爬。

小龙虾找到了一些海藻吃，然后来到了一片淤泥地里。小龙虾把脚插进泥里摸索，左侧的后脚抓住了一条虫子，它把虫子从一只脚传到另一只脚上，最后把虫子送进了嘴里。

小龙虾吃了虫子之后，有了点力气，就继续向前爬。

小龙虾在水沟里的旅行已经持续了整整一个月，突然，它感觉自己的身体非常不舒服，难受得动都动不了了，于是，它开始用尾巴搅动沟边的沙子挖坑。沙坑刚挖好，小龙虾的身体就开始扭动起来。

小龙虾在蜕壳。它仰面躺在那里，尾巴一松一紧地抬起、放下，胡须也在不断地抽动。然后，小龙虾身体突然挺直，肚子上的壳“砰”地一下裂开了，一个粉红色又略带褐色的身体从壳里露了出来。小龙虾开始剧烈地抖动尾巴，整个身体都从壳里脱离了出来。一个小龙虾空壳从坑里掉了出来，它很轻，被一股强大的水流冲到了河底，又浮起，然后飘向了远方。

沙坑里躺着新生后的小龙虾，它是那么的软弱无助，好像连蜗牛的角都能刺穿它。

就这样过了一天又一天，小龙虾一动不动地躺在那里。渐渐地，它的身体开始变硬，重新被一层坚硬的外壳包裹了起来。只是现在，它的壳不是黑色的，而是红褐色的。

真是一个奇迹：被水田鼠弄断的钳子也飞快地重新长了出来。

小龙虾从洞里爬了出来，带着新生的活力出发了，它要去小龙虾冬眠的地方。

坚韧的小龙虾一直在爬，从一条水沟爬到另一条水沟，从一条溪流爬到另一条溪流。它的盔甲变黑了。白天已经越来越短，经常下雨，水面上漂浮着从树上落下的轻飘飘的梭形金色树叶。到了晚上，水面开始结上薄薄的一层冰。

水沟融入小溪，小溪又汇入河流。

坚韧的小龙虾沿着溪流向前游着，最后它来到了一条宽阔的河流，河岸上有大片的黏土。

在水下陡峭的河床上有一层层的洞穴，它们像河岸边悬崖上的燕子窝一样，每个洞穴里都有一只小龙虾探出头来张望，它们抖动着胡须、挥舞着钳子示威。这里就是一整座小龙虾城。

一路漂泊的小龙虾高兴极了。它在岸边找了一块空地，给自己挖了一个舒适的洞穴。它的肚子吃得鼓鼓的，像在树洞里冬眠的熊一样，躺进洞里冬眠了。

现在正是冬眠的季节：下雪了，水也结冰了。

小龙虾用自己的大钳子堵住了洞口——看谁敢闯进来！

然后小龙虾就睡着了。

所有的小龙虾都是这样冬眠的。

（本作品创作于 1930 年）

大象马克斯

维塔里·瓦连季诺维奇·比安基　著
夏宏芳　译

一个“狗数学家”正坐在课桌旁计算着加减乘除的习题；一个“狗猎人”正在用两条后腿站立着行走，它背着一条枪和一个袋子，牵着一只用皮带拴着的小猎犬走过来；几只狗正骑着一匹毛茸茸的小马疾驰着；一只小猫正在戏弄着几只老鼠，却不伤害它们；皮肤滑溜溜、活泼的海狮们正在玩扔球游戏；一只体型巨大的袋鼠正在和一个人打着拳击。

这是什么——童话故事还是梦境？

两者都不是。

这是马戏团里弗拉基米尔·格里高利耶维奇·杜罗夫和他的“四脚演员们”的表演。

弗拉基米尔·格里高利耶维奇和蔼地与他的动物们说着话。所有的动物——从小小的口袋狗到巨大、笨拙的大象马克斯，都心甘情愿、愉快地执行着主人的命令。

马克斯是一头大象。再确切点儿说，它是一头母象。杜罗夫给它取名叫马克斯。但所有人都以为它是一头公象，既然是公象，就应该叫马克斯，于是，它就顺理成章地成了马克斯。

杜罗夫刚得到这头象时，它还是一头野性十足、未被驯化的九岁的小象。

现在马克斯几乎已经成年了。它会像人一样坐在木墩上，会吹口琴，并伴着自己的琴声起舞，会在乐队的伴奏下跳华尔兹。马克斯是一位优秀的演员，它自己就可以表演一整场马戏，用长鼻子夹住一把巨大的剃须刀刮胡子。它动作娴熟，就像一个真正的理发师；然后，它头戴一顶小红帽，身上斜挂一个左轮手枪套，脖子上挂一个哨子，像警察一样走上台，把不听话的小马邦尼牵回马厩。

但马克斯最精彩的节目通常被安排在演出的最后一个。它像一名骑士一样进入表演场地，单腿跪在主人面前。身披银色亮片斗篷的主人走近它，庞然大物般的马克斯用长鼻子温柔地环抱住主人，然后站起身，将闪闪发光的主人高高举起，在观众热烈的掌声中，缓缓地把他带出表演场地。

这些把戏都是杜罗夫教会马克斯的，而且在教的过程中一次都没有打过它。

马克斯最喜欢的朋友就是美丽的骆驼叶卡捷琳娜。圆形屋顶下，乐队开始演奏，伴随着悠扬的旋律，两个好朋友一起步入表演场地。大象用长鼻子衔着骆驼细长的尾巴，两只动物开始笨拙地慢慢旋转，高傲地跳起华尔兹。

音乐一停止，舞蹈就结束了。马克斯和叶卡捷琳娜走到隔栏前，弯曲后腿坐下来休息。

因为思念

马克斯无法忍受与叶卡捷琳娜分开，哪怕是分开一小会儿也不行，所以每次杜罗夫从一个城市转场到另一个城市时，总是把大象和骆驼一起带走。

有一次，杜罗夫带着自己的“四脚演员们”来到了彼尔姆市。马克斯被牵出火车车厢，运到马戏团，圈进了马厩，但叶卡捷琳娜还没来得及被运走，直到第二天早上它都被留在火车上。杜罗夫在酒店过了一夜，第二天早上，他快到马戏团时，看到街上聚集了一大群男孩子，他们正围着一头大象，而大象正兴高采烈地挥舞着它的长鼻子。

原来，因为叶卡捷琳娜不在，马克斯感到很寂寞。夜里，它因为无事可做，就把马厩的整面木板墙给拆了，还把所有的木板都堆在了一起，又用长鼻子捣毁了用砖砌的地基——最后它走出马厩，来到了大街上。

从那以后，只要把马克斯和叶卡捷琳娜分开，马克斯就会发疯。它会用长鼻子拆毁围栏和门，用力跺脚，踏破地板。没有叶卡捷琳娜在身边，马克斯简直就活不下去！

淘气的马克斯

马克斯很爱开玩笑。它的体重有一百五十普特换言之，马克斯有近两千五百公斤重，相当于五十个人的体重，所以它闹出一些过分的笑话也就不足为奇了。

在斯维尔德洛夫斯克市，马克斯被带去洗澡。马克斯进入水里后，感到非常轻松自在，就撒起欢儿来。它把长鼻子放到水里，在水底掏摸一阵子后，扬起长鼻子，回头看了看众人，然后突然开始向他们喷水。

当时的场面十分惊险！大象把沙子雨和鹅卵石般大小的“冰雹”从人们的头顶浇下。岸上的人们纷纷躲避起来。

马克斯见状很高兴：它把长鼻子放入水中吸足了水，然后扬起长鼻子，长鼻子像消防水管一样，向各个方向喷洒。

怎么办？怎么才能让调皮的大象平静下来？如何接近这头正在把整块的鹅卵石、沙子和小砾石喷向人群的大象？

杜罗夫决定上前制止它。

他勇敢地走进石头雨中。石头在他身边呼啸而过，每块石头都有可能打破他的头。杜罗夫绕到正在胡闹的大象身后，揪住了它的耳朵。

大象比人强壮一千倍。它可以用长鼻子把人折成两半，就像折断一根轻便的手杖一样，还可以用脚轻而易举地把人踩扁，就像马碾死蟑螂一样。但面对一个无所畏惧的人，大象会像小孩子一样顺从。马克斯一感觉到有人抓住了它的耳朵，就立刻变得胆小起来，乖乖地垂下了危险的长鼻子。就这样，杜罗夫揪着马克斯的耳朵，把它牵到了岸边。庞然大物般的大象知道自己犯了错，任由主人把它牵回了马厩。

马克斯和画家的趣事

马克斯对什么都很好奇，哎，别提它的好奇心有多强了！只要有人靠近它，它就会立即把长鼻子伸进人家的口袋，看看里面是否有什么好吃的。无论有什么，它都会用长鼻子碰一下，闻闻是什么味道。

他们在列宁格勒时，有一位画家来画马克斯。动物饲养园里很暖和，画家脱下了羽绒夹克，把它挂在了身后的墙上。

这位画家的画风很奇特：他画动物总是从画尾巴开始。

大象太大了。画家画了很久，他先画出了尾巴，又画出了左后腿、右后腿，接着开始画大象的背部。这时他突然想用橡皮修改一下。可是，橡皮放在他的羽绒夹克的口袋里。

画家转过身，把手伸向墙壁，但他的羽绒夹克不见了。

“警卫！”画家喊道，“快抓小偷！”

听到他的喊声，杜罗夫的员工们赶紧跑进了动物饲养园。

“关闭所有出口！”画家喊道，“有小偷偷走了我的羽绒夹克！”

“等等，画家同志，”一名员工说，“您的夹克在那里，在马克斯的嘴里。马克斯，你这个坏蛋，你这个不知羞耻的家伙！快把夹克还回来！”

“小偷”正要咀嚼这个柔软的、毛茸茸的东西，被人发现后，便用长鼻子把羽绒夹克从嘴里掏了出来，递给了画家。

画家惊魂未定，过了很长时间才缓过神来。

大象和老鼠

马克斯经常会用长鼻子摘下观众头上的帽子，而且不管什么东西，它都要送到嘴里用牙咬一咬。有一次，它从一个衣着讲究的人手中抢走了一根价值不菲的镀银乌木手杖，眨眼间，手杖就被它弄断，放进了嘴里。

就在不久前，它在莫斯科的恶作剧几乎引起了大麻烦。

在讲这件事之前，必须先说说马克斯奇怪的弱点。

本来嘛，体型巨大的大象会怕谁？的确，大象不会主动攻击别人，它们是一种平和、友善的动物。在茂密的原始森林，野生大象甚至会礼貌地给遇到的所有动物让路，哪怕对方是一只小动物。

但是，如果大象被激怒，或者被攻击，那么对方一定不会有好下场。

即使是最强大、最凶猛的捕食者——老虎，也不是它的对手。

但奇怪的是，所有大象都害怕体型弱小的动物，甚至是弱小到连猫都可以轻松对付的小动物。

大象害怕老鼠。

如果有老鼠潜入动物园，马克斯就无论如何都不会躺下睡觉。它会站着打瞌睡，甚至连续坚持一个月，虽然这会极大地损害它的健康。

当然，大象吹口气都能杀死老鼠，但有些情况并不取决于力气的大小。

当你看大象时，请注意观察它的腿。

大象的腿像柱子，每条腿下面的脚是有脚趾的蹄子。印度象的前脚有五个脚趾，后脚有四个脚趾。只是这些脚趾是隐蔽的，藏在厚厚的皮肤之下，从表面看不见。

大象的腿从上到下都覆盖着厚厚的、结实的皮肤，只有脚底下的脚趾之间的皮肤又薄又软。

当大象站立时，它的脚底会受到保护，但是，当它躺下时，脚底朝外，老鼠可以爬进脚趾间的凹陷处给它挠痒，甚至用小牙齿啃咬那里娇嫩的皮肤，然后大象会因为皮肤被咬破、失血过多而身体虚弱。

这就是大象害怕小型啮齿动物——老鼠的原因。

马克斯的狂欢

马克斯很听主人的话。主人把马克斯带到了马厩，让它站在叶卡捷琳娜身边，并对它说：

“站在这里！”

马克斯就站在那里。

叶卡捷琳娜和马克斯站在一起，马克斯没理由拆木栅栏，或者弄坏马厩门。那么，可以在马戏团里溜达溜达，爬到高处，找一个没有老鼠的地方。可是马厩里却有老鼠——这些家伙真是令人厌恶，它们总是在马克斯的脚下窜来窜去的。呸！

但是主人说：

“站在这里！”

于是，马克斯就站在原地，一动不动。整个漫长的夜晚它都站在那里。

其他动物真好——它们不怕老鼠，都各自躺下睡觉了，它们听不见地板下令人绝望的吱吱声。

看门人也很安逸，在这里都可以听到他从隔壁房间发出的呼噜声。

马克斯也想睡觉，但怎么也睡不着。刚有点儿睡意，敏感的耳朵就会听到角落里的沙沙声，然后一个机灵就醒了。

不行，最好不要睡觉！

当然，马克斯不这样想。要是人处在马克斯的位置或许会想着不睡觉吧，但马克斯毕竟是一头大象啊！它什么都不想，只是觉得站在那里很无聊。因为无聊，它就摆弄起周围的各种东西，想要看看旁边有没有什么好玩的。

这里有一块木隔板，禁止破坏。这是一个锁头，马克斯用柔软的鼻子尖触碰了一下，一股令人不快的寒意传来。不，没意思……

墙上也没什么有趣的东西：墙壁很平滑，有点潮湿。

那是什么东西，就在下面，在靠墙的地板上方是什么东西？这个东西好像也散发着某种令人不快的寒意，只是它很大、很长，里面还发出一些奇怪的声音。这个挺有趣！应该用长鼻子去试探一下……

马克斯不睡觉，它给自己找到了一件好玩的事儿。

所有的动物都在睡觉，看门人也在墙外打着呼噜。

看门人终于被动物园里的喧闹声吵醒了。

从动物园里传来了各种各样奇怪的声音：狗叫声、尖叫声、咆哮声、吱吱声、喘息声、打喷嚏声、咳嗽声、喵喵声，还有一些让人搞不明白的、响亮的呼哧呼哧声。

看门人从床上跳了下来。吧唧！他的双脚踩到了水里。地板上的水是从哪儿来的呢？

难道是莫斯科河决堤了，水淹了整座城市？但现在是冬天啊！

要赶快把所有人都叫起来去检查一下动物们的情况！

看门人动作很麻利。半分钟后，他已经发出了警报，自己也跑进了动物园。

那里已是一团糟了！地板上一片汪洋。大袋鼠跳到了放在笼子角落里的一个大箱子上——全身都在发抖。骆驼叶卡捷琳娜哼哼着，打着响鼻，跳上了墙。五十只狗在隔板后面齐声吠叫着。

而这场骚乱的始作俑者——大象马克斯却气定神闲地站在齐膝深的水中，用长鼻子吸着水，慢慢浇到自己的背上。

就是这个马克斯，因为无聊，用长鼻子先是弄弯、然后弄断了穿过马厩的地板上方靠墙的水管。水管断了，水像喷泉一样喷涌而出，淹没了地板，赶走了那些可怕的老鼠，这让马克斯感到非常高兴。看门人费了好大劲儿才把水止住，幸好没有淹没所有的笼子和里面的动物。

与马戏团经理的争执

这件事发生在很久以前的一个南方城市。那个时候食物短缺，所有食物都凭卡配给，喂养一大群动物非常困难。于是，杜罗夫与马戏团经理签订了一个协议，由马戏团负责为整个动物园的动物提供食物。

经理每天都在一张纸上签字，然后由杜罗夫的员工拿着这张纸去合作社为所有的“四脚演员”取回面包、蔬菜、肉和鱼。这些“四脚演员”的胃口特别好，一个马克斯一天就能吃掉二十七公斤的白面包和一大堆蔬菜。

但是，有一天，马戏团经理——一个意外接任这个经理职务的人，突然拒绝为动物们提供食物。杜罗夫得知此事后，心急如焚。他立即去找经理，想亲自和他谈谈。

马戏团经理的办公室位于一座石头建筑的二楼。杜罗夫沿着宽阔的大理石台阶迅速跑上楼，像一颗炸弹一样，怒气冲冲地闯进了办公室。

“请立即为我的演员动物们签署食物供给凭证！”他对着坐在桌前的胖男人喊道，“根据协议，您有义务这么做。”

“我不这么认为，”胖子说，胖子就是马戏团经理，“我违反了合同，我支付你违约金。有了这笔钱，您可以自己为您的动物采购食品。”

“但您要明白，”杜罗夫发火了，“这不是钱不钱的问题，我们需要食物配给卡！没有您的那张纸，合作社是不会卖给我们食物的。”

“去市场上买呀。”

“市场上什么都没有！”

“这不关我的事。”

“您这样做，会让我的动物们都饿死的。您很清楚问题的严重性。这是凭单，请您马上签字！”

杜罗夫隔着桌子递给经理一张纸。

“我不签。”经理说。

“不，您必须签！不签不行！”

“不，我不会签字的！”

“不，您必须签！”

周围正在伏案工作的员工们都抬起了头，甚至从敞开的门缝里还探进来几颗好奇的脑袋。每个人都想看看，杜罗夫和胖经理之间的争执将如何收场。

“我再跟您说一遍，签字！”杜罗夫喊道。

但是，突然，杜罗夫隔着桌子收回了手，将那张纸塞进了自己的口袋，然后他飞快地走出了经理办公室。

“就该这样，终于想明白了！”经理得意地说道。他很清楚自己做得有些不对，所以很高兴杜罗夫没有再指责他。

“或许，没有我的凭单事情也会搞定。”经理自我安慰地补上了一句。

“你们还聚在这里看什么？”他突然开始对自己的员工们发难。

大家又开始低头做事，好奇的脑袋从门缝里消失了，门也被关上了。

大约有半个小时的光景，办公室里只能听到打字机敲打出的噼啪声和胖经理鼻孔里的出气声。

忽然，经理抬起头，仔细倾听着，好像有什么奇怪的声音。

楼梯传来了脚步声。脚步声很奇怪——沉重，而且缓慢。咚！然后很安静。咚！再次安静。咚！

“你听听，这是什么声音？”经理对一名员工说，“去瞧瞧，谁在楼梯上跺脚？”

这个员工从座位上站了起来，走到了桌子前面。可就在这时，门自己开了，员工惊呆了，他像被钉在了地板上一样一动不敢动。原来，从门框后面钻进来一条扭动的“灰蛇”，紧接着，出现了一个长着大蒲扇耳朵的脑袋。原来，这是一头大象，它的长鼻子像蛇一样。

咚！大象的半个身体挤进了门里。

“警……”经理失声喊道。他想喊“警卫！”但是由于惊吓过度，舌头不听使唤，他只喊出了一个字，声音也沙哑得像乌鸦的叫声一样。

站在桌子前面的那个员工突然回过神来，他飞快地冲向墙角，钻到了椅子下面。咚！又一声，咚！整头大象都挤进了办公室。它的身后闪出了杜罗夫平静的身影。

“警……”马戏团经理再次喊道。他的舌头还是不听使唤。

大象又向前迈了一步，硕大沉重的脑袋就悬在经理的办公桌上。

“什、什、什么，”经理结结巴巴地说：“你、你们，想、想要干、干什么？”

杜罗夫走上前，站到大象旁边。

“马克斯，”他平静地说，“告诉经理同志，我们想从他那里得到什么，给你，拿着！”

听到这句简短的指令，大象把长鼻子伸到了杜罗夫的手边，从他手里卷走了一张纸，隔着桌子递给了经理，它完整地重复了一遍杜罗夫不久前刚做过的动作。

“带！快把这只动物带走！”经理声音沙哑地喊道，“弗拉、弗拉基米尔·格里高利耶维奇，请把它带走！”

“马克斯不会离开，除非您在这个食物凭证上签字。”杜罗夫坚定地说。

大象的长鼻子伸到了经理的面前，开始吹气，经理头顶稀疏的毛发顿时立了起来。

经理吓得闭上了眼睛，但马上又睁开了，他感觉象鼻子正在他的夹克衫侧面的口袋里摸索着什么。

“马克斯在想，”杜罗夫解释说，“能否在您的口袋里找到苹果？他非常喜欢苹果，一顿能吃七十来斤。您快点在凭单上签字吧！马克斯在等着呢！”

经理抓起一支笔，在纸上歪歪扭扭地写上了自己的名字。

顷刻间，从桌子后，半开的门后，甚至从办公室角落的椅子下，都传出了人们努力克制的笑声。

“谢谢您，”杜罗夫礼貌地说，“现在我相信您再也不会拒绝给我们提供食物了。马克斯，咱们走！”

大象慢慢地把头转向门口——办公室的桌子之间恰好有让它转身的空间——它跟着主人走出了办公室。

杜罗夫的“四脚演员们”有救了，它们不会挨饿了。

（本作品创作于 1935 年）

03

弗谢沃洛德·米哈伊洛维奇·迦尔洵

Всеволод Михайлович Гаршин

《棕榈树奥达尔 1 号》

《未说出口的话》

《癞蛤蟆与玫瑰花》

《傲慢的阿盖》

《青蛙的一次旅行》

弗谢沃洛德·米哈伊洛维奇·迦尔洵

Всеволод
Михайлович
Гаршин

弗谢沃洛德·米哈伊洛维奇·迦尔洵（1855—1888），俄罗斯苏联时期作家，主要成就是短篇小说，以生动的心理描写和独特的叙事角度著称。其创作反映了革命民粹派的憧憬、追求、自我牺牲精神和效忠人民的思想，但大多流露出悲观彷徨的情绪。代表作《四天》和《胆小鬼》描写了俄土战争，表示要分担人民的苦难；《艺术家》反对为艺术而艺术，要求直接为平民服务；《棕榈树奥达尔 1 号》和《红花》表现了向往自由、为消灭社会的邪恶势力而献身的精神；《偶然事件》和《娜杰日达·尼古拉耶夫娜》表达了迦尔洵对被凌辱和被损害者的同情。

棕榈树奥达尔1号

弗谢沃洛德·米哈伊洛维奇·迦尔洵 著
原丽莹 译

在某个大城市里有一座植物园，园中坐落着一个大型钢架结构的玻璃温室。温室既美观又大方，整个建筑由排列整齐的螺旋圆柱支撑着，圆柱上面架着饰有花纹的拱架，拱架如蜘蛛网般纵横交错，形成一个个铁框，每个铁框上都镶嵌着玻璃。每当夕阳西下，霞光照进来的时候，温室都显得格外美丽。此时，整个温室都如燃烧起来一般，反射出金红色的光，熠熠生辉，宛如一颗精雕细刻之后的硕大宝石。

透过晶莹剔透的厚玻璃，可以看到里面的植物。尽管温室很宽敞，但里面的植物还是非常拥挤。它们盘根错节地交织在一起，相互争抢着水分和养料。一些大树的枝干和宽大的棕榈叶混在一起，把叶子压弯、折断，而枝干自己也抵在铁框上，同样被压弯、折断。因此，园工们要经常修剪枝干，用铁丝困住树叶，免得它们疯长。可是效果并不理想，因为植物需要的是广袤的天地，是故土和自由。这些植物来自气候炎热、土地肥沃的南国，它们无法忘却自己的故乡，深深思念着故土。不管玻璃房的房顶多么晶莹剔透，终究不及万里晴空的自然环境。冬天，当玻璃上结满冰霜时，温室里便会一片漆黑。凛冽的寒风抽打着玻璃窗的铁框，温室里的植物瑟瑟发抖。屋顶上还覆盖着积雪，植物呆立在那里，一边听着外面咆哮的寒风，一边怀念着故乡那温润和煦的、带给它们生命和健康的风儿。它们多么希望再感受一下那微风的吹拂，让风儿摇动它们的枝条，戏耍它们的叶子。而温室里的空气却是不流通的，除非是冬季的暴风雪偶尔打破一块玻璃，凛冽的寒风夹杂着凶猛的霜雪，一股脑地钻入拱顶之下。寒风所到之处，叶子皆黯然失色，蜷缩起来，直至败落。

但是新玻璃很快就会被安装上，要知道，管理植物园的园长是一位优秀的科学家，他的眼里可容不下一丝混乱，尽管他大部分时间都待在总温室的一个专门的玻璃室里，用显微镜观察着些什么。

在众多的植物中有一棵棕榈树，它比其他的植物都高，也更漂亮。玻璃室里的园长用拉丁名“奥达尔”来称呼它。但是，这绝非它的本名，这个名字是植物学家们给它取的，因为他们不知道它的本名，而且钉在它树干的白色牌子上面也没有标注它的名字。有一次，植物园里来了一位来自气候炎热的南国的客人，棕榈树就是在那个国家长大的。这个人一看到棕榈树就笑了，因为看到它，他就想起了自己的祖国。

“啊！”他说，“我知道这种树。”接着，他叫出了棕榈树的本名。

“对不起，”此时正在用剪刀精心修剪某个植物枝干的园长从玻璃室里探出头来，向客人喊道，“您弄错了，您所说的那种树根本不存在。这是奥达尔1号，产自巴西。”

“是啊，”这个巴西人说，“您说得完全正确，植物学家确实把它叫作奥达尔，不过它还有一个最初的、真正的名字。”

“只有科学家取的名字才是真正的名字。”园长冷冷地说完，便关上了自己的玻璃门，以免这些无知之徒妨碍自己的工作。难道他们不知道，当科学家说了什么的时候，他们只要默默听着就行了吗？

巴西人在棕榈树前凝望了很久，越发感到悲伤。他想起了自己的祖国，想起了那里的阳光和天空，那里的珍禽异兽遍布的繁茂的森林，那里的沙漠，以及那独属于南国的迷人之夜。他还想起，除了自己的祖国，无论他走到哪里，都不曾感到幸福，即使他几乎走遍了全世界。他用手轻抚着棕榈树，似乎在向它话别，然后便离开了植物园，第二天就搭乘轮船奔赴了祖国的怀抱。

而棕榈树却留了下来。如今它更加悲伤了，尽管在此之前它已感到极度苦闷。如今它彻彻底底地变成了一棵“孤家寡树”，超过其他所有植物五俄丈之高。没有植物喜欢它，它们都嫉妒它，觉得它太过高傲，因此身在高处给它带来的只有痛苦。此外，当其他植物都聚在一起时，只有它是形单影只的一棵树，它比其他任何植物都更怀念祖国的天空，那是因为它比谁都更接近那个可恶的、取代了天空的玻璃顶。透过玻璃顶，它偶尔能看见一片蔚蓝的天空，尽管这天空是别国的，尽管有时天空还透着些苍白，但毕竟是真正意义上的天空。所以，当其他植物热聊的时候，棕榈树总是沉默不语，独自悲伤。它心中只有一个想法：要是能在真正的蓝天下，哪怕是在这片苍白的天空下略站片刻，那该多好啊！

“请问，是不是很快就会给我们浇水了？”非常喜爱潮湿的西谷椰子树问道，“说实话，再不浇水，我今天可能就会渴死。”

“亲爱的邻居，您说这话我可真不理解了，”矮胖的仙人掌说，“他们每天给您浇那么多水，难道您还觉得不够吗？您看看我，虽然给我浇的水非常少，可您看我仍然鲜嫩多汁啊！”

“我们不习惯过分节俭，”西谷椰子树回答说，“我们可不像某些仙人掌，能在干燥贫瘠的土壤上生长。我们不习惯苟且偷生的日子。另外，我再奉劝你一句，这儿可没人请你来瞎做评论。”

说罢，西谷椰子树气鼓鼓地不再作声了。

“要我说，”肉桂树插嘴说，“我对现在的处境很满意。当然，这里十分寂寞无聊，但至少可以确定，不会有人来剥我的树皮。”

“可是要知道，并不是所有的植物都被剥过皮。”一棵桫椤说，“当然啦，对那些在外面饱经风霜的植物来说，如今的监狱也是天堂。”

这时，肉桂树忘掉了自己曾被剥过树皮的事情，感觉自己受到了极大的侮辱，开始闹起来。有一些植物替它鸣不平，另一些植物则拥护桫椤，于是一场激烈的争吵开始了。若不是因为它们不能动，早就动手打起来了。

“你们吵什么呢？”棕榈树问，“难道这样对你们有什么帮助吗？仇恨和愤怒只会加深自己的不幸。别再吵了，还是想想正经事儿吧。你们听我说，你们只要往高、往宽里长，伸展开枝干，去挤压铁框和玻璃，温室就会裂成碎块，我们就可以自由了。若是只有一根树枝顶到玻璃顶上，它肯定会被砍掉的，可是，如果是成百上千根粗壮结实的枝干呢？他们又能把我们怎么样？只要我们齐心协力，就一定能成功。”

一开始谁也没有反驳棕榈树，大家都沉默不语，不知道该说些什么。最后还是西谷椰子树率先打破了沉默。

“一派胡言！”它说。

“疯了吧！胡说八道！”大树们纷纷附和道。大家一下子都想向棕榈树证明，它刚才的言论实在是骇人听闻。“你这纯属异想天开！”它们喊道，“荒诞至极！铁框非常结实，我们永远也挤不坏它，而且就算我们真的把它挤坏了，又能怎么样？马上就会有人带着镰刀和斧头跑过来，砍断树枝，修好铁框，一切还不是老样子？最后受伤的只有我们，会被整块地锯掉……”

“那你们就随便吧！”棕榈树说，“反正我知道自己该怎么做。我不打扰你们了，你们就在这里互相抱怨，为浇水之类的小事争论不休，永远被困在这个玻璃罩底下吧！就算只有我自己，我也能闯出一条血路来。我要看到真正的天空和太阳，而不是透过这些铁框和玻璃。我一定会看到的！”

绿色的棕榈树梢高傲地俯视着低矮地散落在自己周围的同伴们。它们谁也不敢再说什么，唯有西谷椰子树小声地对身旁的凤尾蕉嘟哝说：

“好啊，咱们走着瞧！且看吧，看你的大脑袋到时候是怎么被砍下来的，看你这个自以为是的家伙到时候还怎么吹牛！”

其他植物虽然没说话，但对于棕榈树趾高气扬的言论不免有些生气。唯独小草没有生棕榈树的气，也不觉得它刚才的话对它们来说是种侮辱。这是温室里所有的植物当中最可怜、最卑微的一棵小草。它孱弱苍白，通过匍匐根茎而蔓生的厚叶萎靡不振。它的身上毫无可取之处，温室里之所以栽种它，只是为了遮盖光秃秃的土地。它缠绕在高大的棕榈树的根须上，听到棕榈树的话后，十分赞成棕榈树的观点。虽然它并不知道南方是什么气候，但它也同样热爱空气和自由。温室，对它来说，与监狱没什么两样。“若是连我这棵渺小又蔫巴的小草，在离开灰蒙蒙的天空、苍白的阳光和凄冷的雨水后，都难过不已，更别说是这么一棵粗壮挺拔的大树了！”小草心里这样想。它饱含深情地缠绕在棕榈树的根须上，想给棕榈树送去些许安慰。“为什么我不是一棵大树呢？若是那样，我就可以按照它所说的，和它齐头并进，一起奔赴自由。到那时，那些植物就会明白，棕榈树是对的。”

但它毕竟不是大树，而只是一棵快要干枯的小草。它能做的只有更加温柔地缠绕在棕榈树的枝干旁，向它小声诉说自己的爱慕之情，并鼓励它勇敢地追逐自己的幸福。

“当然，虽然我们这儿完全不像您的国家那么温暖，天空也没那么干净透明，雨水也没那么充沛，但毕竟我们这儿还有天空、阳光和风儿。我们这儿的树虽然不像您和您的同伴那样雍容华贵，有硕大的叶子和漂亮的花朵，但我们这儿也有很多苍翠挺拔的树，比如松树、枞树和桦树。像我这么一棵小草，永远都无法获得自由，而您却是那么高大伟岸、强健有力！您的树干如此粗壮，相信用不了多久，您就可以长到玻璃顶，然后冲破玻璃，去感受外面的美好世界了。到时您一定要记得告诉我，外面是否真的像我们希望的那般美好。只要了解到这些，我就心满意足了。”

“小草啊，为什么你不和我一起冲出去呢？我的树干结实健壮，你攀附着它，爬到我身上来。带上你不会对我有任何影响的。”

“不行，我哪有那个劲儿啊！您看，我是多么的萎靡和孱弱啊，我连一根枝干都举不起来。不，我和您差得太多了。您快好好生长吧，您一定要幸福啊！我只求您能在获得自由后，偶尔想起曾经还有我这么一个弱小的朋友。”

于是，棕榈树开始使劲地生长。起初，来温室的参观者都纷纷惊讶于它的高大，而它每个月都在变得更高。植物园园长把它的这种迅速生长归结为自己的侍弄有方和博学多识，并为自己凭借学识修建了这座温室、经营着这份事业感到扬扬得意。

“是啊，快来看看我的奥达尔 1 号吧！”他常常说，“这么高的树，就是在巴西也不多见。我们倾注了所有的知识，才使得植物即便在温室里，也能够完全像在外面一样自由成长。我认为，我们取得了傲人的成绩。”

说话间，他还摆出一副春风得意的样子，用自己的手杖敲打着坚硬的棕榈树。敲击声很大，响彻了整个温室。棕榈树的枝叶被震得颤了几颤。哦，天呢，假如棕榈树可以哭出来，园长会听到棕榈树怎样的号哭声啊！

“他以为我长这么高就是为了让他开心呢，”棕榈树心想，“随他怎么想吧！”

它不停地长啊长，把所有的养分全都用来向上生长，不肯分给自己的根和叶一丝一毫。有时它会觉得，到屋顶的距离怎么总不见减少呢？于是，它便更加全神贯注地长高。铁框越来越近了，终于，它新生的树叶触到了那冰冷的铁框和玻璃上。

“快看，快看，”其他植物议论纷纷，“看它都长到哪儿了！难道它真的要长出去吗？”

“它的高度真是太吓人了！”桫椤说。

“长这么高，有什么了不起的！它应该像我一样，长胖点儿！”树干粗得像木桶一样的凤尾蕉说道，“长那么高有什么用？反正什么也干不成！铁框牢固得很，玻璃也厚实得很。”

又过了一个月，棕榈树继续野蛮生长着。终于，它紧紧地顶住了铁框，再也无法向上生长了。所以，它的树干开始弯曲变形，叶冠也变得凌乱不堪，铁框上那冰冷的铁条刺进它新长出来的娇嫩的叶子，无情地摧残着它们，将它们割断。但是，棕榈树依然固执倔强地生长，毫不怜惜自己的枝叶，奋不顾身地和铁框抗争着，纵然铁框是用坚硬的钢铁铸就的，此刻却也变了形。

小草注视着这场生死搏斗，激动得屏住了呼吸。

“请问，难道您就不觉得疼吗？既然铁框这样结实，还是退回来好些吧？”小草问棕榈树。

“疼？如果我想得到自由，这些疼痛算得了什么呢？之前你不是也鼓励我这么做的吗？”棕榈树回答说。

“是的，我是鼓励过您，可是我没有想到过程会这么艰辛啊！我好可怜您。您现在太痛苦了！”

“别说了，你这棵软弱的小草！用不着你可怜我！我要么死，要么自由！”

恰在此时，传来了一声巨响，结实的铁条“咔嚓”一声断裂了。玻璃碎块哗啦啦地掉了下去。其中一块恰巧落在了正要走出温室的园长的帽子上。

“这是怎么回事？”当他看到空中的玻璃碎块时，吓得直哆嗦，失声喊道。他连忙跑出温室，朝屋顶看了看。只见玻璃拱顶的上空傲立着一顶翠绿的棕榈树树冠。

“这是……”棕榈树想，“难道这就是我日思夜想、历尽磨难也想要得到的结果吗？难道这就是我梦寐以求的自由吗？”

当棕榈树冲破玻璃探出树冠时，已是深秋，外面正淅淅沥沥地下着雨夹雪，风吹得很低，驱赶着一团团乌云。棕榈树觉得，这些乌云正将自己团团围住。周边的树木光秃秃的，一个个丑陋不堪，只有松树和枞树的顶上还罩着些暗绿色的针叶。树木们阴郁地看着棕榈树。“你会被冻死的！”它们好像在对棕榈树说，“你根本不知道什么是严寒，你肯定会受不了。为什么你要钻出自己的温室呢？”

棕榈树自己也意识到，对它来说，一切都结束了。它僵在那里。再回到屋顶之下吗？但它已经回不去了。它只能站在这里，忍受着阵阵寒风和刺骨的飞雪，一边看着那混浊的天空、凄凉的景色和植物园肮脏的后院，看着那重重迷雾后面单调冷寂的大城市，一边静静地等待着，等待着温室的人要如何处决自己。

园长命令把棕榈树锯掉。“倒是可以在它上面加盖一个专门的罩棚，”他说，“但这又能撑多久呢？它又会长高，然后再把罩棚顶坏。而且如果这么做，造价也太高了。还是锯掉它吧。”

工人们把绳子捆在棕榈树上，以防它倒下时撞坏温室的玻璃。然后，他们紧贴着树根，把它锯掉了。缠绕在树干上的小草因不愿离开自己的朋友，也落进了利锯之下。当棕榈树被拖拽出温室之后，残留的树墩上只剩下杂乱的、被钢锯摧残的断枝残叶。

“赶紧把这些玩意儿整走，扔出去。”园长说，“这都黄了，而且已经被锯得乱七八糟了。这块地方应该腾出来种点儿新的东西。”

一个园丁用铁锹使劲一挖，便挖出了一堆杂草。他把它们扔到篮子里，带出去，抛到了后院，恰好抛到了僵死的棕榈树边，而此刻的棕榈树正躺在污泥里，有一半身子都被白雪盖住了。

（本作品创作于 1879 年）

未说出口的话

弗谢沃洛德·米哈伊洛维奇·迦尔洵 著
原丽莹 译

这是六月的一个好天，之所以说它好，是因为气温高达35℃。在这样一个烈日炎炎的中午，到处都是腾腾热浪。花园里的林中旷地上堆着不久前刚割下来的干草垛，再加上旁边那一片密不透风的樱桃林，使这里的空气变得更加闷热起来。周围所有人和所有动物都陷入了昏昏欲睡的状态：人们吃饱喝足后打着盹儿，鸟儿们也不再叽叽喳喳地叫个不停了，就连很多昆虫都因为怕热躲了起来，就更别提牲畜了。大大小小的牲畜都窝在棚子里一动不动，有条狗在粮仓下面刨了个坑，躺到里面，半眯着眼睛，“呼哧呼哧”地喘着粗气，恨不得把鲜红的、有三十厘米长的舌头都伸出来。显然，它因为这令人窒息的热浪感到心烦意乱，时不时地打着哈欠，打哈欠时甚至还发出尖细的吠叫声。猪妈妈带着十三头猪宝宝也来到岸上，一屁股钻进一摊黑色稀泥塘里，只露出用来呼吸和打鼾的两个椭圆形鼻孔、一张猪拱嘴、满是黑泥的后背和耷拉着的大耳朵。只有母鸡们不怕热，它们的爪子在厨房门廊对面的干硬地皮上胡乱地挠着，尽管它们很清楚，地上一粒粮食也没有了。一只公鸡看着母鸡们的行为很不顺眼，它时不时地表现出一副呆呆傻傻的样子，并用尽全力大声叫唤着：“你们真是胡闹！”

所以我们离开了那片最热的地儿，来到了这片空地上，这里坐着一群睡不着觉的“先生”。当然，不是所有动物都坐在这里。就说那匹枣红马吧，此刻它正冒着被车夫安东的马鞭抽打的危险，扒拉着干草垛。作为一匹马，它连怎么坐着都不会。还有那只尚未破茧成蝶的毛毛虫也没有坐着，它只是趴在那里。但这些都不重要。现在樱桃树下面聚集了虽说规模不大，但却相当严谨的一群小伙伴，有蜗牛、蜣螂、蜥蜴和之前提过的毛毛虫，还有一只跳来跳去的蚱蜢。旁边那匹站着的老枣红马正全神贯注地听着它们的谈话，只见它将一只耳朵靠近了这些谈话的动物，它的耳朵里长着深灰色的耳毛，耳朵上还坐着两只苍蝇。

这群小伙伴正在争辩着什么，那场面相当激烈，一切都像辩论该有的样子，谁也不服谁，因为每一个都想证明自己见解独到、别具一格。

“我认为，”蜣螂说道，“一个品行端正的动物首先要照顾好自己的后代，生活的意义就在于为子孙后代造福。作为一个动物，只有自觉履行自然赋予它的责任和义务，才配站在这坚实的大地上——它知道自己该干什么，因此无论发生什么事情，它都不会理睬。你们看看我，有谁比我工作更努力呢？有谁像我这样整天不眠不休地滚这么重的粪球呢？而我之所以将粪球滚得这么好，就是为了生育后代，并抚养它们长大，将来成为像我这样会滚粪球的蜣螂。但我不认为有谁可以像我一样，当新蜣螂出生时，可以平静且问心无愧地说：‘是的，我尽我所能做了我能做和应该做的一切！’看，这就是我为之奋斗的事业！”

“去你的吧，老兄，你的滚粪球算什么事业！”蚂蚁说道。尽管天气很热，但在蜣螂演讲时，它一直拖着一根巨大的干茎。它决定停下来休息一会儿，于是用四条后腿支撑着坐了下来，用两条前腿擦拭着脸上流下的汗珠。“我比你工作还努力，我的工作也比你的工作更有意义。你工作是为了自己，或者说只是为了你的小蜣螂们，也不是所有人都可以这么幸福……比如像我这样的，每天都在为了国家搬运木材。我自己都不知道是什么促使我这么努力、这么竭尽全力地工作，即使在这么热的天气里也还要拼命，并且没有谁会因此跟我说声‘谢谢’。我们这些可怜的工蚁，每只都这样勤恳地工作着，但是我们生活的幸福在哪里呢？这就是命啊！”

“你呀，蜣螂，太冷漠了，而你呢，蚂蚁，对生命太悲观了！”蚱蜢反驳道，“不，蜣螂，我只喜欢‘唧唧唧唧’地叫着跳来跳去，其他再没什么需要的了！但是我也不感到痛苦！再说你们俩一点儿都没涉及蜥蜴女士提出的问题，它问的是‘世界到底是什么？’而您却一直在说自己的粪球，这样做是不礼貌的。我认为这个世界本身就是非常美好的存在，因为这个世界上有供我们吃的鲜嫩的小草，有和煦的阳光，有轻柔的风。而且世界这么大，广袤无垠。你们此时在这些树木之间，根本无法想象世界有多么辽阔。当我置身于田野时，有时会尽力跳到最高，我可以向你们保证，我可以跳得非常高，从高处望去，世界是看不到尽头的。”

“没错，”枣红马深沉地附和着，“但你们看到的世界连我这一生中所见的百分之一都没有。很遗憾，你们不知道，什么叫一俄里*……在距离这里一俄里的地方有一个村庄，叫卢巴列夫卡，我每天都带着一个桶去那里打水。但是那里的人从来不喂我吃的。如果朝反方向走，则是叶菲莫夫卡村和基斯利亚科夫卡村，那里有一个带铃铛的教堂，再往前走就是圣三一大教堂，然后是博戈亚夫连斯克大教堂。每次我去这个教堂时，他们都会给我干草吃，但是那里的干草并不好吃。再往前走就到了尼古拉耶夫，那是一个离此处有二十八俄里远的城市，那里的干草比较好吃，而且除了干草，那里的人还会给我燕麦吃。只是我不喜欢去那里，因为去那里的话要被官员老爷骑着，还有马夫在旁边赶着，马夫的鞭子抽在我们背上总是很用力，抽得很疼……当然，还有亚历山德罗夫卡、别洛焦尔卡、赫尔松等城市……唉，你们哪里能懂这些啊！……而这就是世界，虽说不是全部，但终究也算是很大一部分了。”

枣红马沉默了，但它的下唇依旧在翕动着，似乎在小声嘀咕着什么。这是因为它年纪太大了，已经十七岁了，这个年纪的马已经相当于七十七岁的老人了。

“我听不懂你那令人费解的马话，这些我承认，但我也不想弄懂它们，”蜗牛说，“我只要有一片牛蒡叶就够了。瞧，我都已经在这片牛蒡叶上爬了四天，但是还没有吃完它。在这片牛蒡叶的旁边还有另一片牛蒡叶，那片牛蒡叶上可能也趴着一只蜗牛。这些对我来说就足够了，我不需要跳到其他任何地方，那些对我来说都是不现实的，也是不重要的。我只要坐在这里，能啃得着身下的叶子就好。如果不是懒得动弹，我早就爬走了，

…………………………

* 俄里，俄罗斯旧长度单位，一俄里约等于 1.067 千米。——译者注

才不会在这里听你们唠叨，你们的谈话只会让我头疼，没有任何好处。”

“不，很抱歉，但你为什么要这么说话呢？”蚱蜢打断它说，“我们聊天聊得很开心啊，尤其聊的还是诸如‘广阔无限’的高深话题。当然，也有一些务实主义者只关心如何填饱自己的肚子，比如像你这样的，或是像那只漂亮的毛毛虫那样的……”

“唉，别说我，你们就饶了我吧，我求求你们，放过我吧！”毛毛虫哀叹道，“我这样做是为了我自己未来的生活，仅此而已啊！”

“你还能有什么样的未来呢？”枣红马问。

“难道您不知道，我死后会变成一只带五彩缤纷的翅膀的蝴蝶吗？”

关于这个，枣红马、蜥蜴和蜗牛都不知道，但是昆虫多少了解一些。这时所有的小伙伴都沉默了，因为它们对自己的未来都没有什么美好的憧憬。

“任何坚定的信念都应该得到尊重，”蚱蜢最后喊道，“还有谁想说点儿什么吗？或许，您还想说点什么？”它转向苍蝇们，其中一只最大的苍蝇回答说：

“我们不能说我们过得不好。我们刚从房间里逃出来，小姐把煮好的果酱放在盆里，我们便爬到了盆盖的下面吃了个够，吃得非常开心。可是我们的妈妈却被果酱粘住了，但是我们又能怎么办呢？它已经活得够久的了。我们应该感到知足了。”

“先生们，”蜥蜴说道，“我认为你们说得都对，但从另一方面来说……”

但是蜥蜴没说出它指的“另一方面”到底是什么，因为它突然觉得自己的尾巴好像被什么东西狠狠地踩在了地上。

原来是车夫安东睡醒了，他过来牵枣红马了，他的靴子不经意间踩到了这群小伙伴，把它们踩散了。苍蝇们飞到它们已经死了的、被果酱粘住的妈妈身边，去吸吮它身上的果酱。被踩断尾巴的蜥蜴也逃跑了。安东拽着枣红马额前的一绺鬃毛，把它从花园里拽了出来，并在马背上放了个水桶，让它去担水。安东边走边呵斥着枣红马："快走啊，你这个小杂种！"枣红马只能发出一声低叹，表示服从。

从那以后，蜥蜴就变成了一只没有尾巴的蜥蜴。当然，过了一段时间，它的尾巴又重新长出来了，但是新尾巴不知何故总是显得有些笨拙，还有点儿发黑。每当有谁问它是怎么弄断自己尾巴的时候，它总是谦虚地回答说：

"我的尾巴之所以会被踩断，是因为我想勇敢地说出自己的观点。"

而它所言，完全正确。

（本作品创作于 1882 年）

癞蛤蟆与玫瑰花

弗谢沃洛德·米哈伊洛维奇·迦尔洵 著
原丽莹 译

从前，有一朵玫瑰花和一只癞蛤蟆。

一簇玫瑰花盛开在一座农屋前的半圆形小花园里，但小花园早已无人问津。无论是在那些泥土干瘪的旧花坛上，还是在好久无人清扫，也没有被铺上沙子的小路上，杂草丛生。花园的木篱笆顶端是尖利的四棱矛头，篱笆上原来刷过的绿油漆，如今已经干裂起皮，有的地方已经脱落了。这些矛头也让村里的小孩子们掰下来玩打仗的游戏了，还有一些路过农舍的农夫也用这些尖矛头来抵御那只暴躁的恶犬和它的同伙们。

可是，小花园里并没有因为遭到这些破坏而减色。残留下来的木篱笆上爬满了啤酒花和开着很多小白花的菟丝子，还挂满了一根根浅绿色的草藤,草藤上零零落落地点缀着淡紫色的花穗。小花园在周围绿荫蔽日的大花园的滋养下，土地肥沃而湿润，多刺的飞廉在小花园里野蛮生长起来，长得几乎和树一样高了。黄色的毛蕊也不甘落后，努力向上舒展着花朵簇簇的嫩枝，个头比飞廉还高。荨麻占据了花园的一个角落，它的螫毛不消说是会刺人的，不过倒也可以从远处欣赏它那深绿色的叶子，尤其是当这种绿色作为陪衬，和那朵温柔而又高贵的白色玫瑰花配在一起的时候，更显得沉稳厚重。

玫瑰花在五月的一个美好清晨绽放开来。当它打开层层花瓣时，朝露从它的花瓣上掠过，玫瑰花像哭了似的挂着几滴晶莹剔透的泪珠儿。在这样一个美丽的清晨，周围的一切是那么明亮、那么清澈，它第一次睁开眼打量着蔚蓝的天空，感受着清新的晨风，它娇嫩的花瓣被明媚的阳光染成了一片粉红色。小花园的一切都是那样宁静、那样安谧，所以若是玫瑰花真的要哭，那肯定不是出于悲伤，而是因为幸福和感动。玫瑰花不会说话，它只能低下头，向四周散发出一股股沁人心脾的幽香，而这幽香便是它的语言、它的泪水和它内心的祈祷。

可在玫瑰花的下面，在其根部潮湿的土地上，坐着一只相当肥硕的老癞蛤蟆。它的肚皮吃得鼓鼓的，臃肿得几乎都要贴在地面上了。这只癞蛤蟆整个晚上都在捉蚯蚓和蚊子吃，直到清晨才找了这么一处比较阴凉潮湿的地方坐下来歇息。它坐在这里，闭上了自己鼓起的眼睛，微微喘着气，它那土灰色的、长满疙瘩的肚皮也伴着它的呼吸一动一动的。它将一只丑陋无比的爪子搁在一旁，因为懒得把爪子收回到肚皮的地方。癞蛤蟆对清晨、阳光，甚至对好天气都没有任何的兴致。此刻的它已经吃饱喝足，准备休息了。

但是，当微风稍做停息，玫瑰花的芬芳不再被风吹散时，癞蛤蟆闻到了这股香气，这让它感到了些许的躁动。不过，它已经懒散惯了，现在它也懒得睁开眼瞧瞧，这股香气究竟是从哪儿来的了。

这个盛开着玫瑰花和坐着癞蛤蟆的小花园，已经很久无人来访了。还是去年秋天的时候，也就是癞蛤蟆在房子地基处的一块石头下找到了一处裂口，正打算搬进去冬眠的那一天，有个小男孩最后一次来过这里。在此之前的整个夏天，每到晴天的时候，他都会来到小花园里，坐在那座农屋的窗户下面。而他的姐姐已经成年，就坐在屋里的窗户旁边，要么读书，要么做点儿针线活，偶尔朝窗外看看弟弟。小男孩七八岁，有一双大大的眼睛和一个大大的脑袋，但身材极其瘦小。他很爱自己的小花园（这是他的小花园，因为除了他，几乎没有人会来这个荒废之地），他每次来，都会在那张洒满阳光的旧木头长凳上坐下来。这张长凳就放在紧靠农屋的一条干沙子小路上，而这条小路之所以能保存下来，是因为人们关百叶窗时总得在这条小路上来回走。小男孩每次一坐下来，就开始阅读随身携带的一本小书。

“瓦夏，要我把皮球扔给你吗？”姐姐从窗里问道，“或许，你想踢一会儿球？”

“不用，玛莎，我还是想这样看一会儿书。”

就这样，他坐在这里读了很久的书。当他读累了鲁滨孙的故事，读累了书里那些关于荒岛和海盗的故事之后，便把书摊开着放在长凳上，钻进小花园的花丛中。他熟悉这里的每一棵灌木，甚至熟悉它们的每一根枝茎。他蹲在一根粗壮的毛蕊花前，毛蕊花枝上长满了毛茸茸的、微微发白的叶子，个头足足是他身高的两倍。他在那里看了许久。他在观察，蚂蚁们是如何努力地往上爬去寻找自己的美食——蚜虫的，又是如何轻轻拍打着蚜虫背上细细的小管儿，采集它们从小管儿末端分泌出的纯净蜜露的。他在观察，蜣螂是怎么忙忙碌碌且百折不挠地把自己的粪球推到一个地方的；蜘蛛是如何编织狡猾而梦幻的迷网静候苍蝇的；壁虎是如何伸着自己的小脸趴着晒太阳的！瞧，它背上的绿色花斑是多么耀眼啊！有一次，黄昏时分，他竟然在小花园里看到了一只活刺猬！这可把他高兴坏了，乐得差点儿没拍起手大喊出来，但又怕吓着这只浑身是刺的小家伙，便屏住了呼吸，一双眼睛瞪得圆圆的，欣喜若狂地盯着这只小家伙，看它是如何用它那小鼻子呼哧呼哧地嗅着玫瑰花根的芳香，同时又是如何用它那胖乎乎的小爪子滑稽可笑地来回扒拉着花根之间的土寻找蚯蚓的。

“瓦夏，亲爱的，回屋吧，外面潮气大了！”姐姐大声地喊道。

小刺猬听到人的说话声之后吓了一大跳，急忙将自己的小脑袋和小腿蜷缩在自己带刺的皮里，卷成了一个球。小男孩轻轻地碰了一下它的刺，小刺猬蜷缩得更紧了，低沉而急促地喘着粗气，那声音活像一个小燃气机。

后来，他和这只小刺猬多少有些熟悉了。他是一个多么瘦弱、安静、温顺的小男孩啊，好像连刺猬这只小家伙都能看得出来，所以很快就和他亲近起来。每当小刺猬品尝着小花园的主人带来的牛奶时，别提有多高兴啦！

但从今年春天开始，小男孩再也不能去他心爱的小花园了。姐姐仍像从前一样坐在他的身边，但不是在窗旁，而是在他的床头。她读着书，却不是为自己而读，而是为弟弟朗读，因为小男孩现在已经很难再从白色的枕头上抬起他的小脑袋了，那双瘦骨嶙峋的小手连一本最薄的书都拿不住了，再说他的眼睛也会因为看书而很快感到疲倦。他再也去不了他那心爱的小花园了。

“玛莎！”他突然用极其虚弱的声音喊了声姐姐。

"怎么了，亲爱的？"

"小花园现在肯定很美吧？玫瑰花都开了吗？"

姐姐俯下身，吻了吻他苍白的脸颊，随即偷偷地抹去自己脸上的泪水。

"是的，亲爱的，美极了，玫瑰花也都开了。下星期一咱俩就一起去那里看看，医生会准许你去花园的。"

小男孩没有回答，只是深深地叹了口气。姐姐又接着为他读起书来。

"先读到这儿吧。我累了，想睡一会儿。"

姐姐为他整理好枕头，盖好白色的小被子。他吃力地转过身，面向墙壁，不再说话了。阳光透过朝向小花园的那扇窗户照进屋来，明媚的光线洒在床上和小男孩骨瘦如柴的身体上，照亮了枕头和被子，小男孩剪得很短的头发和纤细的脖颈被阳光染成了金黄色。

玫瑰花对此一无所知。它不停地长啊，长啊，越来越楚楚动人，明天它就要完全盛开了，但是后天它就会开始枯萎，开始凋谢。看，这就是玫瑰花全部的人生！然而即便是在这么短暂的一生中，它也没能逃过恐惧和悲伤，也有过不少悲惨的经历。

它被癞蛤蟆盯上了。

当癞蛤蟆睁开它那对凶神恶煞的鼓出来得眼睛时，当它第一次看到玫瑰花时，内心深处便萌生出一种异样的感觉。它的目光再也无法从那些娇嫩的玫瑰花花瓣上移开了，它目不转睛地看呀，看呀，它太喜欢这朵玫瑰花了，不由自主地想要跟这朵芬芳四溢、娇艳欲滴的花儿靠得更近一些。为了表达它的满腔柔情，它想不出什么更好的话，只会这样说：

“你就等着吧，我一定要吃了你！”

玫瑰花吓得一哆嗦，为什么这个癞蛤蟆要贴在自己的花枝上呢？一群自由自在的鸟儿围在玫瑰花的身边叽叽喳喳地跳来跳去，从它的一个枝头飞到另一个枝头。当然有时候鸟儿们也会飞到远处，至于它们飞去哪里，玫瑰花无从知道。还有那群蝴蝶也是自由自在的，这让玫瑰花好生羡慕啊！假如它也能像它们那样自由，它肯定也会振翅高飞，逃离这直勾勾的、凶神恶煞的和令人作呕的眼神。但玫瑰花有所不知，这只癞蛤蟆偶尔也会暗中窥视一下蝴蝶。

“我要吃了你！”癞蛤蟆又重复了一遍。虽然它努力使自己说出来的话听起来温柔些，但结果却更加令人感到恐惧。说完，它便朝着玫瑰花爬了过去。

“我要吃了你！”癞蛤蟆盯着玫瑰花，又说了一遍。可怜的花儿惊恐地看到一双脏兮兮、黏糊糊的爪子抓住了它的花枝。不过，癞蛤蟆想要爬上去也不是件容易的事儿，因为它那扁平的身子只能在平整的地方轻松自如地爬行和蹦跳。因此，每当它费劲地向上爬过一段距离之后，都要朝上瞅瞅还有多远才能够到随风摆动的花儿。玫瑰花吓得大气也不敢出一声。

“天哪！”它祈祷着，“如果要死，也让我换种死法吧！”

癞蛤蟆却越爬越高。但是，当它爬到老花枝的尽头，需要转到新花枝的地方时，它就不得不吃点儿苦头了。光滑的、深绿色的玫瑰花枝上长满了又尖又硬的刺儿。癞蛤蟆的爪子和肚皮被玫瑰花枝上的尖刺扎破了好多处，这让它浑身是血地摔倒在地上，它只能满腔怒火地瞪着玫瑰花……

“我说了，我一定要吃了你！”它重复道。

傍晚来临了，该考虑吃晚饭的事情了。遍体鳞伤的癞蛤蟆慢吞吞地在玫瑰花枝的下面来回爬着，暗中窥视着那些疏忽大意的昆虫。仇恨并不妨碍它像往常那样想尽快填饱自己的肚子，再说它的刺伤也没什么大不了的，所以它决定先休息一下，然后再去找那朵叫它又爱又恨的玫瑰花算账。

它歇息了好长一阵子。转眼就到了次日清晨，半天过去了，玫瑰花几乎已经忘了自己还有个敌人。现在，它已经完全盛开了，成为小花园中最美丽的花。但是没有人来欣赏它：小主人躺在床上动不了，姐姐寸步不离地陪伴在他身旁，没人再朝窗前看它一眼。只有鸟儿和蝴蝶们围绕在玫瑰花的周围飞来飞去的，还有蜜蜂嗡嗡地叫着，时而钻进盛开的花瓣里，飞出来的时侯，身上的绒毛沾满了黄色的花粉。一只夜莺飞了过来，钻进玫瑰花丛，开始唱起歌来。这歌声跟癞蛤蟆的呱呱叫声简直是天壤之别！玫瑰花沉醉在这歌声里，感到无比幸福：它觉得夜莺是在为它歌唱，或许真的就是为它歌唱。但它没有发现，它的敌人正悄悄地爬上它的枝头。这一次，癞蛤蟆已经毫不怜惜自己的爪子和肚皮，虽然此刻的它已浑身是血，但还是勇敢地向上爬，越爬越高。突然，在夜莺清脆而婉转的歌声中，玫瑰花听到了癞蛤蟆那熟悉的难听的嘶叫声：

"我说过我要吃了你，我一定会吃了你！"

癞蛤蟆趴在玫瑰花旁边的那个花枝上，虎视眈眈地盯着它。现在这个恶毒的家伙只要稍稍动一下，就可以把盛开着的花儿扯下来。玫瑰花心里明白，自己难逃一死……

小主人已经一动不动地在床上躺了很久了。姐姐坐在他床头的沙发椅上，还以为他睡着了。她的双膝上摊着一本未合上的书，但她并没有读。她疲惫的头微微耷拉着：这个可怜的姑娘已经好几晚没合眼了，她寸步不离地守护着生病的弟弟，现在也困得打起盹来。

“玛莎。”弟弟突然轻声唤道。

姐姐猛地一抖，她做了个梦，梦见自己坐在窗户旁，弟弟还像去年那样在小花园里一边玩耍，一边呼唤她。她睁开眼睛，看到缩在被子里的弟弟，他是那么瘦小、那么虚弱。姐姐重重地叹了口气。

“怎么了，亲爱的？”

“玛莎，你之前跟我说过，玫瑰花已经盛开了。你可不可以给我……摘一朵？”

“可以啊，亲爱的，当然可以！”她走到窗前，望了望玫瑰花丛。虽然现在只开了一朵玫瑰花，但它却是那么美丽动人。

“那朵玫瑰花正是为你而开，瞧，它多美啊！我这就给你把它摘下来，插在小桌上的水杯里，好吗？”

“好，把它放在小桌上吧，我想看着它。”

姐姐拿起一把剪刀，走进了花园。她已经好久没出屋了，阳光让她感觉有些刺眼，清新的空气也使她有些头晕。就在那只癞蛤蟆想扯下玫瑰花的瞬间，她来到了玫瑰花丛前。

“哎呀，这个恶心的家伙怎么会在这儿？！”她大喊了一声，一把抓过花枝，使劲儿一晃，只听“啪嗒”一声，癞蛤蟆摔了个底朝天。它气急败坏地想要跳起来攻击姐姐，但任凭它怎么蹦跶，也无法跳得更高，连姐姐的裙子边都够不着，紧接着，它又被姐姐用鞋尖一脚踢飞，飞出去老远。这下它再也不敢造次了，只好远远地看着姐姐小心翼翼地把玫瑰花剪下来，带回了屋里。

当小男孩看到姐姐手中的玫瑰花时，这么长时间以来他第一次露出了笑脸，他吃力地用瘦弱的小手示意了一下。

“把花给我，”他轻声说，“让我闻闻。”

姐姐把花放到了他的手里，帮他把花移到面前。他深深地吸了一口那沁人的馨香，幸福地笑了，轻声说：

“啊，真香啊！”

随后，他的小脸变得严肃起来，僵住了。从此他再也没有说话……永远地沉默了。

虽然玫瑰花还未开始凋零就被剪了下来，但它觉得自己死得其所。它被插在小男孩棺木旁的一个单独的高脚杯里。这里还有很多花束，有各种各样的鲜花，不过说真的，根本没有人理睬它们。唯独这朵玫瑰花，在被一位年轻的姑娘放到桌子上时，被她拿到唇边吻了又吻。一滴泪水从她脸颊上滑下，落到了花瓣上——这成为玫瑰花一生中最光辉灿烂的时刻。待花儿开始发蔫时，它被人夹进一本厚厚的旧书里，变成了一朵干花。再后来，过了很多年，有人把它送给了我。这就是为什么我会知道整个故事。

（本作品创作于 1884 年）

傲慢的阿盖

弗谢沃洛德·米哈伊洛维奇·迦尔洵 著
原丽莹 译

从前，在一个王国里住着一位国王，名字叫阿盖。他非常尊贵，也非常强壮，上帝赋予了他至高无上、统领王国的权力。他的敌人都很怕他，他也没有什么朋友。而他的子民们因为知道国王的威力，对他都很恭顺。于是国王开始骄傲自大起来，觉得没有人会比自己更强大、更聪明。他生活骄奢，拥有许许多多的财富和仆人，但他从不和仆人们说话，认为他们不配和自己说话。他和自己的妻子虽说能和睦相处，可他对妻子也非常严厉，以至于妻子都不敢主动和他说话，只是被动地等待着丈夫问自己什么，或者丈夫主动对自己说些什么。

就这样，阿盖总是孤孤单单的一个人，好似站在一个高塔上的人，下面熙熙攘攘的人群都在仰视着他，可他对谁都不感兴趣。他只想站在一个低矮的小木板台上，他觉得这里是唯一能配得上他的地方，虽然孤独，但高高在上。

有一天，阿盖去教堂参加一个节日盛会。他带着自己的妻子，穿着华丽的衣服——披着金线织的长袍，系着昂贵的宝石腰带，头顶上还有锦缎华盖，身旁簇拥着许多带着长剑和战斧的士兵。他们来到一处用来听政的皇家庭院，身旁围了一群官员和大臣。阿盖一边听着大臣们的汇报，一边想着自己的事情，他在思考，《圣经》里的教义是正确的还是错误的。

大司祭开始诵读经书了，他读到了一个地方，上面写着："富人会沦为乞丐，而穷人会成为富翁。"阿盖听了这句话后勃然大怒。

"你读的是什么经？"他问道，"大司祭，你怎么会诵读这种胡说八道的东西？难道你不知道我有多么尊贵和富有吗？我怎么可能会沦为穷人，而那些穷人又怎么可能会变成富翁呢？"

大司祭并没有听他说话，而是继续诵读自己的经书，直到完成诵经仪式，他也没有回答阿盖的问题。

于是，阿盖恼羞成怒地说道："给我把大司祭铐起来，关进地牢。把那页胡说八道的经书也给我撕掉销毁！"

大司祭被关进了地牢里，那页经书也被撕掉销毁了，国王阿盖则回到自己的宫殿参加宴会了，他在宴会上大吃大喝，好不快活。

有个年轻人在出城时偶遇一头小鹿，他还从来没有见过这么高大、漂亮的小鹿，便想用它来取悦国王，于是跑回城里，来到国王的宫殿，告诉了仆人们关于小鹿的事情。阿盖知道后，下令立马出城狩猎。

狩猎活动开始了，他们看到了那头小鹿，赶紧策马追了过去。小鹿站在那里，抬头环顾了一下狩猎的人群，好像在等着什么。阿盖从没见过这样的野兽：它的身材高大，体型匀称，头不大，却很机灵。它的犄角就像多杈的树枝，从头到尾有一俄丈那么长。

它的毛是红棕色的，又滑又亮，大腿像雪一样洁白。阿盖纵马朝小鹿骑去，奇怪，小鹿竟然没有跑开，而是用一双大眼睛直勾勾地盯着阿盖，仿佛想说点什么。阿盖离小鹿越来越近了，眼看着就到了可以射矛的距离，这时小鹿一个转身，摇晃着多杈的犄角，纵身一跳，竟然跳出了三俄丈那么远，然后开始在田野里奔跑起来。阿盖的马虽然也价值不菲，但还是被小鹿远远地甩在了后面。国王阿盖向后看了看其他的猎手，他们都被甩下了很远，几乎已经看不见他们的踪影了。他又转身向前望去，只见那头小鹿已放慢了速度。“好吧，”他想，“我一定能追上它！”于是他加快了速度向前追赶，离那白色的鹿腿的距离越来越近了，他刚想把矛射出去，小鹿又回头看了看他，又加快了速度，再次把他远远地甩在了后头。狩猎的人群早已不见了踪影，空旷的田野只剩下小鹿和骑着马的阿盖在你追我赶着。

阿盖追了半天，最后他看到小鹿朝河边的方向跑了过去。“嗯，”他想，“如果它向右转，还有可能逃掉，可如果它向左转，那就必将成为我的囊中之物了！”因为左边是一处很宽的河湾，任何动物都游不过去，到时小鹿会面临后有猎手、前有河湾的窘境，将无处可逃。而小鹿最终真的选择了左边，阿盖激动得心怦怦直跳。他一边狂奔，一边心想：“马上就到河边了，我看你还能逃到哪儿去！”小鹿跑到了河边，看到前方不远处有一座小岛，岛上布满了茂密的灌木丛和矮树丛。小鹿纵身一跃，跳进了河里，在水下潜了一会儿，就浮出水面，游到了岛上。阿盖看见小鹿钻进了灌木丛，便也骑马入河跟了过去。

可是马下到水里，才迈了三步，水就已经没到了马脖子处，再往前走，马蹄就够不着底了。阿盖只好返回河岸，心想：“反正小鹿也不会跑太远，但马在这么湍急的河流里会被淹死的。”于是，他从马背上跳下来，把马拴在了一棵灌木上，然后脱下他那身昂贵的衣服，光着身子就跳进了水里。他游啊，游啊，差点没被湍急的水流冲走，终于，他用脚探了探河底，触到了地面。“太好了，”他想，“我马上就能抓住它了。”想到这里，他也一头钻进了灌木丛。

上帝对阿盖的行为很生气。他叫来一个天使，命令他扮成阿盖的模样，穿上他的衣服，骑上他的马进城。天使按照上帝的吩咐做了。

阿盖在灌木丛中找啊找，但是并没有发现小鹿的踪影。他绕着小岛整整转了一圈，搜遍了所有的灌木丛，还是没找到它。阿盖怎么也想不明白，小鹿会去哪儿了呢？要知道，小岛前面的河很宽，没有哪个野兽能游得过去，而且即使小鹿打算游过去，他也应该能看到它。阿盖怒火中烧，但是那又能怎样呢，只能返回岸上。他从小岛回到河里，怕游泳不方便，他扔掉了长矛。终于，他游回了河岸，却发现他的马没了，衣服也没了。他更加生气了，觉得自己的东西肯定是被哪个小偷偷走了，他决定一定要严惩偷他东西的那个人。他从水里游了出来，爬上了陡峭的河岸。上面是一片空地，一个人都没有。没办法，他只能光着身子、光着脚走路了。因为不习惯光着脚走路，他的脚都被草割破了，此外，太阳还炙烤着他赤裸的身体和头。他走啊走，来到一个小山丘上，看到一个放牛的人正在山谷里放牛。阿盖停了下来，朝他摆了摆手。

“喂，”他说，“你，过来！”

放牛的人看到他，吓了一大跳：“这是从哪儿来了这么一个赤身裸体的家伙？”他边想边慢慢地朝阿盖走去。只见放牛人一只手拿着一根长长的鞭子，另一只手拿着一个桦树皮做的烟斗，穿着草鞋和破了洞的粗布上衣，肩上还挂着一个装面包的大袋子。

阿盖对他喊道：

“我叫你呢，你怎么不过来？”

“你是谁啊？”放牛人问道，“你想干吗？”

“你看见是谁偷了我的衣服和马吗？”

“你到底是谁啊？”放牛人又问。

“怎么，你连我都不认识吗？我是你们的国王，阿盖。”

放牛人打量了他一番，笑道：

“你这个傻瓜胡说些什么啊！我们的国王刚刚从我身边经过，他打完猎已经回城了。随从们找了他很久，终于找到他了，然后他们一起回城了。”

“你怎么敢？你这个贱民、无赖！”阿盖气急败坏地吼道。

“你赶紧走吧，走吧，”放牛人说，“再不走我就要拿鞭子抽你了！”

阿盖被愤怒冲昏了头脑，他甚至忘记了此刻的自己手无寸铁，就不管不顾地扑向了放牛人。他抓住了放牛人的肩膀，想要揍他，但放牛人的力气比阿盖大得多，他一下子就把阿盖撂倒在地，用桦树皮烟斗抽打着他。他打啊，打啊，直到把整个桦树皮都打烂了，才算解气。

“我让你胡说！”他说，“这就是你胡说八道的后果。快滚！”

遍体鳞伤的阿盖站了起来，慢慢挪动着步子走了。放牛人想了想，开始可怜起阿盖，他想：“我为什么这么平白无故地揍了他一顿呢？他说不定是个傻子或疯子呢！”

阿盖刚离开放牛人不一会儿，就听到他在喊自己：

“嘿，你回来！”

阿盖转过身来，看着放牛人，只见他一只手里拿着个什么东西，而另一只手正招呼自己过去。

“回来！”他喊道，“你光着身子能去哪儿呀？来，至少给你个袋子遮遮身子吧！”

阿盖站在那里，一动不动，内心感到极度的痛苦和羞愧。放牛人从腰间拔出一把小刀，在袋子上割了三个洞，一个是给头，另外两个是给手能伸进去的地方。他走到阿盖面前，说道：

“我的袋子空了，我把面包都吃光了。你这样一丝不挂地到处走总归不太好，来，把它当衬衫穿上吧。”

他把袋子套在了阿盖身上。阿盖一句话也没说，就朝城里的方向走了。他边走边琢磨着这突如其来的灾难，他不知道，为什么这种事情会发生在自己身上。很显然，那个骗子长得和他非常相像，还偷走了他的衣服和马。阿盖越想越生气：“我一定要让他知道，我，阿盖，才是真正的八面威风的国王！我要把他带到广场上，当众狠狠惩罚他！还有那个放牛人，我也绝对不会放过他的！”他这样想着，但是又突然想起是放牛人送给了自己袋子，于是感到十分羞愧。

他走啊，走啊，一直走到傍晚，离进城还有很长的一段路，他不得不在田地里过夜。他找了个干草垛，在里面睡了一夜。迎着朝霞，他又起身上路了。他走到离城市不远的一条大马路上，马路上车来人往很是热闹，大家都要去城里赶集。一个车队从他身旁走过，车夫们问他是什么人，为什么要穿着这么一个麻袋。

阿盖想起了上次放牛人的殴打，不敢再说实话了。

“我不是本地人，”他说，“我有事路过你们的城市，但是路上遇到了强盗，他们殴打了我，抢走了我所有的东西，我的马、衣服和钱都被抢走了。然后，他们给我套了个麻袋，就把我放了。”

善良的人们都很同情他，纷纷给他捐赠东西。有人给了他一件衬衫，有人给了他一条裤子，有人给了他一双旧鞋子，有人给了他一件长袍，还有一个人给了他一顶帽子。阿盖向他们逐个道谢，并询问了他们的名字和他们的住址，之后便进城去了，现在他的心情好多了。

“很快，”他想，“我的痛苦就要结束了。我一定要惩罚那个坏蛋，而那些帮助过我的人，我必须给他们奖赏。”

他径直朝大教堂的广场走去，那里有他的宫殿。他想要进入宫殿的大门，但是卫兵们没认出他，不让他进去。他害怕再被打，就溜走了。他开始思考，接下来该怎么办。在没找到那个骗子之前，想要光明正大地走进自己的宫殿是不可能的了，如果硬闯，肯定会被痛打一顿，关进监狱，然后被处死。“我需要再忍一忍”，他想。于是，他来到一个雇用临时工的集市上，混进了人群中。在一个盖房子的工地上，他找到了一个工钱很少的搬运砖头的临时工作。这份工作对他来说异常艰辛，因为他从没干过这种粗活，他的两个肩膀都被磨出了血泡，全身都伤痕累累。他在傍晚的时候才拿到工钱，他把挣到的钱分成三份，一份用来买面包吃，一份留着住旅馆，最后一份则用来买纸给妻子写信。他与妻子之间有一个秘密，这个秘密只有他们两个人知道，所以他在信上将这个秘密写了出来，期盼他的妻子凭此可以相信他。他来到宫殿旁边，碰到了妻子的一个侍女，便赶忙上前让她把信转交给妻子。而妻子的侍女看到这么一个衣着褴褛的人，也没认出他。于是，阿盖就站在大门口的不远处，等待着答复。

而阿盖的妻子，看着宫殿里在她眼前的丈夫，很难相信阿盖的信。她想，或许是丈夫向别人透露了这个秘密，而知道秘密的那个混蛋想让她难堪。她很怕自己的丈夫，知道如果让他发现自己收到了这样一封信，肯定会不由分说地惩罚自己。因此，为了把写这封信的人赶走，并恐吓他让他再也不敢来制造麻烦，她命令仆人们把阿盖抓起来，把他带到宫殿里，并狠狠地抽打了他一顿。仆人们照着王后的意思做了，狠狠地打完之后，便把奄奄一息的阿盖放了。阿盖步履蹒跚地回到旅馆的院子里，整个晚上都疼痛难忍，直到早上才勉强睡着。除了身体上的疼痛，灵魂上更是备受煎熬。无能为力的愤怒和随之而来的暴躁简直要把他撕碎，再也没有比这更让他心痛的了。

第二天就是节日了，旅馆的主人们开始准备去教堂。打扮得漂漂亮亮的女主人已走出了大门，而丈夫却不知为何在院子里磨磨蹭蹭的。妻子开始招呼丈夫。

“快走啊，”她喊道，“要不国王就要从教堂门口过去了，我们就见不到他了。”

阿盖听到这些后，马上问：

“你们的国王是谁啊？”

“你不是本地人，看来你不知道，是吗？我们的国王是阿盖啊，他统治这个城市和地区已经十二年了。他是一位非常残暴的国王，昨天我在街上只看了他一眼，就吓得魂飞魄散了。”

主人们都要出门去教堂了，而阿盖一时之间不知道该怎么办才好。他摆了摆手。“不管将来发生什么事，”他想，“都不会比现在的处境更糟糕了，即使我会被处死，我也要去揭发那个恶棍。”于是，他跟随主人们来到了大教堂，和人们一起站在教堂门前的台阶上，等待着国王从这里经过。

阿盖看到，自己的护卫队正带着战斧和长剑走过来，还有那些穿着节日盛装的大臣和官员。而锦缎华盖下走着的就是那个假国王和他的王后，他们穿着金线织的长袍，系着昂贵的宝石腰带。当阿盖看到假国王的脸时，吓了一大跳，因为上帝给他开了天眼，让他认出现在的国王就是上帝耳边的天使。阿盖惊恐地逃离了这座城市。

他跑了很长时间，已不知身在何处，也不知道自己要去哪儿。不知不觉间他来到了一处深山老林，由于太疲惫，他昏倒在树下，这一躺就是很久，他没有一丝气力，也没有任何记忆，仿佛暂时性地丢了魂儿一样。

夜里他醒了过来，感到很奇怪。他不记得过去的三天里发生了什么，也不知道为什么星星会透过树枝盯着他看，为什么他头上的树枝被风吹得沙沙作响，为什么他觉得这么冷，为什么他不是躺在自己的羽绒被褥上，而是躺在潮湿的草地上。他开始慢慢回忆，终于，把一切都想起来了。

阿盖痛苦地哭了起来。回想起自己的一生，他明白了，上帝之所以要惩罚他，并不是因为他撕掉了那一页经书，而是因为这一生他做了太多的错事。“我惹怒了上帝，”他想，“我还能得到上帝的宽容和救赎吗？”

他躺了很久，一边哭，一边为自己的罪恶懊悔。他向上帝祈求原谅和赋予他力量。而上帝原谅了他，又重新赐给了他力量。

天亮了，阿盖站起身，走出树林，他来到了上帝创造的光明世界，来到了人世间。

一年过去了，又一年过去了，阿盖的妻子仍然认为她的丈夫就是和她一起住在宫殿里的人。只是她很惊讶，为什么丈夫突然变得如此谦恭善良，不处决或惩罚任何人，也不再出门狩猎，只是去教堂里处理官司，调解百姓的争端。她和他见面的次数屈指可数，而每次见面时，他看她的眼神也变得温和起来，不再像以前那般严厉，他甚至还会对她说一些体己话，然后就转身离开，回到自己的房间，关上门，一个人坐在那里。

终于，她忍不住了，走到他的身边问他："亲爱的国王，请您告诉我，我是不是做了什么错事惹恼了您，您才会这么冷落我呢？我不知道我犯了什么错，才让您有一年多的时间都在躲避我。"

天使看了她一眼，微微地笑了，然后说道：

"你没有惹恼我，亲爱的妻子，但我向上帝发过誓，三年不与你亲密接触。现在已经是第三年了，很快你就可以像从前一样，和自己的丈夫一起生活了。"

说完，他就转身回到了自己的房间，并且关上了门。妻子哭了起来，也回到了自己的房间。

就这样，他们一起生活了三年。眼看离三年结束就差最后一周了，国王下令从全国各地召集穷人。他将在皇宫里宴请他们，给他们食物，并赐予他们国王的礼物。信使们跑遍了城市的每一个角落，各个村庄也都收到了这个指令，穷人们从四面八方赶来。在此之前，没有人知道原来这个地方有这么多的穷人。所有的马路上都挤满了穷人：瘸腿的、少腿的、断胳膊的、失明的、孱弱的、痴呆的、精神不正常的，还有老人和孩子。那些视力正常的穷人大多各走各的，而那些失明的穷人都成群结队地一起走。他们聚集到城里，人数如此之多，以至于不仅国王的院子装不下，甚至连整个教堂的广场都被占满了。

国王走进了教堂，穷人们也开始往里挤，一些人挤了进去，而那些没挤进去的人就留在了教堂前的广场上。与此同时，仆人们在广场上摆好了桌子，铺上了桌布，桌子上放满了馅饼、面包、肉、蜂蜜和各种酒。虽然穷人的人数众多，但每个人都得到了一个座位。国王从教堂里走了出来，站在台阶上，用手示意了一下，所有人都安静了下来。

“很高兴见到你们，我善良的子民们，你们多吃些盐和面包吧。大家都请坐下来，尽情地吃吧，等你们吃完了我再出来和你们交流。”

说完，他就回自己的宫殿了。大家都在桌前坐了下来。一伙盲人占了一整张桌子。这些盲人来自很远的地方，他们走得很慢，因此走了很久。他们一共有十二个人，却只有一个引路人。引路人走在最前面，两个盲人从两侧扶着他的肩膀走，每个盲人后面都有一个盲人扶着他们的肩膀走，走成两列。引路人把这些盲人都安排就座后，便开始为他们服务，给他们分发馅饼，为他们把肉切成小块，递给他们每人一个勺子。盲人们痛痛快快地吃着东西，而这个引路人却在他们之间来回跑腿，照顾着每一个人。

终于，在午饭结束后，国王从自己的房间走了出来，开始走近每张餐桌。他时不时地向某个人问点什么，或对某个人说些关心的话，仆人们则拿着钱和衣服跟在他后面，分发给每一个人。当国王走完所有的桌子后，来到最后一张桌子，也就是盲人们坐的那张桌子跟前时，那个引路人看到国王，开始浑身颤抖，脸色发白。

国王走到他面前问道：

“你也是穷人吗？”

“不，尊敬的国王，我不是穷人，我是穷人的仆人。”

“你说得很好，可敬的人！你叫什么名字？”

引路人的眼睛瞅着地面，回答说：

“人们都叫我阿列克谢。”

天使看了看他的眼睛，微笑着说：

“不是所有的谎言都是欺骗。请跟我来吧。”

引路人把那些盲人留在广场上，跟着国王进了宫殿。他们穿过人群，所有人都用惊奇的目光打量着他们，因为他们长得简直是一模一样，就像两个孪生兄弟。两个人都又高又帅，都是黑头发，脸也长得一模一样，只是引路人浓密的卷曲头发里多了很多白发，脸也因风吹日晒变得黝黑，而国王的脸却是又白又亮。

人群自动散开，给他们让出了一条道，他们走进了宫殿。天使把引路人带到一个边上的房间，对他说：

“我认出你了，阿盖，那你认识我吗？”

“我认识，先生，您是上帝派来惩罚我的。我自知罪孽深重，很是懊悔，我这一生……”

阿盖开始哭了起来，哭得非常伤心。天使站在他对面，脸上浮现出满意的笑容。阿盖抬起头，不再哭泣，他从未见过天使这般的笑容。

“对你的惩罚已经结束了，”天使说，“穿上你的长袍，拿起你的长剑和权杖，戴上你的王冠吧。但是你要永远记住，你是为什么被惩罚的，从现在起，你要用仁慈和智慧管理百姓，要做百姓的朋友。”

“不，我尊敬的国王，我不能按照您的吩咐行事。我不会再拿起长剑和权杖，也不会再戴王冠，更不会再穿长袍。我放不下我的盲人兄弟们，现在我就是他们的光、他们的食物、他们的朋友和兄弟。我和他们一起生活了三年，也为他们服务了三年，我的灵魂已经和那些穷人及弱者紧紧地连在了一起。请原谅，放我回到百姓中吧。我曾独自站在他们中间，就像站在一个石柱上，虽然身在高处，但却十分孤独，我的心变得残酷冷漠，也失去了仁爱善良。所以，我不想再回到过去，请放我回归百姓吧！”

“阿盖，你说得太好了，”天使回答道，“你走吧，去过你的平民生活吧。”

于是，阿列克谢带着他的十二个盲人离开了，他余生一直都在为盲人们和其他的穷人、弱者、被压迫者们奔波忙碌着，至死方休。

天使在三天后也离开了国王的身体。人们将国王的尸体埋葬了，对这位曾经很傲慢，后来却变得十分仁慈的国王深表哀悼，恋恋不舍。而天使也重新回到了上帝身边。

（本作品创作于 1886 年）

青蛙的一次旅行

弗谢沃洛德·米哈伊洛维奇·迦尔洵 著
原丽莹 译

从前，有一只小青蛙栖息在一片沼泽地里，平日里就靠捉些蚊子和苍蝇为食。春天的时候它会和朋友们一起呱呱大叫，声音特别洪亮。它本可以这么安安稳稳地度过一生，当然，如果它没有被鹳吃掉。但是，发生了一件意外的事。

有一天，它坐在一根露出水面的枝杈上，沐浴着一场温润的细雨。

“啊，今天的天气可真湿润啊！”它想，“生活在这个世界上多么美妙啊！”

绵绵细雨打在它那光溜溜且花花绿绿的背上，雨水顺着它白花花的大肚皮流到腿上，别提有多舒坦了。它顿时心情舒畅，高兴得差点儿叫出声。好在，它突然想起来，现在已经是秋天了，秋天的时候青蛙是不能呱呱大叫的，只有在春天才可以这么做。如果现在叫出声来，它可能会失去自己作为一只青蛙的尊严。所以它立刻闭上了嘴巴，继续安闲自得地享受着这秋日细雨。

突然，空中传来一阵尖细的、断断续续的、“嗖嗖”的声音。有一种鸭子，当它们飞翔的时候，它们的翅膀会扇动空气，发出的声音宛如唱歌，更确切地说，像是轻声打着口哨的声音。当这样一群鸭子飞过你的头顶时，空中会传来“嗖嗖”的声音，但是你可能看不见它们，因为它们飞得实在是太高了。而这一次，这群鸭子在空中划了一个巨大的半圆之后，落了下来，正好落在了青蛙待的那片沼泽地里。

“嘎嘎！”其中的一只鸭子说，“我们还要飞很远的路，得吃点儿东西再走。”

青蛙立刻藏了起来。虽然它也知道，鸭子们是不会吃它这只又大又肥的青蛙的，但是以防万一，它还是一个猛子扎到了一根沉在水里的树枝下面。可是它转念一想，还是决定从水里探出那个眼睛鼓鼓的小脑袋瓜，因为它太想知道鸭子们要飞去哪里了。

“嘎嘎！”另一只鸭子说，“天气越来越冷了，咱们快点儿往南飞吧！得快点儿往南赶路了！”

其他的鸭子也都纷纷大声“嘎嘎”叫起来，以示同意。

“鸭女士们！”青蛙鼓起勇气问道，“你们要飞去的南方是什么样子的啊？如果有打扰到你们，请原谅。”

鸭子们把青蛙团团围住了。起初，它们想吃掉青蛙，但每只鸭子都觉得青蛙的块头太大了，它们的喉咙根本吞不下去。因此，它们拍打着翅膀对青蛙叫道：

“南方可好啦！那里现在可暖和啦！那里有温暖舒适的沼泽地，虫子也别提有多好吃了！南方可真是个好地方啊！”

它们的叫声太过洪亮，以至于差点儿没把青蛙的耳朵震聋了。青蛙好不容易才说服它们安静了下来，然后在它们中间找了一个看起来最胖也最聪明的鸭子，请求它来说说南方的样子。在听完这只鸭子的讲述之后，青蛙兴奋不已，但它还是心存疑虑，毕竟它是只小心谨慎的青蛙，于是，它又问道：

“那里的蚊子和苍蝇多吗？”

“多得很，一群一群的！”这只鸭子回答道。

“呱！”青蛙高兴得叫出了声，它立马转过头来看看是否有小伙伴听到了它的叫声，要是被其他青蛙听到自己在秋天还叫，它一定会被鄙视的。但是它激动得不得了，怎么能忍得住一声都不叫呢？

“请你们带我一起走吧！”

“你这简直是痴人说梦啊！”鸭子们惊叹道，“我们怎么带你一起走呢？你连翅膀都没有！”

“你们什么时候走？”青蛙问道。

“马上，马上！”所有的鸭子都叫了起来，“嘎嘎！嘎嘎！这里太冷了！快点儿去南方吧！咱们快点儿走吧！”

“请等我一下，让我想想，就五分钟，”青蛙说，“我马上就回来，或许我能想出个什么好主意。”

它从那个本打算重新爬上去的树枝上跳进水里，猛地扎进一处水藻中，完全藏在里面，为了不让人打扰它的思考。五分钟过去了，鸭子们正打算聚在一起飞走时，青蛙突然从它刚才坐着的树枝附近钻了出来，从水里露出了它的小脸。只见它满脸放光，神采飞扬，这表情估计也只有青蛙才能做得出来。

“我想出来了！我找到办法了！”它说，“只需你们其中的两位用嘴衔住一根木棍的两端，而我咬住木棍的中间，这样，你们就可以带我飞啦！只要你们不张嘴说话，我也不张嘴说话，一切就万事大吉了！”

虽然青蛙的体重不大，但是如果带着它飞上三千俄里，而且其间还不能开口说话，想想也不是件轻松的事情。尽管如此，青蛙的智慧还是让鸭子们兴奋了起来，它们一致同意带上青蛙，并决定每两个小时换一次班。鸭子的数量正好是那道古老的数学谜题的答案——三十六只，而青蛙只有一只，因此每只鸭子轮到的次数并不是很多。它们找到一根光滑又结实的树枝，两只鸭子用嘴叼住树枝的两端，青蛙则用嘴咬住树枝的中间，它们一起飞向空中。青蛙在高空中吓得大气都不敢出，此外，带着它飞的两只鸭子飞得也高低不平，可怜的青蛙就像一个滑稽的跳梁小丑一样在空中荡来荡去的。它拼命地咬紧牙关，唯恐掉下去摔死。然而，它很快就习惯了自己的处境，已经不那么害怕了，甚至开始四处张望起来。田野、草地、河流和山川都从它的眼前“刷刷刷”地飞过，其实它几乎是看不清楚什么的，因为它的嘴正咬住树枝，身体悬挂在空中，它只是向后瞅了瞅，又稍微朝上面看了看，终究还是看到了些什么，它感到既高兴又自豪。

“我想出来的这个主意真是太棒了！”它暗自想道。

而跟在它后面飞的其他鸭子们，也都纷纷对它表示赞美。

“咱们小青蛙的脑袋瓜实在是太聪明了，”它们说，“在我们鸭子中间可是很难找到这样聪明的脑袋。”

青蛙几乎要忍不住张开口来感谢鸭子们的赞美，但它想起来，如果它这么做，它就会从高空中摔下去的。想到这里，它把牙关咬得更紧了，决定先忍住不说话。就这样，它在空中飘荡了一整天，带它飞的鸭子们中间换了几次班，每次换班时它们都动作敏捷地叼住了树枝，但青蛙还是很害怕。它不止一次吓得几乎要大叫起来，但是要想克服这种恐惧感，就必须拥有无比强大的内心，而这一点它的确有。傍晚，鸭子们和青蛙停在一片沼泽地里休息了一晚，第二天黎明时分它们又启程了。但这一次，为了能更好地看清楚路上的风景，青蛙旅行家采取背过身咬住树枝的方法，让它的背部冲着前进的方向。鸭子们飞过刚刚收割完庄稼的田野，掠过叶子已发黄的树林，穿过堆满粮垛的村庄，隐约间还可以听到人们的谈话声和打谷机链条转动的声音。人们看着这群鸭子，发现了一点儿奇怪的东西，他们用手指指点点。青蛙非常想飞得离地面更近些，以便展示自己，也想听听人们是怎么谈论它的。所以在下一次休息的时候，它说：

“我们能不能不飞这么高？飞这么高让我头晕，我担心一旦我头晕就会摔下去。”

善良的鸭子们答应了。第二天，它们飞得很低，低到可以听到人们的说话声。

“快看，快看啊！”一个村子里的孩子们尖叫道，“鸭子们带着一只青蛙！”

青蛙听到后，心怦怦直跳。

“快看，快看啊！”另一个村子里的大人们惊叹道，“真是太奇妙啦！”

“他们是否知道这是我的主意，而不是鸭子们的主意呢？”青蛙想。

“快看，快看啊！”第三个村子里的人也大喊道，“真是太奇妙啦！这是谁这么聪明，能想出来这么绝佳的主意呢？”

青蛙再也忍不住了，它将一切都抛之脑后，拼尽全力地喊道：

“是我！是我！”

伴随着这声喊叫，它的头朝下，从高空朝地面摔了下去。鸭子们大声惊叫起来,其中一只鸭子试图飞过去抓住可怜的同伴，但它失败了。青蛙抽搐着四条腿，迅速朝地面跌下来，但由于鸭子们飞得很快，它并没有在它喊叫的地方直接掉下来，也就是说，它没有掉在硬邦邦的土地上，而是被甩到了更远的地方。这是它最大的幸运，因为它掉进了村子边上的一个脏兮兮的池塘里。

很快，它就从水里钻了出来，立马急吼吼地喊道：

“是我！是我想出来的好主意！”

但它周围什么人也没有。当地的青蛙们被突然掉落的高空飞物吓得惊呆了，都躲在水里不敢出来。当它们从水里钻出来的时候，都惊奇地看着这只新来的青蛙。

青蛙给它们讲述了自己充满奇遇的故事，讲了它是怎样想了一辈子，最后才想出了这么一个神奇的乘鸭子旅行的方式；讲了鸭子们归它私人所有，它想去哪里，鸭子们就会带它去哪里；还讲了它已去过的南方，那里简直就是“蛙”间天堂，有广阔且温暖的沼泽地，还有不计其数的蚊子和各种好吃的昆虫。

“我就是顺路来你们这里逛逛，看看你们过得怎么样，”它说，“我会在你们这里待到春天，到时候，那些被我放走的鸭子就会回来接我。”

然而，鸭子们再也没有回来。它们以为青蛙被摔死了，并为它感到难过。

（本作品创作于 1887 年）

04

鲍里斯·斯捷潘诺维奇·日特科夫

Борис Степанович Житков

《猫鼬》

鲍里斯·斯捷潘诺维奇·日特科夫

Борис Степанович
Житков

鲍里斯·斯捷潘诺维奇·日特科夫（1882—1938），俄罗斯苏联时期著名儿童文学作家、旅行家和探险家。他知识广博，文理兼通，从事过许多职业，当过科考船船长、海军军官、工程师，教过物理、化学和制图课，打过猎，捕过鱼。他还是鱼类学家。他做过环球旅行，对海洋和港口非常熟悉。日特科夫一生共创作了 192 部作品。1924 年发表小说集《凶恶的大海》，受到读者广泛好评。他用浪漫的笔调和教育家特有的柔婉为少年儿童创作了近五十本书，代表作品有《海的故事》《我都见过些什么》《猫鼬》，以及大量精彩的动物故事。

猫鼬

鲍里斯·斯捷潘诺维奇·日特科夫 著

吴涵 译

有一个水手非常想要一只猫鼬。他在锡兰岛上买了两只这样的小动物。猫鼬帮助他捕获了一条爬上船的蛇。以下是他讲给我们的故事：

我非常想要一只地地道道的、活泼可爱的、只属于我自己的猫鼬，所以我决定，在我们的船到达锡兰岛时，我一定要给自己买一只猫鼬，无论要价多少，我都会买。

我们的船终于停靠在了锡兰岛。我想尽快上岸，尽快找到售卖这种小动物的地方。突然，一个黑人上了我们的船（当地人都是黑皮肤），船上所有人都围住了他，大家聚在一起，笑着，闹着。这时有人喊道："猫鼬！"我赶忙冲了过去，推搡着钻进了人群，我看到一个黑人拿着一个笼子，里面有灰色的小动物。我很担心它们会被别人抢先买走，所以直接对着那个人喊道：

"多少钱？"

一开始，他被我的喊声吓了一跳，然后他明白了我的用意，伸出了三根手指，接着就把笼子塞到我手里。也就是说，连笼子在内一共三卢布，而且不是一只猫鼬，是两只！我立刻付了钱，这之后才松了一口气——我高兴得快要喘不过气来了！我高兴得竟忘了问这个黑人该给猫鼬喂什么食物，也忘了问它们是驯养的还是野生的。万一它们咬人怎么办？我幡然醒悟过来，赶紧跑过去追那个人，但他早已不见了踪影。

我决定自己试试猫鼬到底咬不咬人。我将手指通过笼子的枝条伸进了笼子。还没等我伸进去呢，它们已经准备好攻击我了——我的一根手指已经被抓住了。抓住我手指的是一双劲儿大的、长着指甲的小爪子。一只猫鼬迅速地咬住了我的手指，但我一点儿也没感到疼——这是它故意的，它在跟我玩呢。另一个则蜷缩在笼子的角落里，一双明亮的黑色眼睛在斜视着我。

我想马上把那只和我咬着玩的猫鼬放到手上，摸一摸它。我刚打开笼子，这只猫鼬就哧溜一下跑了出来，迅速地在船舱里乱窜起来。它在船舱的地板上跑来跑去，不停地东闻西嗅，发出咯咯的叫声。咯咯！这声音像乌鸦一样。我想抓住它，就弯下腰，伸出我的手，一眨眼的工夫，它就从我的手边钻进了我的袖子。我一抬胳膊，它又麻利地跑了——猫鼬已经钻到我的怀里了。它从我的怀里探出了头，欢快地叫了一声，又躲了起来。这时我感到它已经钻到我的腋下了，正要钻进我的另一只袖子，又从另一只袖子里跳了出来。我想抚摸它，刚要举起手，猫鼬又一下子四个爪子同时向上弹跳起来，好像每只爪子上都装了一个弹簧。我的手像开枪射击时一样，猛地向后缩了一下。可猫鼬却从下面用快乐的眼神看了我一眼，又咯咯地叫了一声。我一看，它自己已经爬到了我的膝上，就地开始表演它的绝技了：一会儿把身体蜷缩成一团，一会儿又瞬间舒展四肢，一会儿像烟囱一样竖起尾巴，一会儿又把脑袋藏到两条后腿之间。它和我玩得那么轻松、那么快乐，但这时突然有人敲我的舱门，叫我出去干活了。

我们需要把十五根巨大的印度树种的树干搬到甲板上。这些树种的树干歪歪扭扭，其中有许多折断了的枝节，树皮上面有许多窟窿，很粗壮，像是刚从森林里采伐出来的一样。但从锯开的那一端可以看出它们的内在是多么美丽——它们里面的颜色是粉红色、红色和全黑色的！我们把它们堆放在甲板上，并用铁链子把它们牢牢地固定起来，以免它们在船航行时滚入大海。我一边工作，一边在想：“不知我的两只猫鼬怎么样了？我可什么吃的东西也没有给它们留下。”

我问了几个黑人搬运工，以及那些从岸上来的当地人，是否知道如何喂养猫鼬，但他们什么都听不懂，只是微笑。我们的人却说：

“多给它们几样东西，它们自己会挑出来想要吃的东西。”

我从厨师那里要了肉，买了很多香蕉，弄来了面包，还拿来了一小碟牛奶。我把这些东西都放在船舱中间的地上，之后就打开了笼子，然后我自己爬到床上开始观察。那只野生猫鼬率先从笼子里跳了出来，它和驯养的那只猫鼬一起都扑向了肉。它们用牙齿撕扯着肉，咯咯地叫着，咕咕地咀嚼着，喝着牛奶，然后驯养的那只猫鼬抓起了一根香蕉，把它拖到角落里。野生的那只嗖地一跳，就跳到了和它并排的位置。我想看看接下来会发生什么，就从床上跳了下来，但是已经来不及了，猫鼬已经往回跑了。它们舔了舔自己的嘴角，香蕉只剩下皮了，像破布一样被弃在地板上。

第二天早上，我们的船已经出发了。我把自己的船舱里挂满了一串串香蕉。这些香蕉在天花板下面的一根根绳索上摇晃着。这是为两只猫鼬准备的食物，我每次给它们一点儿——这些足够它们吃很长时间。我把驯养的那只猫鼬先放出了笼子，它现在在我的身上跳来跳去，我半闭着眼睛，一动不动地躺着。

我看到猫鼬跳到了书架上，现在它已爬到了圆形舷窗的窗格上。窗格有点儿摇晃，因为轮船在摇晃。猫鼬紧紧地抓住了窗格，它低头看着我。我屏住了呼吸，一动不动地躺在那里。猫鼬用爪子撞了一下舷窗，窗格就斜到了一边。就在窗格与香蕉对上的那一瞬间，猫鼬使劲儿向上一冲，就跳了起来，两只爪子抓住了一根香蕉。有一个瞬间它就悬在天花板下的空中。但是香蕉掉在了地上，猫鼬扑通一声掉落在了地板上。不对！掉落下来的是香蕉。猫鼬一跳，四个爪子稳稳地着地了。我迅速起身一看，这时猫鼬已经把香蕉拖到床底下吃去了。不一会儿的工夫，它就从床底走了出来，嘴角沾满了香蕉。它心满意足地咯咯叫了起来。

唉！我不得不把香蕉挪到船舱中央，因为猫鼬已经试着借助挂在墙边的毛巾爬得更高了。它和猴子一样会攀爬，它的爪子像人的手一样，劲儿大、灵活、敏捷。它一点儿也不怕我。我把它放在甲板上晒太阳，它马上像主人一样在甲板上跑来跑去，用鼻子四处嗅着，好像它生来就没去过别的地方，这里就是它的家一样。

但我们这艘船的甲板上早就有自己的主人了。这个主人不是船长，而是猫。这只猫又大又肥，脖子上戴着一个铜项圈。天气晴朗时，它会在甲板上高傲地走来走去。那天正好天气晴朗，太阳高悬在桅杆上方。猫从厨房走了出来，它想检查一下周围是否有什么变化。

它看见了猫鼬，就飞快地跑了过去，然后小心翼翼地向它靠近。它沿着一根铁管子走过来，那根铁管子一直延伸到甲板上，猫鼬正好在那根铁管子附近玩耍。它好像没看见猫，而猫已经在它的正上方了。猫只要一伸爪子就可以抓住它的背了。猫一直在等待时机。我一下子就猜到了接下来要发生什么。猫鼬完全没有防范，它背对着猫，在甲板上嗅来嗅去的，可那只猫已经瞄准了它。

我快速跑了过去，但还没等我跑到地方，猫已经伸出了爪子。就在情况十分危急的时刻，猫鼬把头伸到两条后腿之间，张开了嘴，大叫了一声，而它巨大的、毛茸茸的尾巴像杆子一样竖了起来，又像一个擦煤油灯玻璃罩的圆滚刷一样。一瞬间，猫鼬就变成了一个我们从未见过的怪物。猫往后退了一步，仿佛碰到了滚烫的铁器。它转过身，尾巴也像杆子一样竖了起来，头也不回地溜之大吉了。猫鼬则像什么事也没发生一样，又在甲板上跑来跑去、嗅来嗅去的了。但自那以后，漂亮的猫就很少出现在甲板上了。只要猫鼬在甲板上，就别想在这里见到猫。这只猫通常被叫“咪咪”或“瓦先卡”。厨师想用肉引诱猫出来，但他搜遍了整艘船也没找到这只猫。现在经常出现在厨房里的是猫鼬：它们咯咯地叫着，向厨师要肉吃。可怜的瓦先卡只有在夜里才敢溜进厨师的船舱，让厨师喂肉给它吃。只有夜里在猫鼬被关在笼子里的时候，瓦先卡才敢出来。

但有一天夜里，甲板上的叫喊声把我惊醒了。是人们发出的惊恐的尖叫声。我赶紧穿好衣服，冲了出去。锅炉工费奥多尔大喊大叫着说他刚值班回来，就看见从这些印度树堆里，也就是从这一堆木头里爬出来一条蛇，现在又躲回里面了。他说那条蛇有手臂那么粗，大概有两俄丈长，还说那条蛇甚至把头伸出来冲向了他。没有人相信费奥多尔的话，但他们还是提心吊胆地看着那堆印度树。大家都担心，万一真的有一条蛇呢？就算没有手臂那么粗，可万一是条毒蛇呢？万一夜里从这里经过碰上它呢？有人说："它们喜欢温暖的地方，它们会爬到人们的床上。"大家都不说话了。突然，所有人都转头看向了我。

"怎么样，把你的小动物——猫鼬放到这里吧！让它们……"

我很担心野生的那只猫鼬夜里会跑掉。不过已经没有时间考虑了，已经有人跑进我的舱室把猫鼬的笼子取了过来。我在紧靠木头堆尽头的地方打开了笼子，从这个方向可以看见树干之间黑暗的空隙。有人打开了枝型吊灯。我看到驯养的那只猫鼬第一个钻进了黑暗的通道，野生的那只也紧随其后。我担心它们被这些沉重的原木夹住爪子或尾巴。不过我的担心为时已晚，因为两只猫鼬都已经钻进去了。

"拿铁棒来！"有人喊道。

而费奥多尔已经手持斧头站在这里了。接着大家一声不吭，开始听木头堆里的动静。但是除了木头本身的嘎吱声，什么也听不到。忽然有人喊道：

"你看你看！尾巴！"

费奥多尔挥了挥斧头，其他人却往远处退去。我抓住了费奥多尔的手。他因为害怕，差点儿没把斧头砍在尾巴上。这尾巴不是蛇的，而是猫鼬的——它时而露出来，时而又收了进去。后来又露出了猫鼬的两只后爪，它的爪子紧紧地抓住了木头，显然是有什么东西在把它往后拖。

“有没有谁来帮它一下啊？你们没看见吗，它力气不够了！”费奥多尔大声喊道。

“你怎么不去帮？就知道指挥别人！”人群中有人回应道。

谁也没有上前帮助猫鼬，所有人都在向后退，就连手持斧头的费奥多尔也不例外。突然，猫鼬灵巧地挣脱出来了，看得出它全身都蜷曲了起来，爪子紧紧地抓住了木头。只见它猛地向前一使劲儿，就把蛇的尾巴拖了出来。但蛇使劲儿地摇晃着尾巴，把猫鼬嗖地一下向上甩去，又啪地一下，把猫鼬摔到甲板上。

“完了，完了！这下猫鼬要被摔死了！”周围有人喊道。

但是我的那只野生的猫鼬眨眼间就站了起来，它依然紧咬住蛇尾，用自己尖利的小牙齿扎进了蛇身。蛇把身体缩了起来，又把这只野生的猫鼬往黑暗的木头缝里拽。然而野生的猫鼬用四个爪子紧抓住地面，使劲儿地往外拖拽着蛇，蛇身被拖出的部分已经越来越多。

这条蛇有两根手指那么粗，它的尾巴像树条一样敲打着甲板，尾巴的末端被猫鼬紧紧咬住，猫鼬被它东一下西一下地甩来甩去。我想砍下这段尾巴，但是费奥多尔和他的斧头不知去向了。大伙儿都在喊他，他却没有任何回应。所有人都惊恐地等待着蛇头的出现。现在已经到了你死我活的殊死搏斗阶段，蛇头很快就要露出来了。怎么？这不是蛇头，是猫鼬的头！这时驯养的那只猫鼬跳上了甲板，它从侧面用牙齿咬住了蛇的脖子。蛇扭动着身体，挣扎着，它把两只猫鼬都往甲板上摔打，但它们仍死死咬住蛇不松口，就跟蚂蟥似的吸附在蛇的身上。

忽然有人大喊了一声：

“打！”

于是这个人开始用棒子往蛇身上打。

大家一呼而上，随便抓起什么就往蛇身上打。我担心在慌乱中他们会把我的猫鼬打死，便把野生的那只猫鼬从蛇尾巴上拉了下来。

它恼怒至极，甚至还咬了我的手。它还在拼命地从我手里挣脱，四个爪子到处抓挠。我摘下自己的帽子，罩住了它的脑袋。驯养的那只猫鼬是由我的一位同事从蛇身上拉下来的。我们把两只猫鼬关进了笼子。它们叫着，拼命地往外冲着，用牙齿咬着笼子上的枝条。

我扔给它们一块肉，可它们看也不看。我关了舱室的灯，出去用碘酒给被野生的那只猫鼬咬伤的手消毒。

而在甲板上，大家还在打蛇。后来它被扔进了大海。

从那以后，大家都很喜欢我的猫鼬，有什么吃的就拿来喂它们。驯养的那只猫鼬跟所有人都熟悉了，傍晚时很难把它叫回来，因为它永远在别人的舱室里做客。它灵活敏捷地在索具上爬上爬下。有一天傍晚，灯已经点亮了，猫鼬沿着与船舷相连的绳索向桅杆爬去。大家都仰起头看着，欣赏着它的机灵。这根绳索一直连到桅杆，再往前是一块光滑的木头。但是猫鼬整个身子一转，就灵巧地避开了光滑的木头，抓住了铜管。铜管和桅杆是横向交叉的，里面有连接桅顶灯的电线。猫鼬越爬越高，大伙儿在下面鼓掌。突然电工叫了一声：

“那里的电线是漏电的！”说着他便跑去关电源。

但是猫鼬已经抓住了裸露的电线。它触电了，从高处摔了下来。人们抓住了它，但它已经一动不动了。

它的身体还是热的。我赶紧把它送去医生的舱室，但医生舱室的门却锁着。我冲进自己的舱室，小心地把猫鼬放在枕头上，自己则跑去找医生。“或许他还能救活我的小猫鼬？”我心想。于是我在船上到处跑，不过已经有人告诉了医生，所以他正快步迎面向我走来。我想再跑快点儿，便拉起了医生的手，我们快速走进了我的舱房。

“咦，它在哪儿呀？”医生问。

是啊，它到底去哪儿了呢？枕头上没有。我看了看床下面，用手摸索一阵。突然间，咯咯！猫鼬从床下面跳了出来，似乎什么事也没发生，完好无损。

医生说也许是电流暂时把它击晕了，在我跑去找医生时它就苏醒了。我真是太高兴了！我一直把它贴在我的脸上，抚摸着它。这时大家都来到我的房间，都很高兴地爱抚着猫鼬。大家是多么欣喜若狂呀！

野生的那只猫鼬后来也完全被驯化了，下船后我把两只猫鼬都带回了自己的家。

（本作品创作于1935年）

05

米哈伊尔·米哈伊洛维奇·左琴科

Михаил Михайлович Зощенко

《住院记》

《偶遇》

《模范儿童》

《最重要的东西》

《奶奶的礼物》

《三十年后》

《不要说谎》

《掉在地上的宝物》

米哈伊尔·米哈伊洛维奇·左琴科

Михаил
Михайлович
Зощенко

米哈伊尔·米哈伊洛维奇·左琴科（1895—1958），俄罗斯苏联时期作家、剧作家、翻译家。生于乌克兰波尔塔瓦市，曾于彼得堡大学（今圣彼得堡国立大学）学习法律，但因付不起学费而退学。左琴科于 1915 年入伍参加“一战”，在战争中负伤，复原后在圣彼得堡的邮局工作，后来又从事过警察、鞋匠、木匠、文员、会计助理等职业，最终他决定成为一名作家。1922 年，小说《蓝肚皮先生纳扎尔·伊里奇的故事》问世，小说讽刺了革命成功之后很多人身上的小市民习气，深受读者的欢迎。在接下来的几年里，左琴科陆续出版了《拉兹诺提克》《贵族》《快乐生活》等作品，作品的主人公大多是市民阶层、普通百姓和公务人员，作家擅于从日常琐事中摄取题材，以幽默讽刺的写作风格反映出形形色色的市侩心理、庸俗习气和官僚主义作风。20 世纪 30 年代后期，左琴科决定专注于儿童故事，他在《刺猬》和《黄雀》等儿童杂志上发表儿童文学作品，并很快推出了童话小说集《列丽亚和米尼卡》，当中包括《伟大的旅行者》《金玉良言》《奶奶的礼物》等优秀儿童文学作品。

住院记

米哈伊尔·米哈伊洛维奇·左琴科 著

张婵 译

坦白地说，我生病时宁愿待在家里。

当然，生病的时候去医院应当是更明智的选择，这没什么可争辩的，他们连食物所含的热量都会帮你考虑到。不过，俗话说得好：金窝银窝，不如自家的草窝。

我曾因患了胃肠感冒而住进了医院，家里人认为住院会让我减轻些病痛。

不过这样做却没能如他们所愿，因为我住进了一家很特别的医院，那里实在让我感觉不怎么舒服。

病人刚被送到医院，才登记完名字，突然就看到墙上贴着的标语："三点到四点交付遗体。"

不知道别的病人怎么想，反正当我看到这条标语后，就立刻两腿发抖。主要是我当时正发着高烧，身体十分虚弱，感觉自己的生命岌岌可危，却突然读到这样的丧气话。

我对正在给我做登记的男人说：

“你们怎么回事儿，医生同志？你们怎么能贴出这么露骨的字眼呢？不管怎么说，病人也不愿意看到这个吧。”

我的话让这个不知是医生还是药剂师的人感到非常惊讶，他答道：

“瞧瞧，这病人，走路都晃晃悠悠的，烧得都快没气儿了，还在对周围的事情发表不满呢！还是等您病好了再批评吧，不然我们真的会像那上面写的那样，三点到四点把您推出去，到那时您可比谁都有发言权了。”

我真想和这个医生大吵一架，可我发着39.8℃的高烧，也没力气跟他吵下去了。我只对他说：

“你等着，臭看病的，等我病好了，我再让你为自己的这些蠢话负责。难道能让病人听这种话吗？这不是从精神上打击病人吗？”

医生惊讶于一个病得这么重的人还能跟他这样争论，立刻就不说话了。这时，一个护士快步走了过来。

“走吧，”她说，“患者，咱们去冲洗槽。”

可她的话又让我汗毛直立。

“最好别这么说，”我说，“那不叫冲洗槽，而叫洗浴室。这个词听起来好一点儿，病人会感觉更舒服些。我又不是马，为什么要被冲洗。”

护士说：

“您可别看人家病着，却能注意到各种细节呢。如果什么闲事都要管，您的病没准儿好不了了。”

这时，她把我带到了浴室，让我把衣服脱掉。

我正要开始脱衣服，忽然发现浴池的水里露出个脑袋，好像是个老太太，她在水里坐着，应该也是个病人。

我对护士说：

“你们这群‘狗崽子’，这是把我带到哪儿来了？女浴池吗？那里面都有人在洗澡了。”

护士说：

“是有个病号老太太在里面，您不用管她，她发着高烧呢，对任何事情都不会在意的。所以您不用不好意思，您先把衣服脱掉，趁这空档我们会把老太太从浴池里拉上来，给您换上水。”

我答道：

“老太太可能不在乎，可是我在乎呀！我肯定不能容忍你们这浴池里还有别人和我一起洗澡啊！”

这时那个医生又来了。

“我啊，”他说，“我是头一回看到这么难伺候的病人，这个人简直是不可理喻，不是对这不满意，就是对那有意见。一个快要死了的老太太在那儿洗澡，他还要发表意见。这个老太太可能都要烧过40℃了，什么都顾不上了，人家把一切都看淡了。就算您多看她几眼，她也不会因为这个再多活上五分钟。话又说回来，我倒是更希望到我们这儿来的病人都是没有意识的，至少那样什么都合他们的心意，也不会跟我们争论什么了。”

这时，那个正在洗澡的老太太的声音传了过来。

“拽我出去，”她说道，“快把我从这水里拽出去，不然我一会儿自己出去，看我怎么跟你们这些人算账。”

他们赶紧把老太太弄了出来，又嘱咐我赶紧脱衣服。

就在我脱衣服的时候，他们迅速地把浴池换上了热水，让我坐到里面。

他们知道了我的脾气，所以没再跟我理论，我说什么他们也都尽量附和。只不过在我洗澡之后，他们发给我一套超大的病号服，我穿着根本不合身。我以为他们是故意针对我，给我这样一套不合尺寸的衣服，可后来我发现，在医院里这是再平常不过的现象了：身材矮小的病人通常都裹在大病号服里，而身材高大的病人身上穿的衣服却是又短又瘦的。

相比之下，我的衣服甚至还算是不错的，我的病号标签是印在上衣袖口上的，不大影响整体的美观，而其他病人的标签有的印在后背上，有的印到胸口上，这的确在无形之中伤害了病人的自尊。

鉴于我的体温越来越高，我并没有因为这件事再去跟他们争执。

我被安排到一个小病房里，这里住了大概有三十个患有各种病的病人，有些人看上去病得很重，有些则已经恢复得差不多了。几个人在吹口哨，几个人在下棋，还有几个人在病房和储藏间里来回溜达，一字一顿地读着病人们床头上的字。

我对护士说：

“我难道是住进了精神病院吗？您可以坦率地告诉我，我每年都住院，可从来没见过这样的。医院都是安安静静、井然有序的，可你们这里简直就是大市场。”

护士回答我说：

“也许您可以要求我们把您安排到单人间里，再派个哨兵站岗，好给您驱赶苍蝇和跳蚤什么的。”

我提高了嗓门，想把主管医生喊过来，然而事与愿违，主管医生没来，反倒是一开始的那个医生又来了。当时我的身体状况十分虚弱，一见到他，我就完全失去了意识。

我醒过来好像已经是三天之后了。

护士对我说：

“瞧，您的身子骨可真硬朗，您把所有的坎儿都挺过去了，甚至我们不小心让您躺在了敞开的窗户旁边，可没想到您还是醒过来了。所以现在呢，要是您不再被邻床的病人传染的话，我们就要诚心诚意地祝贺您痊愈啦！”

我终究没有病得更重，只不过在临出院时，我患上了一种儿童常见病——百日咳。

护士说：

“您应该是被隔壁房间的病菌传染了，那边是儿童住院部。可能您不小心用了患百日咳的孩子的餐具，就这样被传染了。”

总之，我的身体机能很快好转，我再次康复了。然而就在我办理出院手续的时候，我又一次生病了，可以说是受尽了苦头。这次是神经性疾病，由于精神紧张，我的皮肤起了类似皮疹的小疙瘩。医生说：“不要焦虑，您这个病慢慢会好的。”

可我之所以焦虑，正是因为他们不给我办理出院手续。不是把我忘在脑后，就是缺少什么文件，要么是因为某人没来，没办法给我办理出院手续，要么就是他们医院里来了很多女患者，整个医院的工作人员被折腾得疲惫不堪，他们已无暇顾及我的需求。

医生说：

“我们这儿已人满为患了，所以才来不及给病人办理出院手续，更何况，您才多住了八天就这样大吵大闹的，这里有些病人已经康复三周了都还没有出院，他们都还在耐心地等待着呢！”

不过，他们还是很快让我出院了，我终于回到了家。

妻子说：

“你知道吗，彼佳，一周前我们还以为你死了。从医院来了一张通知单，上面写着‘接此通知后，请尽快到医院接收您丈夫的遗体’。”

原来，我的妻子曾经去过医院，不过医院那方给她道了歉，说是部门弄错了，去世的是另一个病人，不知怎么他们觉得那个人是我。尽管那时我的病已经好了，只是因为精神紧张起了疹子。总之，我对这件事感到一种莫名的不快，想去医院随便找个人大骂一顿，但是当我回想起发生在那里的一切，您懂的，我就没有去。

所以，现在我生病时宁愿待在家里。

（本作品创作于 1936 年）

偶　遇

米哈伊尔·米哈伊洛维奇·左琴科　著

张婵　译

坦率地说，我特别喜欢跟人打交道。

您知道吗，有的人在狗身上同情心泛滥，给狗洗澡，用链子牵着狗散步，可我觉得人比狗要亲切可爱得多。

但我不得不承认，尽管我对人满怀热忱，可我从来没见过无私的人。

曾经有一个品行高尚的小伙子在我的人生中昙花一现，不过即便是现在，一想起他的事来，我还是百思不得其解。我无法确定他当时的想法，不知道他在做无私奉献的好事时究竟是怎么想的。

当时我正从雅尔塔往阿卢普卡*走，你知道吗，我可是沿着公路步行。我当年是要去克里米亚，到那里的疗养院休假。

* 雅尔塔和阿卢普卡是位于克里米亚半岛南部海岸的城市，著名度假地。——译者注

我一边走，一边欣赏克里米亚的自然风光。在我左边是湛蓝的大海，海上漂浮着许多船只，右边是高耸的山峦，雄鹰在蓝天下展翅飞翔。可以说，这是难得一见的绝世美景。

只有一点不好——天气太热了。在这种炎热的天气下，再好的美景也无心慢慢欣赏。当你从美丽的景色中转过头继续走在公路上的时候，口中立刻就塞满沙土。

走了七俄里之后，我累得筋疲力尽，天知道离阿卢普卡还有多远的路呢！或许还要走上十几俄里，我悔不当初——真不应该选择步行出门的。

又走了大约一俄里，我已经汗流浃背了，于是在路边坐下了。我正坐在那儿休息，突然看到后面有个人走过来，离我大约有五百步远。

周围是一片荒凉，没有人烟，只有老鹰在上空盘旋。

我当时并没有往坏处想，不过，尽管我对人满腔热忱，倒也不愿意在这种人烟稀少的地方跟人相遇，毕竟罪恶的诱惑太多了，什么都有可能发生。

我站起身，再次出发了。走了一段路之后，我扭过头，那个人已经离我很近了，于是我加快了脚步，而他好像也跟得更紧了。

我只顾着快速向前走，无暇再去观赏克里米亚的风景，想着只要能平安地到达阿卢普卡就好。我一转身，看到他正对我挥手，我也朝他摆了摆手，我的意思是：行行好吧，别再跟着我了。

我听到他在喊着什么，心想：混蛋，我被他缠上了！我飞快地向前走去，可又一次听到了他的喊声，他跑着向我追了过来。

我已顾不上筋疲力尽，也跑了起来，但只跑了一会儿便气喘吁吁了。

他在我身后大喊：

“站住！站住！同志！”

我将身体靠在崖壁上，停了下来。

一个衣着并不光鲜的人跑到我跟前，他脚上踩着双凉鞋，上身没穿衬衫，只披着一张渔网。

“我说，您叫我有什么事儿吗？”

“没什么，”他说道，“没什么重要的事儿，我看到您走错路了，您是要去阿卢普卡吗？”

“对啊，是去阿卢普卡。”

“那样的话，”他说，“您不该顺着公路走，走公路还要走很长一段的冤枉路。游客们经常在这个地方迷路，去那儿的话要走小路的，能少走四俄里呢，一路上阴凉的地方也多。”

“还是算了吧，”我回答道，“多谢了，我还是沿着公路走吧。”

“好吧，”他说，“随便您吧，我要走小路了。”

他转身往回走，然后又说：

“同志，您有烟吗？我想抽支烟。”

我递给他一支烟，就这样，我们立刻熟络起来，开始一同赶路——我跟他走了小路。

其实他是个很讨人喜欢的人。他是食品厂的工人，这一路上他都在取笑我。

“真是的，”他说，“一眼没顾到您就走错了，我看您走的方向不对了，就想着告诉您一声，您倒好，一直在往前跑，您跑什么呀？”

“可不，”我说，“瞧我走了多少冤枉路。”

我们沿着这条阴凉小路，不知不觉就走到了阿卢普卡，在那里我们道了别。

整个晚上我都在想这个食品厂工人的事。

这个人跑得气喘吁吁，凉鞋都跑坏了，到底是为了什么呢？就是为了告诉我应该往哪儿走，从他的角度来说，这实在是太高尚了。

现在我已经回到了列宁格勒，我在想：谁知道呢，也许他当时真的特别想抽烟？可能他只是想跟我要支烟才跑过来的。又或许他一个人走路很无聊，想找个伴儿一起走吧。

我始终还是不明白。

（本作品创作于 1937 年）

模范儿童

米哈伊尔·米哈伊洛维奇·左琴科 著
张婵 译

从前，列宁格勒住着一个叫帕夫利克的小男孩，他跟妈妈、爸爸和奶奶一起生活。他们家还有一只小猫，叫布宾奇克。

早上，爸爸去上班了，妈妈也出去了，家里只剩下帕夫利克和奶奶两个人。

奶奶年纪大了，她喜欢坐在沙发椅上睡觉。

这不，爸爸出门了，妈妈也走了，奶奶正坐在沙发椅上，帕夫利克就在地板上逗着小猫玩儿，他想让小猫用后腿站起来走路，可小猫不愿意，喵喵地叫着表示抗议。

突然，门口台阶旁边的门铃响了，奶奶和帕夫利克走过去开门。来的是邮递员，他带来了一封信。帕夫利克拿着信，说：

“我要亲自交给爸爸。”

邮递员走了。帕夫利克想接着跟小猫玩，可他突然发现小猫不见了。帕夫利克对奶奶说：

“奶奶，这可真是奇怪了，咱们的布宾奇克不知道跑哪儿去了！”

奶奶说：

“可能是在我们给邮递员开门的时候，布宾奇克趁机跑出去了吧。”

帕夫利克说：

“不，一定是邮递员把我的布宾奇克抱走了。他大概是故意来送信，借机把我训练好的小猫抱走了，真是个狡猾的邮递员。”

奶奶笑了起来，她开玩笑似的说道：

“明天等邮递员来了，我们把这封信还给他，把我们的小猫换回来。”

奶奶坐到沙发椅上，又睡着了。

帕夫利克穿上自己的大衣，戴上棉帽，抓起信就悄悄出了门。

“我最好现在就把信还给邮递员，”他心想，“这样马上就能从他那儿要回我的小猫了。”

帕夫利克走到院子里，发现邮递员已经不在那儿了。

帕夫利克又走到街上，他在街头四下张望——哪儿也没有邮递员的踪影。

突然，一个褐色头发的阿姨说：

“哎呀，大家快瞧瞧啊，这么小的一个孩子竟然一个人走在大街上呢！他准是跟妈妈走散了，迷了路。哎，快点儿叫警察来吧！”

一个带着哨子的警察来了，这个阿姨对他说：

“您瞧瞧，这个男孩也就四五岁，他一定是迷路了。”

警察说：

“这个男孩手里拿着信，信上可能有他家的地址，咱们看一下地址，把这个孩子送回家。幸好他随身带着这封信。”

这个阿姨说：

“有的国家很多父母会故意在孩子的衣兜里放一封信，就是怕孩子走丢。”

说着，阿姨就要从帕夫利克手里把信拿过来。

帕夫利克对她说：

“您担心什么啊？我知道我的家在哪儿。”

阿姨很惊讶，小男孩胆子可真大，竟然敢这么跟她说话，惊得她差点儿跌进旁边的水坑里。她定了定神，说道：

“瞧瞧，多机灵的孩子啊！那就让他告诉我们他的家在哪儿吧。”

帕夫利克答道：

“凡坦卡大街五号。”

警察看了一眼信，说道：

“哟，真是个勇敢的孩子，他真的知道自己住在哪儿啊。”

这个阿姨又问帕夫利克：

“那你叫什么名字啊？你爸爸是干什么的？”

帕夫利克回答说：

“我爸爸是司机，妈妈去商店了，奶奶在沙发椅上睡觉呢，我叫帕夫利克。”

警察笑了起来，他说：

“真是个勇敢的模范儿童啊，什么都知道，等他长大了可能会当上警察局长呢。”

阿姨对警察说：

“请您把这个男孩送回家吧。”

警察对帕夫利克说：

“小同志，咱们回家吧。”

帕夫利克对警察说：

“请把您的手给我，我带您去我家，就是那个红色的房子。”

警察笑了起来，褐色头发的阿姨也笑了。

警察说：

“这绝对是个勇敢的模范儿童，他不光什么都知道，还要带我回家呢。这孩子一定会当上警察局长的。”

于是警察把自己的手伸给帕夫利克，跟他一起去了他家。

他们刚刚走到家门口，妈妈就回来了。

看到帕夫利克走在街上，妈妈十分惊讶，她牵着儿子的手，把他领回了家。

回到家以后，妈妈骂了他几句，她说：

“你呀你，真是个讨人嫌的孩子，你为什么跑到街上？”

帕夫利克说：

“我想从邮递员那儿把我的小猫要回来，不然我的布宾奇克就丢了，它可能是被邮递员抱走了。”

妈妈说：

“你说什么傻话呢，邮递员才不会抱走你的小猫呢！瞧，你的布宾奇克不是在柜子上面蹲着吗？”

帕夫利克说：

“这真是奇怪了！被我训练好的小猫怎么会跑到那上面呢？”

妈妈说：

“你这个讨厌的小鬼，它一定是受不了你的折磨，才爬到柜子上面。”

这时候，奶奶忽然醒了。

奶奶不知道发生了什么事，她对妈妈说：

“今天帕夫利克非常乖，安安静静的，我都没有被他吵醒，应当奖励他一颗糖。”

妈妈说：

“不能给他糖，得让他去墙角罚站，他今天跑到街上了。”

奶奶说：

“这真是奇怪了！”

这时，爸爸回来了。

爸爸本想要发火，这孩子怎么跑到街上了，可帕夫利克把一封信交给了爸爸。

爸爸说：

“这封信不是给我的，是给奶奶的。”

于是奶奶戴上眼镜开始读信。

过了一会儿她说：

“我在莫斯科的小女儿又生了一个孩子。”

帕夫利克说：

“生的也许是个勇敢的孩子吧，没准儿他能当上警察局长呢。”

大家都笑起来，然后就坐下来一起吃饭了。

第一道菜是汤和米饭，第二道菜是肉饼，第三道菜是果子羹。

小猫布宾奇克从柜子上面看着帕夫利克吃饭，看了好一会儿，它实在忍不住了，决定也去吃点儿东西。

它从柜子跳到抽屉柜上，又从抽屉柜跳上椅子，从椅子又跳到了地板上。

帕夫利克给了它一点儿汤和果子羹。

小猫对此感到非常满意。

（本作品创作于 1937 年）

最重要的东西

米哈伊尔·米哈伊洛维奇·左琴科 著
张婵 译

从前有个男孩，名叫安德柳沙·雷仁基，他是个胆小的孩子，什么都怕。他害怕狗、猫、母鸡、鹅、老鼠、蜘蛛，甚至怕公鸡。

不过最让他怕的是其他男孩子们。

这个男孩的妈妈很是发愁，自己儿子的胆子太小了。

在一个风和日丽的早晨，妈妈对男孩说：

“唉，真要命，你怎么什么都怕呢？有胆量的人才能更好地在这个世界上生存，他们能击退敌人，扑灭大火，还能勇敢地驾驶飞机在天空翱翔，所以大家都喜欢勇敢的人，尊敬他们，给他们送礼物，向他们颁发勋章和奖章。胆小的人可没人喜欢，大家都嘲笑他们，拿他们开心，所以他们的人生往往非常糟糕，生活十分枯燥，毫无乐趣可言。”

男孩安德柳沙回答妈妈说：

“妈妈，从现在开始，我决定做一个勇敢的人。”说完，安德柳沙就去院子里玩儿了。院子里有几个男孩正在踢足球，这些孩子正是平时总欺负安德柳沙的那几个。

他非常害怕这些男孩，平时看到他们就立刻跑开，不过今天他没有跑，而是冲他们喊道：

“嘿，你们几个！我今天不怕你们了！”男孩们十分惊讶，安德柳沙胆敢向他们这样喊话，就连他们自己都有些心虚了。其中一个孩子萨尼卡·帕罗奇金甚至说：

“安德柳沙·雷仁基今天一定是想出了什么招数来对付咱们，咱们最好走吧，不然怕是要中了他的圈套。”

不过这几个男孩并没有离开，其中一个男孩抓住了安德柳沙的鼻子，另一个男孩把他的帽子从头上拽了下来，还有一个男孩给了安德柳沙一拳。总之，这些男孩把安德柳沙揍了一顿，他号哭着回了家。

安德柳沙回到家，擦掉眼泪，对妈妈说：

“妈妈，我今天很勇敢，可正是因为我勇敢，一丁点好处也没捞到。”

妈妈说：

“傻孩子，只有勇敢还不够，还应该强大，只靠勇气是什么也做不成的。”

于是，安德柳沙瞒着妈妈，偷偷地把奶奶的拐杖拿走了，他带着这根拐杖去了院子里。他心想，现在我比平常强大了，要是那些男孩再来攻击我，我就把他们赶得到处跑。

安德柳沙拿着拐杖来到了院子里，可那些男孩已经不在那儿了。

院子里只有一只黑狗在溜达，平时安德柳沙也很害怕它。

安德柳沙挥舞着拐杖，对这只狗说："你敢试试对我叫啊，我马上就给你点儿教训，棒子打到你头上，你就知道它的厉害了。"

狗开始对着安德柳沙狂吠，它扑向安德柳沙，安德柳沙挥动起拐杖，朝着狗的脑袋打了两下，可那只狗飞快地绕到了他的身后，把他的短裤扯破了。

安德柳沙哭着跑回家，他擦掉眼泪，对妈妈说：

"妈妈，怎么会这样？我今天很强大，也有勇气，可还是没占到一丁点便宜啊，狗把我的裤子都扯坏了，还差点儿咬了我。"

妈妈说：

"瞧你这个小傻瓜！只有勇敢和强大是不够的，还需要有聪明才智，要学会思考。而你的行为却很愚蠢，你挥着拐杖把狗激怒了，所以它才把你的短裤扯坏了，这是你自己做错了啊！"

安德柳沙对妈妈说："从现在开始，做每一件事我都要好好思考。"

安德柳沙第三次出了门，不过狗已经不在院子里了，男孩们也没在。

于是安德柳沙走到了街上，想看看男孩们在哪里。

男孩们正在河里游泳，安德柳沙就在一旁看着他们玩水。

就在这时，其中一个男孩萨尼卡·帕罗奇金在水里大喊：

"哎呀，救命啊，我要淹死了！"

孩子们被这情景吓坏了，都跑去叫大人来救萨尼卡。

安德柳沙·雷仁基冲萨尼卡大喊：

“坚持住！我马上去救你！”

安德柳沙想要跳下水，可他转念一想：“哎呀，我的游泳技能可不怎么样啊，也没有足够的力气把萨尼卡救上来，我得想出个好办法——快去找条船来，得划着船去救萨尼卡。”

岸边刚好有一条渔船，安德柳沙先把船从河岸上推到水里，然后自己跳上了船。

船上放着船桨，安德柳沙拿起船桨开始划水，却没有成功，因为他不会划。水的波浪把渔船冲到了河水中间，安德柳沙害怕地大喊起来。

就在这个时候，另一条船顺着河流漂过来了，那条船上还有几个人。

这几个人把萨尼卡救了，除此之外，他们还追上了安德柳沙的渔船，把他的船拴上了绳索，拖到了岸边。

安德柳沙回到家，他擦掉眼泪，对妈妈说：

“妈妈，我今天很勇敢，想去救那个男孩，我今天也很聪明，因为我没有直接跳下水，而是去划船了，我今天还很强大，我把船从岸边推到了水里，用那么重的船桨划了水，可是，我还是什么都没做成。”

妈妈说：

“傻孩子，我忘了告诉你一样最重要的东西——只有勇气、智慧和力量是远远不够的，还应当有知识。你想会划船、会游泳、会骑马、会开飞机，需要懂得很多知识，要学会算数、代数、化学和几何知识，而要想掌握所有这些知识，就需要好好学习。只有好好学习的人才会变得聪明，而聪明的人才会勇敢，大家之所以喜欢聪明又勇敢的人，正是因为他们能击退敌人，扑灭大火，拯救他人，还能驾驶飞机在天空翱翔。”

安德柳沙说：

“从现在起，我要学习所有这些知识。”

妈妈答道：

“是啊，这就对了嘛！”

（本作品创作于 1938 年）

奶奶的礼物

米哈伊尔·米哈伊洛维奇·左琴科 著
张婵 译

我曾有一个非常疼爱我的奶奶，她特别喜欢我。

奶奶每个月都来我们家串门，送我们玩具，还会带过来一篮子各式各样的馅饼。她总是让我从那些馅饼中挑走我最爱吃的。

可奶奶不太喜欢我的姐姐列丽亚，也不让她挑自己喜欢的馅饼，而是随便拿给她一个就算了。就因为这个，姐姐列丽亚每次都哭哭咧咧的，甚至迁怒于我。

在一个晴朗的夏日，奶奶到我们家郊外的房子做客来了。

她到了我们家，穿过花园走过来，她一只手拎着装了馅饼的篮子，另一只手挎着个小提包。

我和列丽亚朝奶奶跑了过去，跟她问好，可我们失望地发现，除了馅饼，奶奶这次没给我们带其他任何礼物。

于是我的姐姐列丽亚对奶奶说：

“奶奶，难不成今天只有馅饼吗？你什么都没给我们带吗？”

奶奶听了列丽亚的话有些恼火，她回答道：

“带了，不过我不会给一个没教养的大小姐的，怎么能这么直白地跟别人要礼物呢？有礼貌的小男孩米尼卡会得到礼物的，因为他懂得分寸，知道什么时候应该保持沉默。”

说完，奶奶让我把手伸出来，往我手心里放了十枚崭新的硬币，每一枚面值都是十戈比。

就这样，我像个傻瓜似的站在那儿，欣喜若狂地盯着手上崭新的硬币，而列丽亚也在看着那些硬币。她什么也没说，眼中却闪现出愤恨和不怀好意的目光。

奶奶充满爱意地看了我一会儿，就去屋里喝茶了。

就在这时，列丽亚从下方使劲地打了一下我的胳膊，所有的硬币一下子从我的手心里弹了起来，掉到了草丛和水沟里。

我开始号啕大哭起来，爸爸、妈妈、奶奶——所有大人都赶忙跑了过来，弯下腰帮我寻找掉在地上的硬币。

除了一枚硬币，其余的硬币都被找了回来。奶奶说：

“瞧瞧，我一枚硬币都没给列丽亚，我这么做一点儿都没错吧，这是个嫉妒心多强的孩子呀！她心想，‘我得不到的东西他也别想得到！’话说回来，这个小混蛋躲到哪儿去了？”

原来，为了不挨打，列丽亚爬到了一棵树上，她坐在树上，冲我和奶奶伸着舌头做起鬼脸来。

邻居家的小男孩帕夫利克想用弹弓打列丽亚，要她从树上下来，可奶奶不让他这么干，她怕列丽亚从树上掉下来会摔伤腿。奶奶并没有那么生列丽亚的气，她甚至想把男孩手里的弹弓夺下来。

男孩很懊恼，他冲着我们所有人发脾气，也包括奶奶，于是他从远处用弹弓朝着奶奶打去。

奶奶叹了口气，对我的父母说道：

“这下你们满意了？因为这个小混蛋，我被人用弹弓打了，不，以后我再也不来了，免得又发生这样的事。你们最好带上我的好孙子米尼卡去我家，以后我每次都要送他礼物，就当作对列丽亚的惩罚。”

爸爸开口说道：

“好的，就这么办。不过，妈妈，您不要平白无故夸奖米尼卡！没错，列丽亚做得不对，但是米尼卡也并非是这世上最好的孩子，好孩子如果看到姐姐什么礼物都没有，会分给她几枚硬币的。这样的话，他的姐姐就不至于生气和嫉妒了。”

列丽亚坐在树上，说道：

“世界上最好的奶奶会给所有的孩子送礼物，而不是只给米尼卡，米尼卡又笨又狡猾，什么都不主动要，所以才会得到礼物和馅饼。”

奶奶再也不想在花园里待下去了。

大人们也都去阳台喝茶了。

这时我对列丽亚说：

“列丽亚，你从树上下来吧，我给你两枚硬币。”

列丽亚从树上爬了下来，我给了她两枚硬币。我心情愉快地走到阳台，对大人们说：

“奶奶是对的，我就是世界上最好的孩子，我刚刚给了列丽亚两枚硬币。”

奶奶非常高兴，不停地夸奖我，妈妈也夸奖了我，可是爸爸却皱起了眉头，他说道：

“不，世界上最好的孩子在做了好事之后是不会炫耀的。”

于是我跑去花园，找到姐姐，又给她了一枚硬币。这回我没有告诉大人们。

最终，列丽亚得到了三枚硬币，她又在草丛里找到了一枚，这枚硬币正是她从我手上打掉的那一枚。

列丽亚用这四枚硬币买了很多个冰激凌，吃了两个小时，直到她吃得撑了还没有吃完。

到了晚上，列丽亚开始肚子疼，她在床上躺了整整一个星期。

故事就是这样，孩子们，这件事已经过去很多年了，可直到现在我还清楚地记得爸爸的话。

不，我也许没能成为一个好孩子，这太难了，不过呢，孩子们，我一直在朝着这个方向努力。

只要努力就好。

（本作品创作于 1939 年）

三十年后

米哈伊尔·米哈伊洛维奇·左琴科 著
张婵 译

小的时候，父母特别疼爱我，他们送了我许多礼物。

当我生病时，父母更是会给我买很多礼物。

也不知怎么，那时候我经常生病，主要是腮腺炎，或者是咽炎。

而我的姐姐列丽亚几乎从没生过病，我经常生病这件事让她十分嫉妒。

她说：

“等着瞧吧，米尼卡，总有一天我也会得一场病的，到时候爸爸妈妈也会给我买这样那样的礼物的。”

然而事与愿违，列丽亚并没有生病。只是有一次，她把椅子放在了壁炉旁边，然后她从上面摔了下来，磕破了额头。她“哎哟”大叫了一声，然后开始哼哼唧唧地哭了起来。不过她没有收到期待已久的礼物，反倒是挨了妈妈的几巴掌，因为她把椅子放到壁炉旁边是为了踩上去拿妈妈的手表，这可是妈妈坚决禁止的。

一天，我们的父母去了剧院，我和列丽亚留在家里，我们打起了小台球。

玩着玩着，列丽亚突然叫了一声：

“米尼卡，我刚刚不小心把台球吞下去了，我把台球含在嘴里，它就从我的嗓子眼掉进我的肚子里了。”

我们的台球虽然不大，却是那种很重的金属球。列丽亚竟然把那么重的球吞下去了，这可把我吓坏了，我哭了起来，因为我觉得她的肚子会爆炸。

列丽亚却说：

“我的肚子是不会爆炸的，不过我会病很久，这可不像你得的腮腺炎和咽炎什么的，你那些病两三天就好了。”

列丽亚躺到了沙发上，开始哼唧起来。

很快，我们的父母就回来了，我告诉他们发生了什么事。

我们的父母吓得脸都白了，他们奔向列丽亚躺着的沙发，开始亲吻她，并且哭了起来。

妈妈眼里噙着泪水，她问列丽亚肚子有什么感觉，列丽亚回答说：

“我感觉小球在我的肚子里滚来滚去的，有点儿痒，所以我想喝点儿可可粉，吃点儿橙子。”

爸爸穿上了大衣，说道：

“你们把列丽亚的衣服脱掉，让她躺到床上，小心点儿，我赶紧去找大夫。”

妈妈开始给列丽亚脱衣服，可就在她脱下列丽亚的裙子和小围裙时，突然从围裙兜里掉出一个台球，滚到了床底。

爸爸这会儿还没出门，他眉头紧锁，走到台球桌那里，数了数剩下的台球，正好是十五个，第十六个球就在床底呢。

爸爸说道：

“列丽亚骗了我们，她肚子里一个球都没有，台球都在这儿呢。”

妈妈说：

“这个小姑娘太不正常了，简直是疯了，如果她不是疯了，怎么会做出这样的事儿来？”

爸爸从来没有打过我们，可这回他一把揪住了列丽亚的辫子，对她说：

“你给我说说，你这是什么意思？”

列丽亚大哭起来，她不知道怎么回答才好。

爸爸说：

“她想跟我们开个玩笑，不过，开这种玩笑可没有什么好果子吃，今年一年她都别想得到任何礼物！她不是不喜欢那双旧鞋和那条蓝色的旧裙子吗？现在就让她穿上一整年！”

我们的父母把门“砰”地一下关上了，离开了房间。

我看着列丽亚，忍不住笑了出来，我对她说：

“列丽亚，你为了得到爸爸妈妈的礼物说这种谎话，还不如等着得腮腺炎呢。”

时间过得真快，一晃三十年过去了！

那个让人不太愉快的小台球事件到现在已经过去了三十年。

这些年来，我一次都没有再想起过那件事。

只是在不久前，当我开始动笔写这些故事的时候，我回忆起小时候所有发生的事情，于是开始思考这些事。我觉得列丽亚骗父母根本不是为了得到礼物，她用不着这么干也能得到那些礼物的。这样看来，她说谎另有原因。

我脑中产生了这样的想法，于是我坐上了去辛菲罗波尔的火车，列丽亚就住在那座城市。你们能想象吗，列丽亚早已是成年女人，甚至看上去有些衰老了，她有三个孩子，丈夫是个保健医生。

就这样，我来到了辛菲罗波尔，我问列丽亚：

“列丽亚，还记得你那个台球的事儿吗？你为什么要那么做呢？”

列丽亚——这位三个孩子的母亲红了脸，她说：

“你小的时候长得特别可爱，跟玩具娃娃似的，大家都喜欢你，可我那会儿已经长大了，还是个笨手笨脚的女孩，所以我就撒谎说自己吞了台球，我想跟你一样，得到父母的爱和关心，哪怕是在生病时被他们关心一下也好。”

我对她说：

“列丽亚，我就是为了弄清楚这件事才来辛菲罗波尔找你的。”

我紧紧地拥抱她，亲吻她，又给了她一千卢布。

她感到很幸福，感动地哭了，因为她明白了我对她的感情，也珍视我对她的爱。

我给她的孩子们每人一百卢布买玩具，又把自己的雪茄盒送给了她的丈夫——那位保健医生，雪茄盒上写着金闪闪的几个字“祝你幸福”。

这之后，我又给她的孩子们每人三十卢布，让他们去看电影、买糖果，我对他们说：

“小傻瓜们！我给你们这些是让你们记住此时此刻的感受，

也是为了让你们知道以后该如何对待他人。”

第二天，我离开了辛菲罗波尔，在回去的路上我一直在想，要去关爱他人，至少要去关爱那些善良的人，还要偶尔送他们一些礼物，这样一来，馈赠者和接受者的内心都是快乐的。

至于有些人，非但什么都不赠予，还做出一些让人不愉快的事，这样的人内心往往是阴暗而肮脏的。他们消瘦且颓废，常常会患上神经性湿疹，记忆力衰退，头脑也不清楚。这样的人最终会过早地死去。

而那些善良的人呢，正好相反，他们都会健康长寿。

（本作品创作于 1939 年）

不要说谎

米哈伊尔·米哈伊洛维奇·左琴科 著
张婵 译

我上学很早，那时候的中学都是私立的，老师们上课提问时会在记分册上给我们打分数，从五分到一分不等。*

上中学那会儿我太小了，只有七岁，就进了预备班。**

我对学校的生活一无所知。头三个月，我对学校里的一切都是懵懵懂懂的状态。

有一次，老师让我们背诗：

月亮正当空，照亮小村庄，
辉映皑皑雪，粼粼闪青光……***

* “五分制”成绩，由高到低为五分至一分，五分为优秀，一分为最差。——译者注

** 这里的中学是指沙俄时期的文科中学，学生通常九岁入学。——译者注

*** 出自诗人伊万·尼基金的《乡村冬夜》。——译者注

这首诗我没背下来。我没听到老师说了什么，因为后座的男生们一会儿用书打我的脑袋，一会儿往我的耳朵上涂钢笔水，要么就趁我不注意时往我的座位上放铅笔或钢笔头，等我坐上去一下子蹦起来的时候他们还拽我的头发。

正因为这个，我上课时总是忐忑不安，甚至经常走神，我一直在竖着耳朵去听后座的男生们要怎么捉弄我。

第二天，老师故意把我叫起来，让我背那首他留过作业要求背诵的诗歌。

我不但不会背，甚至不知道世界上竟还有这么一首诗的存在。可是因为胆小，我没敢跟老师说我不会，而是战战兢兢地站在自己的课桌后面，一个字也说不出来。

这时，后面的男生们开始悄悄提示我这首诗的内容，于是我就按照他们的提示嘟囔起来。

那段时间我患有慢性鼻炎，只有一只耳朵能听见，所以很难听清他们到底说的是什么。

我勉强跟着他们说出前几句诗，但是到了“入云十字架，如炬照苍穹”这句的时候，我说的是“牧民十字架，如意照苍穹”。

学生们立刻哄然大笑起来，老师也笑了起来，他说：

“好吧，把你的记分册拿出来，我要给你打上一分。”

我哭了起来，因为这是我头一次得一分，我还不知道那意味着什么。

放学后，我的姐姐列丽亚来找我一起回家。

回家的路上，我从背包里掏出记分册，翻到了打一分的那页，对列丽亚说：

“列丽亚，你看，这是什么意思？这是我背‘月亮正当空，照亮小村庄'那首诗时老师给我打的分。"

列丽亚看了一眼，笑了起来，她说：

"米尼卡，这可不妙啊！老师给你的俄语科目打了一分，这分数是最差的了，我觉得就凭这个分数，两周后给你庆祝命名日*的时候，爸爸答应送给你照相机的事就要泡汤了。"

我说：

"那可怎么办呢？"

列丽亚说：

"我们班有个同学把自己记分册里记录她得一分的两页粘到了一起。她爸爸用手指蘸了唾沫都没捻开，所以也就没看到里面是什么。"

我说：

"列丽亚，这可不好，这可是欺骗父母啊！"

列丽亚笑了，她转身回了家，而我则垂头丧气地去了城市花园。我坐在花园里的长椅上，翻开了记分册，心神不宁地看着那个写着一分的分数栏。

我在花园里坐了很久，之后才回了家。可到了家门口，我忽然想起来，我把记分册落在了花园的长椅上。于是我跑了回去，可我的记分册早已不见了踪影。一开始我吓得失魂落魄，随后却高兴起来，那个带有讨厌的一分成绩的记分册已经丢了，它不会再困扰我了。

* 十月革命前，信仰东正教的俄罗斯人名字通常根据某个圣徒的名字取定，命名日即与本人同名的圣徒纪念日，彼时，命名日是比生日更重要的节日。——译者注

我回到家，告诉父亲我的记分册丢了。列丽亚听到后就笑了，边笑边对我挤眉弄眼。

第二天，老师知道我的记分册丢了以后，又给我发了一本新的记分册。

我心存侥幸地打开新的记分册，寄希望于那上面没有记录什么不好的成绩，然而，在新的记分册上，与俄语科目对应的那个成绩栏被重新记上了一分，甚至比之前那个写得更粗、更明显。

我立刻感到又失望又沮丧，于是把这本记分册扔到了教室的书柜后侧。

过了两天，老师得知我把这本记分册也弄丢了，又给我填了一本新的，这次他除了给我的俄语科目打了一分，又在品行那一栏给我打了个二分，并且要求必须让我的父亲看到我的记分册。

放学后，当我见到列丽亚时，她对我说：

“把这页暂时粘上不算是说谎的，再有一周等你过完命名日，收到照相机之后，咱们再把它拆开给爸爸看。”

天知道我有多想要一台照相机，于是，我跟列丽亚把记分册上那该死的两页的边角处粘上了。

到了晚上，爸爸说：

“来吧，给我看看你的记分册！我想知道你是不是得了不少一分！”

爸爸翻开记分册看了起来，但是他什么不好的成绩也没看到，因为那两页被粘上了。

就在爸爸看我的记分册的时候，有人在我家门廊的台阶上按响了门铃。

来访的是一个女人，她说：

“我前几天在城市花园散步的时候，在长椅上看到一本记分册，按照上面的姓名打听到了您家的地址，就把它送过来了。您看看这本记分册是不是您儿子丢的？”

爸爸看了看记分册，看到了上面明晃晃的一分，他什么都明白了。

他并没有斥责我，只是平静地对我说：

“说谎和骗人的人是最滑稽可笑的，因为谎话迟早会被揭穿的，这世上还没有什么不为人知的谎言。”

听了爸爸语气平和的一番话，我的脸红得像煮熟了的虾，我站在爸爸面前，感到羞愧万分。

我坦白说：

“其实，我还有一本记分册，是我的第三本记分册，上面打着一分，它被我扔到教室的书柜后头了。”

爸爸不但没有对我大发雷霆，反倒是眉头舒展，他面带微笑地把我抱了起来，开始亲吻我。

他说：

“你能承认这件事，让我特别高兴，你承认了一件可能很久都不会有人知道的事，这让我相信你再也不会说谎了。就凭这个，我要送你一台照相机。”

列丽亚听到了爸爸的话，她以为爸爸疯了，现在不是因为得了五分的成绩才送礼物，而是因为不及格就会得到礼物。

于是，列丽亚走到爸爸跟前，对他说：

“爸爸，我今天物理课上也得了个二分，我没学会课上的内容。”

然而，列丽亚的小算盘打错了，爸爸大为恼火，把她从自己的房间里赶了出去，要她立刻去看书学习。

老师来到我家做家访，他对我爸爸说：

“今天班上大扫除，我们在教室的书柜后侧发现了您的儿子的记分册，对于这个把记分册扔掉不想让您看到的小骗子，您做何感想呢？”

爸爸说：

“这本记分册的事我已经听我的儿子说过了，他主动向我承认了自己的行为，所以，没有理由认为我的儿子是不可救药的骗子。”

老师对爸爸说：

“啊，是这样啊，您已经知道了这件事，那这就是个误会。对不起，打扰您了，祝您晚安。”

我听到这些话之后，躺在床上痛哭流涕，我对自己发誓，要永远说真话。

事实上，我一直都是这么做的，直到现在也是这样。

唉，有的时候这确实很难，不过，说过真话之后，我的内心总是充满安宁和喜乐的。

（本作品创作于 1940 年）

掉在地上的宝物

米哈伊尔·米哈伊洛维奇·左琴科 著

张婵 译

有一次，我和列丽亚拿了一个装过糖果的空盒子，往里头放了一只青蛙和一只蜘蛛。

我们用干净的纸把盒子包好，又在盒子外面绑了一条天蓝色的丝带，然后把它放在我们家花园对面的人行路上，假装是过路的人把买的东西掉在这儿了。

我和列丽亚把这个纸包放到人行路的石墩子附近，然后我俩就蹲在我家花园的草丛里，捂住嘴，一边笑，一边等着看即将发生的好戏。

终于，有个人走了过来。

他看到了我们的纸包。不出所料，他停下来了，看上去很高兴，甚至还兴奋地搓起手来。那还用说嘛——他捡到了一盒糖果，这样的好事可不常有啊！

我和列丽亚屏住了呼吸，等着看接下来会发生什么。

路人俯下身拿起了纸包，他快速地把丝带解开，看到了漂亮的盒子，他更加开心了。

盒子被打开了，我们的青蛙早就在黑乎乎的盒子里待得不耐烦，它一下子蹦了出来，径直跳到那个人的手臂上。

那个人大吃一惊，“哎呀”一声，把盒子扔得老远。

我和列丽亚笑得前仰后合，甚至倒在了草地上。

我们的笑声太大了，那个路人转身看向我们这边，当他看到栅栏后头的我们，一下子就明白了是怎么回事。

他立刻跨过栅栏，一个箭步冲了过来，想要狠狠地教训我们。

我和列丽亚拔腿就跑。

我俩尖叫着，穿过花园向家里跑去。

可我的脚被绊了一下，整个人栽倒在了草地上。

那个人使劲地揪住了我的耳朵。

我大喊起来，可他又给了我两巴掌，然后若无其事地离开了花园。

听到外面的叫喊声，我们的父母跑了出来。

我捂着自己红红的耳朵，呜咽着走到他们跟前，哭诉了事情的经过。

我妈妈想让家里的看门人去追那个路人，把他抓回来。

列丽亚自告奋勇地去喊看门人，却被爸爸拦住了，爸爸对列丽亚和妈妈说：

“别去找看门人了，也不用去抓那个人，当然了，他揪米尼卡耳朵的确做得不对，可如果换成是我，我也会这么做的。”

听了这话，妈妈冲爸爸发了火，对他说：

“你真是个自私的人！”

我和列丽亚也生了爸爸的气，不跟他说话了。我揉了揉自己的耳朵，大哭起来，列丽亚也开始哭哭啼啼的。这时妈妈把我抱了起来，她对爸爸说：

“你与其袒护那个路人，让孩子们受委屈，倒不如给他们解释一下这件事他们哪里做错了。反正我是看不出他们错在哪儿，这不过就是孩子们一个无伤大雅的游戏而已。”

爸爸不知道该怎么回答，他只是说：

“等孩子们长大了，他们就会明白自己为什么错了。”

就这样，时光飞逝，五年过去了，十年过去了，再一晃，这件事就过去了十二年。

十二年后，我从一个小男孩变成了一个十八岁的青年大学生。

当然，我已经忘了那件事，想都没有想过它，那时候我的脑袋里想着更多让我感兴趣的东西。

然而，有一天竟发生了这样的事情。

那会儿还是春天，考试结束后，我去了高加索。那时候很多大学生都会在暑假期间去各地找工作，我也给自己找了个火车检票员的活儿。

我当时就是个穷学生，没什么钱。雇主提供了去高加索的免费车票，又答应付给我薪水，于是我就接了那份工作，乘火车出发了。

我要先去一趟罗斯托夫市，到那里的管理处领取钱和证件，还有检票时给车票打孔用的小钳子。

可我的火车晚点了，本应是早上到的火车拖到了晚上五点才到。

到达罗斯托夫市后，我把行李存放在寄存处，然后坐电车去了管理处。

我到了那儿，看门人对我说：

“很遗憾，您来晚了，年轻人，人们已经下班了，管理处已经关门了。”

“怎么会这样呢？”我说，“怎么关门了呢？我今天必须领到钱和证件啊！”

看门人说：

“人都走光了，后天再来吧。”

“怎么会这样呢？”我说，“后天？哪怕明天能取也好啊！”

看门人说：

“明天是节日，管理处不上班，后天再来吧，所有您要取的东西后天都能拿到。”

我走到街上，停住了脚步，我不知道自己该做些什么。

接下来还有两天的时间，我的口袋里也没有钱——全身上下只剩下三个戈比。身处在一个陌生的城市，我谁都不认识，不知道能在哪里落脚，也不知道怎么解决吃饭的问题。

我跑到火车站，想从我的行李中拿件衬衫或者毛巾什么的到市场上卖掉，可车站的人却对我说：

“取行李之前请先付寄存费，然后您就可以拿走您的行李，爱取什么就取什么了。”

除了那三个戈比，我什么都没有，也付不起寄存费，我只好又走回街上，心情越来越沮丧。

要是换作现在，我应该没那么不知所措，可当时我真的非常慌张。我在街头漫无目的地徘徊着，不知道往哪儿去，心里特别难过。

我正沿着街道走着，突然看到人行道上有个什么东西，是一个红色的小绒线钱包，而且它看上去不是空的，好像塞满了钱。

我立刻停下脚步，各种美妙的想法一个接一个地闪过我的脑海，我仿佛已经看到自己在面包店里喝咖啡，之后手里握着一大块巧克力躺在酒店的床上……

我赶紧走向那个钱包，伸手去捡它，可就在那时，钱包——或者说那被我当成钱包的东西——突然从我的手边向前滚去。

我又伸出手够它，想把它抓住，可钱包再一次跑走了，而且跑到了离我很远的地方。

我没有一丝犹豫，再次奔向了那个钱包。

这时，从花园栅栏后面突然爆发出孩子们的大笑声，拴了线的钱包从人行道上迅速地消失了。

我走到栅栏前，几个小孩子正笑得在地上打滚儿。

我一心想冲过去逮住他们，我的一只手已经抓住了栅栏，正打算翻过去，可就在这时，我回想起早已被忘却了的自己儿时的那一幕。

忽然间，我羞愧万分，我从栅栏边上离开了，继续漫无目的地向前走。

孩子们，生活是要继续的，那两天终究还是熬过去了。

晚上，当夜幕降临，我去了城郊，在田地的草丛间席地而睡。

早上，太阳一升起来我就爬了起来。我用三个戈比买了一磅面包，就着水吃了下去。就这样，我在城里瞎转悠了一整天，直到晚上。

晚上，我又去了田地过夜，只是这次情况更糟糕，因为那天晚上下雨了，我被雨淋得像个落汤鸡一样。

隔天一大早我就站在了管理处门口，等着它开门。

终于，管理处开门了，我蓬头垢面、浑身湿漉漉地走了进去。

那里的办公人员用充满怀疑的眼神看了看我，一开始他们不打算给我钱和证件，不过后来还是把东西交给了我。

很快，我就光鲜亮丽地去了高加索。

（本作品创作于 1940 年）

06

罗曼·彼得罗维奇·库莫夫

Роман Петрович Кумов

《生命的绽放》

《蜡菊》

罗曼·彼得罗维奇·库莫夫

Роман Петрович
Кумов

罗曼·彼得罗维奇·库莫夫（1883—1919），俄罗斯苏联时期著名小说家、剧作家、记者。他先后于多所学校接受教育，最终于 1910 年在莫斯科大学法律系毕业，成为一名法学博士。自 1910 年起，他开始全身心地投入文学创作，与《纪事》《历史公报》《途径》《世界》《尼瓦》等杂志均有合作。他的剧本曾多次在莫斯科大剧院上演，并取得了巨大成功。其戏剧《科罗斯托米斯洛夫家族的衰败》于 1917 年在圣彼得堡成功上演，并获得了奥斯特洛夫斯基文学奖一等奖。从 1904 年到 1916 年，他相继在东正教杂志《东正教徒的安息》中发表约一百部作品，其中一些被收录在短篇小说集《蜡菊》中。库莫夫善于在小说中描写修士的内心情感，他创作的圣徒文学也声名鹊起。

生命的绽放

罗曼·彼得罗维奇·库莫夫 著

吴涵 译

当一位年轻的修士进入莫洛托夫所坐的三等车厢时，火车已经发车了。这位修士头上戴着一个尖顶帽子，身穿黑色教袍，腰间系着皮带。

“对不起，没打扰到您吧？”他像个少女一样，害羞地笑了笑。

“没关系，这个铺子空着！”

“非常感谢！”

修士站在下铺的铺板上，将自己的小皮包放在包厢上方最高处的那个空格里，然后从铺板上跳下。他环顾一下四周，坐了下来。

“请允许我自我介绍一下，我是一名见习修士，弗谢沃洛德神父。”

“很高兴认识您。”莫洛托夫回答道。他对这种简单的自我介绍感到有点惊讶，说完他同修士握了握手。

“您是从远地方上车的吧？”修士问。

“是的，远地方，从莫斯科上车的。”

“那是一个好城市啊！”修士兴奋地大声慨叹道。他的声音浑厚，却很柔和，他的声音里时而迸发出悠远绵长的音符，这让莫洛托夫感到极其惊讶，他注视着他：一位修士，哪里来的如此强大的内在力量啊？

“好城市啊！”修士若有所思地重复道，“大约五年前我去过那里。我有一个同乡在斯帕斯基修道院里做修士，他是巴伊西神父。这个修道院位于莫斯科城外，周围到处是绿色的林荫地和茂密的白桦林……太美了！每晚都能坐在圣门前的长椅上，享受着周围的寂静，而远处却是喧闹不已的城市……”

“寂静有什么好！”莫洛托夫打断了他的话，“你既然生在这世上，就要好好活着！既然活着，就要为之去拼搏、去忍耐、去奋斗，而不是逃避现实……修士们总是害怕生活，因为生活对他们而言太强大了，所以他们远离了嘈杂的世俗，去了修道院。那里四面都是围墙，周围遍布着绿色的原野，修士们就是从那里，远远地望着城市里现实生活的嘈杂。他们永远也不会明白，生命是如此美丽，如此坚强，如此伟大……生命即是罪恶——这就是修士们的人生哲学。”

他看了一眼修士，看到他那孩童般惶恐而胆怯的目光。他的眼睛就那样直勾勾地注视着前方，显然是惶恐不安地等着莫洛托夫接下来的指责。莫洛托夫觉得他很可怜，想缓和一下自己刻薄的语气，于是说道：

“我是个罪人，我不喜欢修士。或许是因为我不理解，也不了解……”

修士深吸了一口气，思考了片刻，说道：

“我从很小的时候就在修道院里生活了。十岁左右就去了修道院。可现在我马上要离开那里……我要去过平凡的世俗生活了。我现在正在往家走的路上呢！到了家我就会脱去紧袖长袍，穿上长衫，像普通俗人一样干活儿。这就是我未来的生活！”

“你是因为什么离开修道院的呢？”莫洛托夫问。

“我们家在村里出了变故。父亲去世了，只剩下母亲一个人。房子虽说是自己的，但已破得不成样子，到处是窟窿，屋里潮湿不堪。如果只有她一个人，日子还能勉强过得下去，一位她熟悉的教堂司祭收她去教堂做圣饼了。可是她还有一个女儿，也就是我的姐姐，她比我大十岁。年轻的时候，她爱上了一个小伙子，是我们家的邻居。这个小伙子年轻、英俊，但不安分。他不喜欢总待在一个地方，喜欢四处游荡。和我姐姐结婚后，他就开始做生意，但没做多久就放弃了，又跑去当了文书，可他又不喜欢写作，所以买了头公牛，开始耕作，种植菜园。可是无论干什么他都干不了多久，刚取得一点小成绩，很快就又被别的什么事情吸引……最后，他卖掉了一切，去了罗斯托夫。至于他在那里做什么，我们不知道。我姐姐也没有往家写过一封信。只是前不久，在我父亲去世后，我母亲才收到了她的来信。她写道，她的丈夫死于流感，只剩下她和五个孩子，他们现在身无分文。需要告诉您的是，我这个姐姐是在没有经过父母同意的情况下嫁给那个男人的。我父亲不想听到关于我姐姐娜塔莎嫁给那个尼古拉的任何事情，他甚至称他为荒淫无耻的家伙。但是她不听话，她跑到另一个村庄，在那里和他秘密结婚了。然后她才跑回家，跪倒在我父母的脚下请求原谅。我父亲起初态度很坚决，但被我母亲说服了——母亲她有一颗善良的心！父亲后来也原谅了她，但提醒她说：‘娜塔莎，你是不会幸福的！’然而她告诉父亲：‘您在说什么呀，我现在很幸福，至于以后怎么样，那只能听天由命了！’最后事实证明，她确实幸福过，但好景不长。她给母亲写了一封令人伤感的信，她写道，孩子们饥饿难耐，他们住在一个没有暖气的小屋里，她没有工作……母亲读完姐姐的信后，便徒步走来找我，因为她没有钱坐火车！我见她脸色苍白，身体疲惫不堪，背着一个小包裹，像一个流浪者。她一见到我，就扑倒在我的脚下哭了起来。她只是哭，但什么也不说。我把她扶了起来，自己也是满眼泪水，求她告诉我到底出了什么事。然而瘦弱的她始终在不停地哭泣，她的双手也因年老体衰而不停地颤抖。最后，她终于平静下来，对我说：‘弗谢沃洛德，你离开修道院吧，回到我们身边来吧！我们没吃没喝没住的地方，再这样下去我们就要饿死了！’之后还跟我说起了姐姐娜塔莎家发生的事情。我们母子俩抱头痛哭起来，我们在这世上孤苦伶仃的，没有人可怜我们。然后我们做出决定：我要离开修道院，回到自己的村庄，在那里种地养家糊口。母亲第二天就走了，我们修道院的人给她筹集了回家的路费，而我在修道院里又待了几天——回顾了自己多年的修士生活，为离开这里感到惋惜！这不，我现在正往家里赶路呢！我要摘下我的修士帽子，脱掉教袍，成为一个真正的庄稼汉。有什么办法呢？看来这就是上帝的旨意啊！”

莫洛托夫看着眼前这位讲述者，看着他那稚气的、如夏露般清澈柔和的、炯炯有神的眼睛，似乎看到了这双眼睛背后隐藏着的一个温柔似水的生命，他想：你这副柔弱的样子，怎么能成为一个好的庄稼汉啊？！

“是的，生活真的不容易啊！”莫洛托夫大声说道，“而且你也无法逃避现实生活的各种困难——如果是你命中注定的灾难，那么它早晚都会来的……所以说，命运这个东西真是难以抗拒的！”

修士陷入了沉思。莫洛托夫走到车厢的连接处吸烟。当他回到包厢时，修士正站在打开的车窗前，用拖长的音调在朗诵着什么，似乎在唱歌一样。莫洛托夫静静地站在那里倾听着：

“某个寡妇……名叫玛尔法……接受他来到了自己的家……”修士字句清晰地、满怀深情地唱道。他的声音温和而轻柔，仿佛阳光般和煦而亲切。莫洛托夫不知怎么回想起自己从前的一次旅行，他在一片古老的松林中听到了晨祷的钟声。那声音也像修士的声音一样温柔曼妙。莫洛托夫咳嗽了一声，修士转过身来，一脸尴尬地说道：

“我刚想起了在修道院读福音书时的情景。”

“你的嗓音很美！”莫洛托夫说。

“不，这根本算不上美！如果您听到萨瓦神父的声音，那才叫真的美呢！他总是在盛大的节日里给我们读祷文。”

“您家是哪个地方的？”

“库尔斯克州的。那里有一个村庄叫小尼斯，也就是我的故乡，您听说过吗？那里的美是难以言表的：村庄位于高高的山上，四面八方是一望无际的田野，那里有辽阔富饶的土地！村子里的教堂就在山顶上，夏天的夜晚，当教堂里晚祷的钟声响起时，隆隆之音会响彻整个草原！那是一个古老的钟，它很沉重，当钟摆撞击钟体表面时，钟就会颤动，使钟声传到很远的地方，在周围的田野上空飘扬……这时，太阳已经要落山了，鲜红得像火焰一样，染上了一抹红晕的黑麦正窃窃私语……而山上的钟声正在隆隆作响，阳光下的村庄闪耀着火一样的光芒，像过节一样喜庆……那真是一种难以言表的美啊！”

莫洛托夫想问问他是如何进修道院的，但这时火车已停靠在了一个大站。

“我要下去喝点儿茶！”他对修士说，“麻烦您帮我照看一下东西！”

莫洛托夫喝了茶，吃了点心，心情也好了很多，当他返回车厢之后，想跟修士说点儿让人高兴的话题。但他想起来他还没有问修士是如何进入修道院的，便向他提出这个问题：

“请问，您是怎么进入修道院的呢？”

“我们家族自古以来就是修士家族！我的祖父就曾是一名修士，我父亲的兄弟也是一名修士，所以我特别渴望进修道院。我十岁的时候就进了那里，现在我已经年近三十了。”

“难道您就从来没想过离开修道院吗？”

“离开修道院？一次也没想过！如果不是母亲来找我，我会一直在那里待下去，直到死去。”

“那里到底有什么好的呢？”莫洛托夫感到一阵甜蜜的倦意，他躺到了铺上，他现在多想小睡一会儿啊！他闭上了眼睛，并没有注意到修士的眼睛开始发光，他的呼吸似乎已经停止了，他的眼里不知为什么盈满了泪水。泪水使他的眼睛变得更大了，这双清澈见底的大眼睛注视着眼前这个睡眼蒙眬的人，这双眼睛就是在一个神秘夏夜欣赏着田野里默默生长着的庄稼的那双美丽、纯洁、温顺、绽放着生命之光的年轻小伙子的明眸！而他的回答，仿佛装满了燃烧着的锡金属，深深地打动着莫洛托夫的心，让他有种莫名的感动。

“您是问在修道院里生活有什么好处吗？啊，那里的好处可实在是太多了！您知道吗，夜晚，当周围人都熟睡了，你在自己的小禅室里，一盏红色神灯在圣像前闪着微光。这时你打开所有的窗户，跪在窗前倾听着周围的一切：多么宁静啊！村庄里万籁俱寂，草原上鸦雀无声！你的心紧绷着，似一根敏锐的弦，如果有人在窗外突然喊叫一声，它就会立刻断裂。啊，那是一种多么令人神往的感觉啊！这时，你会感觉到你的整个内心都悬在嗓子眼，紧张而激动，哪怕是它最细微的那根血管。而窗内的神灯与圣像在低声细语。它们在说什么你无法描述，也没有任何词语可以描述。神灯在圣像前摇曳着，神灯的玻璃罩儿也被染上了红色，似乎明天就要过节了……不，不是明天，是今天，就是现在，每时每刻都是节日！那种静谧，如小神灯一般，浸入你的肺腑，一切都因此而变得美好——圣像、小禅室、窗外的夜晚……在这样的午夜时分，你跪在那里，哼唱着欢快的曲子，静静地抽着烟，像田野里绽放的一朵小花一样自由而洒脱。你的眼睛会睁得很大，像天上的星星一样闪着银光，你的脸在夜空中也会变得苍白，而那种轻松和喜悦的感觉，就像美丽的花边一样，从上到下包围着你的身体。于是，你站在那里，深深地陶醉在这美丽的夜色之中……”

莫洛托夫从床铺上慢慢坐了起来，惊讶地看着修士。当修士不再说话的时候，他说：

“您简直就是个诗人！伟大的诗人！”

“瞧您说的！这怎么可能呢？我只是在解释修道的好处！不过，我要到站了，得收拾东西了。”

他从铺位最上面的架子上取下了一个皮包，然后还是像少女一样微笑着，羞怯地向莫洛托夫道了别，走出了车厢。当火车停下来时，莫洛托夫看到修士沿着站台走进了一个小的候车室。几分钟之后，火车又继续向前驶去。

莫洛托夫铺好了被子，放下了枕头，就躺下睡觉了。他看着修士刚刚坐过的地方，想起了这位与众不同的年轻修士，尤其让他忘不掉的是那双孩子气的大眼睛。不知为什么，莫洛托夫突然想让他再坐到他身边来，再和他谈谈他的修道院，再诉说一下他在红色神灯下和圣像前的无声祈祷。然后他的眼前浮现出修士回到村庄、脱去长袍、穿上农民的衣服开始耕地的情景。一两年后的他会变成什么样呢？当然，现实生活的苦难一定会击垮他，这是毫无疑问的。像他这样拥有孩童般的大眼睛、富有满腔热情的人，并不是生活的宠儿。生活本身只会眷顾那些身体健康、有强壮肌肉、有清醒头脑和急功近利的人。像修士这样的人，就像美丽而脆弱的花朵——经不起生活苦难的打击，一遇到风吹草动，根茎就会折断，根茎一旦断了，它们就会慢慢枯萎，直到生命的终结。强大的生命力和健康的体魄才是幸福生活的源泉！

但是为什么它们这些被折断的花朵却如此美丽、如此动人呢？为什么它们被殴打、摧残，却仍然像蜡菊那样艳丽和生机勃勃呢？为什么这些被生活的苦难压垮的花朵，在生活中仍然能继续闪烁着柔和的光芒，照亮残酷的现实，又对未来充满向往呢？而它们——这些断了根茎的花朵，似乎是被故意种在生活这条道路的边缘的，目的就是要诱惑它们，激发它们某种追求的愿望的……似乎它们能经受住生活苦难对它们的挑战——那个只眷顾有力量、有肌肉、头脑清醒和懂得牟利的那些人的社会现实对这些花朵的挑战。终有一天，它们会创造出一个自己的王国——一个柔和、纯洁、光明的王国。

莫洛托夫在想，他身边要是能有这样一朵被折断的花朵就好了：在悲伤的日子里，在这个花朵面前，就像在圣像面前一样，你可以敞开心扉，可以祈祷上帝，可以憧憬未来，在死亡来临之时，你可以带着对死后重生和对另一种美好生活的向往同它一起死去。要知道，它们——这些断了根茎的花朵是永生的！

他睡着了，梦见了很多巨大的、娇嫩的花朵，它们像繁星一样耀眼。它们多得犹如海岸上的沙粒，又宛若一个个巨大的银白色土丘，散发出浓郁奇妙的芬芳，像香炉里散发出来的香味儿一样，源源不断地飘来。远远望去，它们似乎是银白色的，已与天空融为一体，永恒的幸运之星在它们的上空闪闪发光。不知为什么，只要一看到它们，你就想为它们的幸福祈祷……

（本作品创作于 1908 年）

蜡　菊

罗曼·彼得罗维奇·库莫夫　著
吴 涵 译

这个故事是我在南方听到的。

自人类在地球上定居并开始受苦受难以来，在人类忙于与大自然抗争和寻找幸福的时候，原野上已经百花齐放起来。盛开着的红色、紫色、蓝色和白色的花朵让人类想起了不久前被驱逐出来的那片阴暗的小树林。小树林里的这些树曾经生长在原野上，它们是那样清新、那样温顺、那样纯真，它们悄悄地谈论着不久前的幸福。当人类疲于和大自然艰苦斗争时，就会去看它们——这些幼嫩的鲜花。在它们身上，人类看到了另一种生命——像太阳一样耀眼和幸福的生命。于是，人类的灵魂得到了满足。在人类的意识中，幸福的形象更加耀眼——那是像世界一样深邃、像花朵一样美丽的形象。于是，人类再次与大自然和日常生活中的苦难作斗争，为另一种命运和另一种幸福而斗争。

“花的王国——这是多么美丽的国度啊！”

有时静静的小雨落在它们身上，在阳光的沐浴下，在雨露的滋养下，它们盛开着，像美丽的花边一样，用绚丽的色彩和柔软的衣服覆盖着大地。它们就像婴儿明亮的眼睛，在夏日的早晨和晚上格外动人！它们像婴儿一样，睁开眼睛，向挂在天上的甜美太阳微笑！它们像婴儿一样，在夜晚来临的时候闭上眼睛，这时它们已不再艳丽，不再左顾右盼，静静地躺在自己的摇篮里睡觉，做着它们的美梦……嘘，小点声儿，田野里的宝宝们在睡觉呢！

如果没有花儿，整个地球都会寂寞难耐、一片阴暗；如果没有花儿，地球上将永远不会有令人快乐的芬芳的春天，也永远不会有人们在圣灵圣神节那天拿着去教堂的五颜六色的香气扑鼻的花束；如果没有花儿，人们就永远不会把用鲜花扎成的令人悲痛、感动和失落的花环放在一个永远沉睡的冰冷的额头上；如果没有花儿，那么再怎么海枯石烂、钟爱一生的誓言都显得苍白无力。

但鲜花的生命是短暂的。“美好的事物总是短暂的。”这个悲哀的真理，最初就来自花的王国。

你有没有见过草原上，在一根孤零零的草茎上，皱巴巴的花瓣像一张薄薄的纸片随风摇曳、沙沙作响？那就是花儿的坟墓！那就是田野里的宝宝们安息的地方。

花之王国有很多这样的坟墓。秋天，干燥的草茎昼夜不停地生长，有时披上艳丽绵软的衣裳，有时散发出沁人心脾的芬芳，有时低语着神秘莫测的夜话……

据说有一天，花儿有了自己的愿望，那就是永生。美丽的花儿想永远穿着五颜六色、美丽无比的外衣，它们想永远芬芳，想永远在风儿的吹拂之下沙沙作响——静静地、充满幻想地沙沙作响。于是，在五月的一个晴朗的早晨，当夜莺在湖面上歌唱，太阳炽热地亲吻着大地的时候，它们张开了花瓣，散发出一股股淡淡的幽香，就像香炉里发出的烟一样，飘向了天空。

它们开始祈祷，祈祷永恒的生命——像透明衣服一般清澈、芬芳而充满梦幻的永恒的生命。花儿向伟大的上帝祈祷。

于是，在遥远的蓝天下，它们得到了上帝的回应：

“如果谁想获得永生，就需要心甘情愿地在自己最美的年华死去。”

“为了获得美丽和永生而自愿死去的将会是永垂不朽的！”

从遥远的蓝天下传来了上帝的旨意。而花儿在充满了神秘、美丽和永恒意义的上帝的旨意面前低下了头。它们低下了头，散发出一股股淡淡的清香，似乎是一种无声的赞美，飘向了蓝天。

谁想永生，就让他为了永生而死去吧！

对许多人来说，这是难以理解和不可思议的。死亡！花儿在散发着清香的、梦幻般美丽的外衣中死去！死后它们将永远看不到深邃的天空，永远不会在灼热的阳光下变成金黄色，永远不会被温柔美妙的雨露沐浴……

死亡太可怕了！

于是，许多花儿都拒绝了永生。在遥远的蓝色地平线下，在拥有灿烂阳光和悲伤夜星的高空下，在银色的雨露和草原温润的微风下，它们忘记了它们曾经梦想过永生。

当它们的末日来临时，它们枯萎了。小小的草茎带着干枯的花瓣，它们仍然像坟墓一样遍布在草原上。

但并不是每朵花都放弃了神秘莫测、充满美丽与痛苦的永生。

草原上生长着一些朴素的、看上去不起眼的小花。在路上，几乎在路边上，它们常常向疲惫的行人点着金黄色的头，似乎是想鼓励他，向他低声诉说着他远方的家，以及远方的鸟儿和亲人们带给他的问候和思念。

这些不起眼的小花为了获得永生同意自愿死去。

于是，它们枯萎了。

它们的衣服，轻如蝴蝶的翅膀，突然坚硬起来，只保留了原有的颜色和弯下的头。而那芳香就像一颗看不见的钻石，凝固在它们头顶上方的空气之中。

小花以死亡换来了它们的永生。

秋天到了，在小花枯萎后，雪花披着厚厚的面纱接踵而至，一阵猛烈的狂风掠过，将小花连根拔起。但是七月，无论太阳怎样炙烤着它们，它们总是不屈不挠地保持着它们的本色：艳丽、芬芳、若隐若现，像一个梦，又像远方传来的细细的琴声，悠扬悦耳。

当母亲将一口小棺材放入黑暗的坟墓中时，她把一个不朽的花圈挂在墓地的石碑上。这些花是她爱的象征，是另一个生命永生的象征，在另一个世界里她将再次与自己的宝贝相见……

当新娘要与自己的新郎即将长时间分别时，在他远行之前，她会送给他一束普通的不朽之花：愿他们的爱情像这些花一样永恒。

这些花就是人们通常所说的“蜡菊”。

（本作品创作于 1909 年）

07

安德烈·普拉东诺维奇·普拉东诺夫

Андрей Платонович Платонов

安德烈·普拉东诺维奇·普拉东诺夫

Андрей
Платонович
Платонов

安德烈·普拉东诺维奇·普拉东诺夫（1899—1951），俄罗斯苏联时期作家、诗人、剧作家、记者。1899 年 9 月 1 日生于沃罗涅日市。1922 年出版第一本诗集《蔚蓝色的深渊》。1927—1929 年出版《叶皮凡水闸》等三部中短篇小说集，引起文坛注意。接着发表讽刺官僚主义的《共和国居民》和《有好处（贫农编年史）》等中短篇小说，受到业界好评。1942 年应征入伍上前线，任《红星报》特级记者。1946 年发表短篇小说《伊凡诺夫一家》，后来主要从事儿童文学创作和民间文学整理工作。著有《善良的尤什卡》《一朵无名的小花》《神奇的戒指》等优秀儿童文学作品。

善良的尤什卡

安德烈·普拉东诺维奇·普拉东诺夫 著

王新童 译

很久很久以前，我们街上住着一个样子很老的人。他曾在莫斯科大道上的一家铁匠铺干活儿。因为他的视力不好，手上又没什么力气，所以铁匠铺的老板安排他给总锻造师当助手。他负责把水、沙子和煤运到匠铺里；要给锻造工拉风箱；在总锻造师锻造时，他要用钳子夹住砧板上的热铁；还要把马牵到马厩去钉掌。除了这些，他还要做老板吩咐他干的其他所有活儿。他叫叶菲姆，但所有人都叫他尤什卡*。他又矮又瘦，布满皱纹的脸上没有胡须，只有几根稀疏的白发零星地分布在他的头上。他的眼睛里有一层白膜，覆盖住了他的眼球，他的眼睛看上去总是湿润

* 尤什卡，叶菲姆的小名，原意为汤汁，转意为鲜血。作者一语双关，借助人物名表明了善良的主人公迫不得已的、满是荆棘的人生道路。同时，一些研究普拉东诺夫作品的学者认为，尤什卡的形象被赋予了基督的形象特征。——译者注

的，似乎有流不完的泪水。

尤什卡住在铁匠铺东家的厨房里，早上他去铁匠铺干活儿，晚上回到这里过夜。他干活儿赚的工钱有一部分用来抵消东家为他提供的吃喝部分：他每天吃的面包、菜汤和粥都由东家负责，但喝茶、茶水里要加的糖和穿的衣服就都由尤什卡自己负责。他的工钱是每月七卢布六十戈比。但尤什卡不喝茶，也不买糖，他只喝白水，而且多年来他没有添置过任何衣服。他始终穿着一套衣服，从没有换过：夏天他穿着一条长裤和一件短上衣，赤着脚，他的衣服因为干活儿已被熏黑，被火星烧出了窟窿，所以有些地方已经可以看到他白色的肉体；冬天，他在上衣外面套上一件毛皮大衣，这是他死去的父亲留给他的，而脚上穿的是一双毡靴，这是他每年秋天都要修补的毡靴，他这一辈子每年冬天都穿着这一双毡靴。

每天一大早，当尤什卡出门去铁匠铺的时候，街坊邻居的老头老太太们就起床了。他们会说，瞧，尤什卡已经出门干活儿了，孩子们该起床了！于是他们叫醒年轻人。而到了晚上，当尤什卡回到住处睡觉时，人们又会说，瞧，尤什卡已经回来睡觉了，该吃晚饭、睡觉了。

但是小孩子们，甚至那些半大孩子，看到步履维艰的老尤什卡时，就不再玩耍，而是跟在尤什卡后面跑，边跑边喊：“看，尤什卡来了！瞧，这个就是尤什卡！”孩子们从地上随手捡起干树枝、小石头，或者抓起一撮土扔向尤什卡。“尤什卡！”孩子们喊道，“你真的是尤什卡吗？”老尤什卡没有回答孩子们，也没有生他们的气，他继续默默地向前走着，甚至没有用手遮挡自己的脸，而是承受着孩子们扔过来的石头和土块。孩子们十分惊讶，为什么尤什卡这一个活生生的人竟然对他们的顽皮行为不发火呢？于是他们又开始冲着他喊：“尤什卡，你到底是活人还是死人呢？”然后又从地上拾起东西扔向他，跑到他跟前打他、推搡他。孩子们怎么也不明白，尤什卡为什么不骂他们，不像其他所有大人那样捡起树枝去追赶他们。孩子们从未见过像他这样的大人，他们想：尤什卡真的是一个活人吗？当他们用拳头打尤什卡时，他们发现他的身体坚硬，是一个活生生的人。

这时，孩子们又开始推搡尤什卡，又向他扔土块，因为他们想以此激怒他，看看他发怒的样子。既然他是一个活生生的人，他就应该会生气。但尤什卡仍然毫不理会他们，继续默默地向前走。这时孩子们开始生尤什卡的气了。如果尤什卡总是不搭理他们，不吓唬他们，也不去追赶他们，他们就会感到无聊，玩得也没兴致了。所以孩子们开始更加用力地推搡起老尤什卡，在他周围大喊大叫，好让他能够被激怒而去追打他们，这样他们才会开心快乐。如果能激怒他，他们就会被他追着跑，他们就会感到害怕，然后再从远处开始逗弄他，让他再追着自己跑，然后他们再藏起来，他们可以躲到房子后面的草垛里、花园的灌木丛里，或者是菜园子的菜地里，可以一直玩到晚上。总之，可以玩得乐不思蜀。但尤什卡根本不去动他们一个手指头，也没有回应他们的任何要弄。

当孩子们把尤什卡拦住或用力打疼他时，他就对他们说：“你们要干什么，我亲爱的孩子们？你们要干什么，小家伙们？……你们想必是太爱我了吧……你们拦住我干什么？……哎，别碰我，你们已经把土扔到我的眼睛里了，我什么也看不见了！”

孩子们根本不听他说什么，也不明白他说的话。他们仍然推搡着尤什卡，嘲笑着他。让他们高兴的是，他们可以对他为所欲为，而他却对他们不做任何惩罚。

尤什卡的心里也很高兴，他知道孩子们为什么嘲笑他，为什么折磨他。他相信孩子们是爱他的，他们是需要他的，只是他们不知道该如何爱一个人，也不知道应该为爱做些什么，所以他们才来折磨他。

当孩子们不好好学习或不听父母的话时，父母常常会责备他们："再这样，你就会像尤什卡一样——夏天会光着脚，冬天会穿着一双破毡靴，所有人都会欺负你，你喝的茶水也加不起糖，只能喝白水！"

在街上遇到尤什卡的成年人有时也会欺负他。成年人经常会遇到各种不顺或委屈的事儿，或者是常喝醉酒，那时他们的心里就充满了无以宣泄的愤怒。一个成年男子看到尤什卡去铁匠铺或回到院子过夜时，就对他说："你这个人怎么这么与众不同啊？你认为自己有什么特别之处吗？"尤什卡停下来，只听着他说，而不做任何回应。"你难道不会说话了吗，你这个畜生？你要像我这样简单而诚实地活着，别有什么异想天开的非分之想！你说，你会按照正常人的方式生活吗？你不会？我就知道你不会！……那算了吧！"

在这一过程中，尤什卡始终没有说话。可在这之后，成年男子仍然把一切过错都归咎于尤什卡，并马上动手打了他。尤什卡的温顺让成年男子更加气急败坏，比刚开始打他的时候打得更狠，他就是在这种愤怒的发泄之中暂时忘记了自己的痛苦。

而这之后，尤什卡在路上的尘土中躺了好久，一直躺到他自己苏醒之后才趔趔趄趄地站起身。有时铁匠铺东家的女儿会过来把他扶起来，带他回去。

“尤什卡，你干脆死了算了，”东家的女儿说，“你为什么要活在这世上？”

尤什卡惊讶地看着她。他不明白，他既然来到了这个世界上，为什么要死呢？“是父母生下了我，是他们让我活了下来。”尤什卡回答说，“我不能死，我还要在铁匠铺帮你的父亲呢！”

“你这样的帮手随便找个人都能替代得了！”

“达莎，人们是爱我的！”

东家的女儿达莎笑了起来。

“你现在脸颊上还有血迹，上周你刚被人撕坏了耳朵，你竟然还说人们爱你！”

“他们不明白那就是爱，”尤什卡说，“人们的心经常是看不见的。”

“他们的心是看不见的，但是他们的眼睛也不瞎呀！”达莎说，“算了吧！快点儿走吧！他们心里爱你，可他们却为了泄愤打你。”

“为了泄愤他们迁怒于我，这是真的。”尤什卡同意她的说法，“他们不让我在街上走，还残害我的身体。”

“哎呀，你呀，尤什卡，你可真够倒霉的！”达莎叹气道，“可你的岁数其实不大呀，还不老啊！我父亲说过的！”

“我当然不老啦！……从小我的肺就有毛病，只不过疾病使我的外表很难看，也使我看上去很老……”

因为这个病，尤什卡每年夏天都会离开东家，出去休养一个月。他每年都徒步去一个遥远的村庄，那里可能住着他的亲戚。没有人知道那些人是他的什么人，甚至就连尤什卡自己也忘记了他们是谁。有一年夏天他说他有一个寡妇妹妹住在村里，而第二年夏天他又说他的一个侄女住在那里。有一次他说他要去村里，又有一次他说他要去莫斯科。而人们以为，在那个遥远的村庄里一定住着尤什卡的女儿，她和她父亲一样是一个温顺的、没人需要的人。

有一年的六月或八月，尤什卡把一个装着面包的大袋子扛在肩上，离开了我们的城市。一路上，他呼吸着青草和树木的芬芳，欣赏着蓝天上凝结着的又消逝于明媚阳光下的白云，倾听着河流在石缝中的潺潺低语，尤什卡患病的肺得到了休息，他再也感觉不到自己的病痛——肺结核了。当他走到远处完全没有人的地方时，他不再掩饰他对生命的热爱。他俯下身来，亲吻着地上的花儿，他尽量不对着花儿呼吸，因为他怕把自己的病传染给花儿。他抚摸着树皮，他从小路上拾起那些掉下来的摔得奄奄一息的蝴蝶和甲虫，久久地凝视着它们的眼睛，感觉如果没有了它们他就成了孤儿。但是森林里活泼的鸟儿在空中歌唱，蜻蜓、甲虫和忙碌着的蚂蚱在草丛中发出欢快的叫声，这让尤什卡的心情也变得轻松起来。他尽情地呼吸着甜美的空气，那是一种散发着浓郁芳香和被阳光沐浴过后的清新。

这一路上尤什卡得到了很好的休息，他坐在路边的树荫下，在周围的寂静和温暖之中打起了瞌睡。在田野里休息之后，他已经感觉不到自己的病痛，而像一个健康人一样活蹦乱跳地继续向前走。尤什卡刚满四十岁，但疾病长期折磨着他，使他过早地衰老了，以至于在大家看来他已经完全是一个老头儿了。

就这样，尤什卡每年都会穿过田野、森林和河流，去那个遥远的村庄或者莫斯科休假。至于那里有没有人等他——城里的人无从知晓。

休息一个月后，尤什卡通常会返回城里，又开始早出晚归地在铁匠铺里干活儿。他又恢复了以往的生活，街上的孩子们和大人们又会拿他开心取笑，指责他从不会反驳的愚蠢，还继续刁难、殴打他。

尤什卡这样逆来顺受地熬到了第二年的夏天。盛夏时节，他又把行囊扛在肩上，把一年来攒下的钱装进一个单独的小袋子里，一共有一百卢布。他把那个小袋子揣进怀里，挂在胸前，然后就离开了这里。没有人知道他去了哪里，去了谁家。

尤什卡的身体一年比一年虚弱了，所以他的生命在一天天消逝，他的肺病日复一日地消耗着他的生命。有一年夏天，已经到了尤什卡该去遥远村庄的时节了，可他哪儿也没去成。傍晚的时候，他像往常一样，天黑了才从铁匠铺向东家的住所蹒跚而去。一个认识尤什卡的喝醉了的路人开始嘲笑他。

“你怎么还活着呀？你这个该死的家伙！ 真希望你快点儿死了，也许你死了我的生活会更有意思一些，要不然我担心我会寂寞死……”

这时，尤什卡或许是有生以来第一次生气了，他说：“我怎么妨碍你了？……我的生命是我父母给的，我是合理合法出生的人，世界需要我就像需要你一样，所以没有我也不行……”

路人还没听完尤什卡的话就急了：“你是个什么东西！你在说什么？你怎么敢拿你和我比？你这个没用的傻子！”

“我没和你比，”尤什卡说，“但在被需要和不被需要这个问题上，我们是平等的……”

“用不着你来教育我！”路人扯着嗓子喊道，“我什么都比你强！你的话太多了！看我怎么收拾你，让你长点儿记性！”

说完，路人挥起拳头，狠狠地推了一下尤什卡的胸口，尤什卡四脚朝天地向后倒了下去。

“你就躺在这儿好好歇着吧！”说完，路人就回家喝茶去了。

躺了一会儿，尤什卡翻转过身体，脸朝下趴了过去，然后就一动不动了，从此他再也没能站起来。

不久，一个人从旁边经过，他是家具店的木匠。他叫了一声尤什卡，然后把他的身体翻转过来，在黑暗中他看到尤什卡的眼睛睁着，暗白色的眼球一动不动。他的嘴唇已经黑了。木匠用手擦了擦尤什卡的嘴，发现那是已经凝固了的血。他又摸了摸尤什卡头朝下躺着的地方，感觉那里的地面是湿的，那是被尤什卡喉咙里涌出的血浸湿的。

“他死了，”木匠叹了口气说，“再见了，尤什卡，请你原谅我们所有人。大家都认为你不中用，而谁又能公正地对你做出评价呢？”

铁匠铺东家准备埋葬尤什卡。东家的女儿达莎洗净了尤什卡的尸体，把他放在一张桌子上。所有人都来了，无论老少，所有认识尤什卡并在他活着的时候嘲笑过和折磨过他的人，都来到了死者的尸体前，向他告别。

然后尤什卡被埋葬了，渐渐地也被人们遗忘了。但是没有了尤什卡，人们的生活变得更糟。现在，因为没有尤什卡，没有了这个毫无反抗地忍受别人各种愤怒、各种残暴、各种嘲笑和恶意挖苦的人，人们所有的愤怒和挖苦都留在了人与人之间，并在他们之间彼此消磨。

尤什卡再一次被人想起是在他死后一年的深秋。在一个昏暗的阴雨天，铁匠铺里来了一个少女，问铁匠师傅在哪里可以找到叶菲姆·德米特里耶维奇。

“哪个叶菲姆·德米特里耶维奇？”铁匠十分惊讶地问道，“我们这里没听说过这个人啊！”

少女听完并没有离开，她在默默地等待着什么。铁匠看了看她，心想：这阴雨天的，自家怎么会有这样一个年轻的女孩到访呢？这个女孩看起来很瘦弱，个子也不高，但她那张柔和干净的脸是那么小巧、甜美，灰色的大眼睛看起来是那么忧郁、悲伤，仿佛马上就要掉出眼泪了。铁匠看着这个小女孩，动了恻隐之心，他看着客人，突然猜到了什么：“难道是尤什卡吗？对啊，他的护照上的父称就是德米特里耶维奇啊！”

“他叫尤什卡，”她低声说，“是的，他称自己为尤什卡。”

铁匠半天没有说话。

“那你是他的什么人呢？亲属，还是？”

“我不是他的什么人。我是个孤儿，叶菲姆·德米特里耶维奇把我从很小的时候就送进了莫斯科的一个家庭寄养，后来又把我送到了一所寄宿学校……每年他都来看我，每次来都给我带来一整年的生活和学习的费用。现在我长大了，我已经大学毕业了，但这个夏天叶菲姆·德米特里耶维奇没有来看我。请问他在哪儿？他说已经在您这里工作二十五年了……”

“可不是嘛！一晃眼二十五年过去了，我们一起经历了从少年到老年的过程。”铁匠说。

说完，他关了铁匠铺的门，带着这位客人去了墓地。在那里，女孩伏在尤什卡的墓地上，伏在那个把她养大，为了给她吃糖而自己从不吃糖的人的墓地上痛哭不止。

她知道尤什卡得的是什么病，现在她已经大学毕业并已成了一名医生。她来到这里，就是为了给这个世界上最爱她的人和她自己用全身心爱着的人治病的。

从那时起已经过去很多年了。这位女医生永远留在了我们这个城市。她成了一家医院里专门治疗肺结核的医生，她挨家挨户地到有结核病患者的家里去给病人看病，不收取任何费用。现在她自己也已经老了，但她仍然整天医治和安慰病人，不知疲倦地消除病人的痛苦，让死亡远离他们。城里所有的人都认识她，称她是善良的尤什卡的女儿，却早已忘记了尤什卡是谁，也忘记了她并不是尤什卡的亲生女儿。

（本作品创作于 1935 年）

一朵无名的小花

安德烈·普拉东诺维奇·普拉东诺夫 著
王新童 译

这个世界上曾有一朵小花，没有人知道它生长在何处。它独自在一片荒地上长大；奶牛和山羊没去过那里，少先队夏令营的孩子们也从不去那里玩耍。这片荒地上不长草，只有灰色的古老石头和石头间干涸的、毫无生机的泥土。这里只有风来回穿梭在石头间。风就像一个播种的老爷爷，随身携带着种子，将它们播撒到黑色潮湿的土地上,也播撒到光秃秃的只有石头的荒地上。在肥沃的黑土地上，种子生出了各种花草，而在石头和石头间干涸的泥土里，种子就死去了。

然而有一天，一粒小种子从风中落下，栖息在石头和泥土之间的一个小坑里。这粒小种子在那里挣扎了许久，终于吸收了一滴露水，分裂出来，萌发出几根细小的根毛，并将它们吸附在石头和泥土之中，开始生长起来。

于是这朵小花开始了它在人世间的生存。它在石头和石头间干涸的泥土中汲取不到任何营养，从天而降的雨水沿着地表顺流而下，根本流不到它的根部，但小花一直坚强地活着，一点儿、一点儿地生长起来。它迎风扬起了自己的叶子，风在小花的旁边静止了。风把从黑色肥沃的土地上吹来的尘土抛撒到了干涸的泥土上，在那些尘土中有小花需要的食物，但这些尘土是干涸的。为了弄湿它们，小花一整夜都在守着露水，它将露水一滴一滴地收集到自己的叶子上。当叶子上沾满露水时，小花就将它们抖落下去，于是露水落到了地上，它浸湿了随风飘来的黑土颗粒，稀释了干涸的、坚硬的泥土。

白天，小花看管着风，夜里守护着露珠。为了活下来，它夜以继日地工作。它把自己的叶子养育大了，这样叶子就可以挡住风吹，还可以收集到露水。这朵小花感到自己活下来非常艰难，它一边要从风中飘落的尘土中汲取营养，一边还要为这些尘土收集露水。但它需要活下来，这就需要它有足够的耐心来克服饥饿和疲劳所带来的痛苦。一天之中只有一件让小花感到高兴的事儿，那就是清晨的第一缕阳光照到它疲倦不堪的叶子上。

要是风长时间不来到荒地，那么小花就会感到十分虚弱，就没有足够的力气维持它的生命，更不会长大。然而，小花不想悲伤地活着，因此，当它非常难过时，它就打盹睡一会儿。不管怎么说，它还是要不断地努力生长，即使它的根须只能靠光秃秃的石头和干燥的泥土为生。这个时候，它的叶子因缺乏足够的营养而变不成绿色：有一片是蓝色的，另一片是红色的，还有一片是蓝色或黄色的。这是因为小花吃不饱，它的痛苦都以不同的颜色表现在了叶子上。但是小花自己不知道这一点，毕竟它没有眼睛，看不见自己的样子。

仲夏时节，小花的头顶上长出了花冠，花冠完全绽放开来。

在花冠长出来之前，它长得就像一棵小草，而现在它才变成了一朵真正的花。它的花冠由单一的浅色花瓣组成，像星星一样明亮而坚韧，也像星星一样闪烁着鲜活的、耀眼的光芒，即使在漆黑的夜晚，它也清晰可见。当风向荒地吹来时，它总是能吹拂到小花身上，也带走了它的芳香。

有一天早上，一个叫达莎的女孩从那片荒地旁边路过。她和她的同伴们住在一个少先队夏令营里。今天早上醒来后她突然十分想念妈妈，于是她给妈妈写了一封信，并把信亲自送到火车站，想让妈妈快点儿看到她的信。路上，达莎吻了吻信封，羡慕它能比自己更早见到妈妈。

当她路过这片荒地时，达莎闻到了一阵花香。她环顾四周，附近什么花也没有，她只看到一条小路上长着一棵小草，而荒地上光秃秃的。但是风是从荒地上吹来的呀，正是从那里飘过来一种淡淡的芳香，像是一个不知名的小生命发出召唤一样。达莎想起了妈妈很久以前给她讲的一个童话故事：一朵小花经常思念自己的妈妈玫瑰花，但它不能哭，只能通过散发香气来表达自己对妈妈的思念。

“也许，这也是一朵像我一样想念自己妈妈的小花。”达莎想。于是她向荒地走去，终于看到了石头附近的那朵小花。达莎从未见过这样的花——田野里没见过，森林里没见过，书中的画上没见过，植物园里没见过，哪里都没见过。她在小花旁边的地上坐了下来，问它：“你为什么长成这个样子呢？”

“我不知道。”小花回答说。

“你为什么和其他的花长得不一样呢？”

小花还是不知道该说什么，但是它第一次这么近距离地听到人的声音，第一次有人来看它，它不想用沉默来惹达莎生气，于是它回答道：“因为我的生活极其艰难。”

“那你叫什么名字呢？”达莎问。

“没有人叫过我的名字，”小花说，“我一个人在这里生活。”

达莎环顾了一下荒地的四周。

“这里只有石头，只有土！”她说，“你这么小，怎么能一个人生活呢？你是怎么从泥土里长了出来又没有死掉的呢？”

“我不知道。”小花回答说。

达莎向它俯下身来，亲吻了它闪烁着的花冠。

第二天，所有的少先队员都来小花这里做客了，是达莎带他们来的。在距离荒地很远的地方，她就让所有人深呼一口气，然后她说：“你们闻到了吗，这味道多好闻啊！”这是小花在呼吸，是它散发出的香味儿。

少先队员们在这朵小花的周围站了很久，他们像欣赏英雄一样欣赏着它。然后他们绕着整个荒地走了一圈，用步子量了量荒地的长度、宽度，又算了算这片干枯的、毫无生机的土地需要运来多少小推车的肥料。

他们想让荒地上的土变得肥沃起来。到那时，这朵无名的小花就不需要为生命抗争了，它可以休息一下了。而它的种子也会长大成熟起来，这样，它孕育出的美丽的孩子们就不会干枯，那些最好的、绽放得最耀眼的、哪里都没有生长过的花朵再也不会死去了。

少先队员们在这里一连工作了四天，他们给荒地施了肥。此后，他们就去了其他的田野和森林里旅行，再也没来过这片荒地。只有达莎来过一次，她是来和小花告别的。夏天已经结束，少先队员们该回家了，于是他们都离开了夏令营。

第二年夏天，达莎又一次来到了这个夏令营。整个漫长的冬天，她都对这朵没有名字的小花念念不忘。她一来到夏令营，就立刻去荒地看这朵无名的小花。

达莎看到现在的荒地已经完全变成了另一番模样，上面已经长满了各种花草，鸟儿和蝴蝶们不停地飞舞。花丛中传来一阵阵清香，这种香气同那朵勤劳的、顽强抗争的小花散发出来的一模一样。

但是去年，那朵生在石头和石头间干涸的泥土里的小花却不见了。它在去年的秋天就死去了。新长出来的花也很漂亮，只是没有像第一朵生长在这里的那朵小花那样漂亮。达莎有些失落，她为那朵小花的死感到忧伤。以前的小花不在了。她在往回走的路上突然停了下来，因为她发现在两块狭窄的石头之间又长出了一朵新花。这朵花与去年的那朵花一模一样，只是比它更健壮一些，也更好看一些。这朵花是从狭窄的石头缝隙中间生长出来的：它像它的妈妈一样有生命力，一样坚韧不拔，甚至比它的妈妈更顽强，因为它生长在石头缝隙里。

达莎觉得这朵小花正在向她伸出手来，它正在用它散发的芳香向她发出无声的召唤。

（本作品创作于 1950 年）

译　者

· 王金玲 ·

王金玲，1970年1月生。博士后，二级教授，现任长春大学外国语学院院长，硕士生导师，长白山学者特聘教授，吉林省拔尖创新人才一层次人选，吉林省教学名师，吉林省学科领军教授，长春市有突出贡献中青年专家，中国俄罗斯东欧中亚学会俄语教学研究会理事，俄罗斯作家协会会员，俄罗斯翻译家协会会员。获俄罗斯驻华大使馆“中俄教育与人文交流特殊贡献奖”，俄罗斯普希金博物馆、俄罗斯戏剧家协会联合授予的“彼得波尔杯”文艺奖。主持完成国家社科基金项目、国家出版基金项目、教育部人文社科基金项目、教育部国别区域研究项目、国家汉办俄罗斯本土教材研发项目、中国文化推广项目、俄罗斯世界基金会项目等16项，出版专著5部，编著11部，出版诗歌、散文、戏剧、学术文献等译著、译作34部，文学翻译与学术文献翻译出版总字数达1000余万字。国家一流专业建设点负责人，省级研究生精品示范课程“文学翻译”课程负责人，在中国和俄罗斯、亚美尼亚等学术期刊上发表论文90余篇。

· 单妮娜 ·

单妮娜，1971 年 10 月生。俄罗斯伏尔加格勒国立师范大学教育学硕士，现任长春大学俄语专业教授，国际教育学院副院长，硕士生导师。曾任长春大学与俄罗斯梁赞国立大学共建孔子学院中方院长，在俄工作 6 年。参与完成外研社“一带一路”沿线国家国别区域研究项目“亚美比亚法律制度与国情文化研究”、2017 年国家社科基金中华学术外译项目“另一只看不见的手——社会结构转型”、俄罗斯本土教材研发项目“面向俄罗斯及独联体国家的成人汉语教材”，主持 2018 年国家社科基金中华学术外译项目“中国社会学：起源与绵延（俄文版）”、2022 年教育部中外语言交流合作中心项目“‘俄罗斯电子学校’资源对接”等。2018 年翻译发表俄罗斯当代作家瓦西连科短篇小说《关于爱情的晨思暮想》，2020 年翻译俄罗斯白银时代 9 篇短篇小说，收录出版于“19 世纪末 20 世纪初俄罗斯文学作品选读（第一卷）”《被爱情冲昏了头脑》，并多次从事吉林省对俄文化活动周材料翻译工作。在国内外学术期刊上发表论文 30 余篇。

· 夏宏芳 ·

夏宏芳，1971 年 8 月生。1994 年毕业于东北师范大学外语系俄语专业，获俄语学士学位。2001 年获伏尔加格勒国立师范大学俄语语言文学硕士学位。自 1994 年起在长春大学外语学院俄语系工作，现为副教授任俄罗斯叶赛宁梁赞国立大学孔子学院中方院长。主要研究领域：外语教学法、俄汉文学翻译。曾在《作家》杂志发表俄罗斯当代作家根那季·卡拉什尼科夫的译文《马》和《水管》。参与俄罗斯世界基金会项目“俄罗斯白银时代中短篇小说汉译”、外研社横向研究课题“‘一带一路’沿线国家的法律制度与国情文化研究”、国家社科基金中华学术外译项目“中国社会学：起源与绵延（俄文版）”，以及俄罗斯女性文学汉译项目、俄罗斯生态文学汉译项目、俄罗斯儿童文学汉译项目等项目的翻译工作。

· 王新童 ·

王新童，1983 年 8 月生。俄罗斯梁赞国立大学在读博士，现任长春大学外国语学院讲师，研究方向为俄罗斯文学，主要研究俄罗斯白银时代诗人叶赛宁与中国当代诗人海子。主要译作有《彼佳和狼》《善意的谎言》《跑道》等。

·吴 涵·

吴涵，1988年5月生。俄罗斯语言文学博士，现任长春大学外国语学院俄语教师。主要研究领域：外语教学、俄罗斯文学、比较文学及文学翻译研究。2018年9月，由国家汉办委派至俄罗斯梁赞国立大学孔子学院任教两年。主要译作有俄罗斯白银时代作家勃留索夫的短篇小说《十五年后》《为谁复仇》《老桥下》《夜游》《守护》等6篇，俄罗斯当代女性文学《我的乌克兰情结》。参与完成外研社横向研究课题"'一带一路'沿线国家的法律制度与国情文化研究"、国家社科基金中华学术外译项目"中国社会学：起源与绵延（俄文版）"的翻译工作。

·付何珍·

付何珍，1992年生。博士，现任长春大学外国语学院俄语系教师。主要研究领域：政治语言学、文学翻译。2022年出版俄罗斯著名作家普里什文译著《勿忘草》。2021年参与国家社科基金中华学术外译项目"全球产业分工新趋势与中国的应对（俄文版）"，承担4万汉字翻译工作；同年完成俄罗斯当代女性文学作品《他马上就要回来了》《帽子》《一个小女孩》的翻译工作。2020年参与社会科学文献出版社横向翻译项目"乡路漫漫：20世纪之中国乡村（1901—1949）（俄文版）"，承担3万汉字翻译工作。共发表学术论文10余篇，其中有3篇发表在俄罗斯核心期刊BAK上。

· 张 婵 ·

张婵，1984年4月生。语言学博士，现任长春大学外国语学院俄语专业教师，俄语笔译专业研究生导师。主要研究领域：对比语言学、文学翻译、斯拉夫比较语言学。主持吉林省教育厅社科项目“基于关联理论的俄语委婉语文本翻译研究”。主要译作有俄罗斯白银时代作家苔菲和吉皮乌斯的7篇小说，收录出版于“19世纪末20世纪初俄罗斯文学作品选读”；俄罗斯当代作家短篇小说《另一个自己》等3篇，刊登于《作家》杂志2016年和2018年俄罗斯文学专号；俄罗斯儿童文学《小灰脖儿》等3篇，收录出版于“俄罗斯儿童文学作品选集（第一卷）”《黑母鸡与地下王国》；俄罗斯当代女性文学《临近幸福的时刻》等2篇，收录出版于“俄罗斯当代女性文学作品集（第一卷）”《破碎的心》。

· 原丽莹 ·

原丽莹，1988年4月生。俄语语言文学博士，现任长春大学外国语学院俄语专业教师。主要研究领域：外语教学法、俄罗斯文学汉译、俄汉成语谚语俗语对比研究。主要译作有俄罗斯白银时代短篇小说《上帝》《妹妹》《向日葵》，远东文学作品《深渊》，俄罗斯当代女性文学作品《出售母亲》《佳偶天成》，俄罗斯儿童文学作品《小红花》。参与国家出版基金“中国俄罗斯侨民文学整理与研究”、俄罗斯世界基金会“俄罗斯儿童文学汉译、出版与传播”等文学翻译项目。